——文学院书系——

路过白山黑水

（吉林大学卷）

李振　主编

江苏凤凰文艺出版社
JIANGSU PHOENIX LITERATURE AND ART PUBLISHING

目录

上　编

下　编

上　编

我所知道的吕振羽、匡亚明和公木

刘中树

一

吕振羽同志在1951年—1955年曾任吉林大学校长兼党委书记。他的一生是为中国的革命事业献身的一生，无论是在战争年代，还是蒙受不白之冤期间，他始终保持着坚定的信念和顽强的精神，表现出一个真正革命者的崇高品格。

作为我国早期马克思主义史学的开拓者之一，吕振羽同志运用马克思主义的历史观和方法论，分析研究中国历史的发展规律，在先后出版的《史前期中国社会研究》《殷周时代的中国社会》《中国政治思想史》《简明中国通史》等著作中，提出了“殷代奴隶社会论”“西周封建论”等史学研究领域中全新的论断，为我国马克思主义史学研究做出了重大贡献。

吕振羽同志也是一名优秀的教育家，早在20世纪20年代末就开始从事高等教育工作，他曾先后在中华民国大学院、朝阳大学、中国大学、复旦大学等学校任教，30年代初即被聘为教授；抗战期间，他受党组织委托在湖南筹建塘田战时讲学院，出任实际主持工作的副院长兼党代表，并亲自为学员讲授《中国民族解放运动史》课程；皖南事变以后，在新四军根据地华中局党校，他为参加培训的各级革命干部主讲《中国革命史》《中国社会史》《中国哲学史》，被称为红色教授，是最受学员欢迎的一位老师。1949年，他被任命为大连大学校长兼党委书记、旅大地区党委大学部党委书记；后又调任东北人民政府文化教育委员会副主任，为东北地区文化教育事业的建设而操劳奔波。1951年8月，吕振羽同志被任命为当时的东北人民大学（吉林大学前身）校长兼党委书记。

1951年，是吉林大学发展面临重要转折的一年。当时刚刚完成由革命干部培训性质的学校向正规化大学的转变，各方面的基础都非常薄弱，吕振羽同志就是在这时到任的。他来校后带领全校师生员工，坚持正确的教育方针和办学思想，根据国家对人才培养的要求，并适应建立正规高校的需要，在系科和机构设置等方面作了一系列的调整，进一步健全了各项规章制度。他亲自主持制定了《东北人民大学校章》，对学校的性质、任务、培养目标、机构设置、职责分工等都做了明确的规定。为系统提高全校干部的马列主义理论水平，成立了马列主义夜大学，吕振羽同志任校长并亲自讲课。经过一系列的调整与提高，学校各项工作日益走上正轨，为后来学校事业的蓬勃发展奠定了坚实的基础。

吕老曾多次强调“理论与实际一致”是我们“教育的基本方针”。他认为高等学校的人才培养需要适应大规模开展的国家经济建设的需要。他来校之初，学校还只限于培养财经政法方面的专门人才。他来校的第二年，全国实行院系调整，东北人民大学根据中央的统一部署，要建成一所以培养科学研究人才及中、高等学校师资为目标的文理兼备的综合大学，吕老以极大的热情主持了这项对于学校来说具有重大历史意义的工作。经过调整之后，学校新设数、理、化三个系，文科调整为中文、历史、经济、法律、俄文五个系；从其他学校聘来一批高水平的专家、教授来校任教；重新制订了教学计划，确定了课程设置；增购了一批图书、仪器等；在校内制定了一系列科学管理的制度。学校的规模也有所扩大：1952 年本科生九百三十人，教师一百多人，到 1954 年已发展到本科生两千三百八十六人，教职工三百七十二人。正是在吕振羽同志的正确领导下，学校把握住了这次历史机遇，使吉林大学成为东北地区最有影响的文理学科兼备的新型综合大学。

为了提高人才培养的质量，吕老十分重视师资队伍的建设。早在主持大连大学工作期间，他就曾提出“提高教育质量的中心环节在于提高师资水平”。他为此花费了大量的心血。初期，针对学校正规化办学时间不久，广大教师思想水平、业务水平亟待提高的状况，他不仅强调“高等学校的教师要树立为新民主主义教育事业而奋斗的人生观”，而且倡导在教学工作的方法上“发挥分工合作的集体主义作用”。他说：“知识是无穷无尽的，要补足我们知识有限的缺点，就只有走群众路线。”当然，提倡集体的作用并不等于否定个人业务的提高，在此之前他就说过“科学知识必须通过具体个人去研究和掌握，所以在集体主义的基础上，个人的钻研仍是起决定作用的一面”。学校选拔了一批青年教师作为研究生，送到有关院校培养，充实教师队伍。后来，在院校调整过程中，通过他所做的大量深入细致的工作，从北大、清华、燕京大学、大连大学、东北工学院（今东北大学）等著名学校聘请了一批专家来校任教，教师队伍的面貌得到根本的改善。

院系调整后，吕老更加强调学术研究在综合大学中的地位。他明确指出：综合性大学应以培养科学研究人才为主，只有加强科研工作，才能有效地推动教学水平的提高。他认为必须把教学和科研结合起来，二者并重。这就打消了部分教师不敢搞科研的顾虑，全校教师在完成教学任务的同时，积极投身到科学研究中去，涌现出一批优秀研究成果。学校还在学生中组织科研小组，使全校学生的科研小组数目居全国高校第二位。

既重视培养人才的业务质量，又重视培养人才的全面素质，是吕老教育思想的又一重要内容。他在新中国教育史上率先提出了“知、德、健、美齐备”全面发展的人才观，即在政治上“学习掌握马列主义、毛泽东思想的精神与实质”“具有为人民服务的思想”，业务上“有高等文化水平、掌握丰富的科学知识”，又具有正确的人生观、审美情调和强健的体魄。这与今天强调的全面发展素质教育的精神是完全一致的，充分体现了他在教育思想上的远见卓识。

在教育管理中，吕振羽同志提倡“民主集中基础上的大家办学”。坚持党委集中领导，发挥各职能部门的作用，吸收教师和学生代表参与管理。他以民主管理为基础，强调机关、后勤等部门的管理工作务必达到计划化、科学化的要求。他把分工合作的集体主义和责任制，作为加强科学管理的两个主要环节，并把责任制分成“个人专责制”“逐级责任制”和“相互保证的联系责任制”形成当时极为有效的管理体制。在不到一年的时间里，全校各部门紧紧围绕着教学工作，各负其责，工作井然有序，出现了一片新气象。

此外，在自力更生、勤俭办学、尊师爱生、教学相长等方面吕振羽同志都曾发表过一些精辟的见解，带领全校师生进行过许多有益的实践。

从 1951 年 8 月到 1955 年 7 月这短短的四年里，他呕心沥血、创造性的劳动，给学校面貌带来了巨大的变化。他不仅赢得了全校师生的衷心爱戴，而且受到社会各方面以及教育专家们的一致赞誉。他一直对吉林大学怀着深厚的感情，在他逝世不久，他的夫人江明同志及子女根据他生前遗愿，捐款在吉林大学设立了“吕振羽奖学金”，并把其个人多年购置的两万五千余册珍贵图书，连同在北京的一套四合院住宅，无偿地捐赠给学校，表现了吕老对于社会主义高教事业的支持和热爱，同时也说明了作为老校长对吉林大学全体师生所寄予的殷切希望。

著名教育家匡亚明同志曾经这样说过："我很崇敬吕振羽同志，他是真正新型的马克思主义学者。真正的学者走进书斋就是学问家，走出书斋就是革命家，吕振羽同志就是这样真正的学者，他的治学和革命实践是紧紧相连的。"匡老还说："我和吕振羽有两个方面志同道合：一是办学方针志同道合。我是他的后继人，我到吉林大学时四十九岁。他对我说：'搞好高校建设，重要在于团结知识分子，发挥知识分子作用，充分尊重知识分子。'二是我对于他的西周封建说很感兴趣。这不只是因为吕振羽同志首创了这一学说观点，还由于这一学识论断对于我个人的孔子研究有十分重要的意义。"匡亚明同志也曾是我校的老校长，他对吕振羽同志的高度评价是非常中肯的。

二

匡亚明校长 1955 年来吉林大学任党委第一书记、校长，1963 年调任南京大学校长，在吉林大学工作八年。

在吉林大学的八年，匡校长以其革命的、科学的、先进的教育思想和解放思想、实事求是、民主创新的办学实践，奠定了吉林大学建设和发展的基础，推动了吉林大学的腾飞，把吉林大学建设成为国家重点综合性大学，为新中国的高等教育事业做出了卓越贡献。吉林大学的存在和发展，与老校长的名字是永远不可分的。

吉林大学 1952 年才成为一所符合综合性大学基本条件的综合大学，匡校长 1955 年来吉林大学，带领学校党政领导班子和全校师生员工，经过几年的艰苦奋斗，1959 年经党中央书记处通过，于 1960 年 10 月 22 日正式公布批准吉林大学为全国重点综合大学。在 1957 年“反右”、1958 年“大跃进”、1959 年“反右倾”的政治形势下，进入全国重点大学行列的吉林大学，怎样走自己的办学道路，怎样推动学校的建设和发展？ 1959 年 9 月 6 日，匡校长在学校 1959—1960 学年的开学典礼大会上，及时、明确地提出要树立优良校风，形成五种空气：高度的政治空气、高度的学术空气、高度的生产劳动空气、高度的社会主义团结与文明空气、高度的文娱体育空气。指出这五种空气是相互联系的，综合起来就是校风，校风建设是长期的事情，内容也应不断地有所发展。当时我们听了这个讲话，既感到新鲜、明了，又受到鼓舞，明确了前进的方向和努力的目标。

匡校长坚持教学与科研并重的办学思想，正确处理教学与科研之间相辅相成、互补互动的辩证关系，一贯重视教学、科研和学科建设工作，为吉林大学留下了重视教学、科研和学科建设的好传统。

匡校长在他的学校工作的讲话中，经常强调指出高校是培养人才的地方，学校最主要是教学，最根本是学生，要求优秀教师上教学第一线，抓教材建设，改善教学条件，抓改进教学方法，要求学生认真读书，有时还深入课堂听课。同时他又非常重视学校的科研工作，1956 年 3 月 17 日匡校长在东北人民大学（即吉林大学）第二次团员代表大会上的讲话，就提出了“向科学进军”的口号。当时我作为班级的团支部书记，带头响应匡校长的号召，遵照匡校长“在学习上只死抱着笔记、讲义是不够的，还需要进行科学研究，培养独立思考能力”的教导，组织班级的学生科研小组，主动请老师指导，结合学习开展科研活动。为适应国家社会主义建设的需要和提高学校教学、学科建设质量，加快学校的发展，匡校长还创建了《东北人民大学自然科学学报》和《东北人民大学人文科学学报》。他指出：“我校是综合大学，根据目前师资的情况，则更需要大力提倡科学研究，特别是基础科学和理论科学的研究，提高教师的学术水平，才能逐步提高教学质量。”“教学工作与科学研究工作必须密切配合，相辅而行。”他还强调科学研究要调动广大师生的积极性，要理论联系实际，为社会主义建设服务，要贯彻“百花齐放，百家争鸣”的方针。在匡校长的推动下，学校文理科的科研发展迅速，硕果累累，特别是在基础研究方面显示了高水平的学术实力。我 1958 年由中文系毕业留中国现当代文学教研室任助教，由于教学需要 1959 年就登上讲台，在教学中对鲁迅的小说《阿Q正传》的创作思想、阿Q形象的典型意义等问题的看法与我的老师、著名作家冯文炳教授的看法有一些分歧，曾在教研室学术讨论会上进行交流。匡校长了解这个情况后，认为这是贯彻“百家争鸣”精神、结合教学开展学术讨论、进行科学研究的好现象，鼓励我们把各自的论点写成文章，为我们提供学报的发表园地，以推动中文系的学术活动。我的《就〈阿Q正传〉的几个主要问题和冯文炳教授商榷》和卢湘老师的《对冯文炳教授论〈阿Q正传〉一文的意见》发表在《吉林大学人文科学学报》1959年第2期上。冯文炳教授的《阿Q正传》和《关于〈阿Q正传〉研究》，分别发表于《东北人民大学人文科学学报》1957年第2、3期合刊和《吉林大学人文科学学报》1959年第4期上。这不仅活跃了中文系的学术氛围，对我个人而言，这是我作为青年助教第一次结合教学开展科学研究所发表的第一篇学术论文，是匡校长的提倡和鼓励才使我这个青年助教有勇气迈出这科研的第一步，没有这第一步也就没有我后来的科研收获。

匡校长坚持依靠广大教师治教的办学思想，重视师资队伍建设，为吉林大学建设一支学科比较齐全、结构合理、有较高学术水平的师资队伍做出了空前卓越的贡献。

匡校长远见卓识地提出："标志一所大学水平的，是教授的数量和水平。"为此，他广聘硕学鸿儒，不拘一格发现人才、提拔人才、培养人才、使用人才，在吉林大学已是人人赞叹，有目共睹、有口皆碑的。他于1962年5月主持并落实吉林大学党委做出的《关于重点培养提高教师工作的决定》（以下简称《决定》），学校先后分两批确定了七十八名重点培养提高的骨干教师。为了这些教师更快地成长，在20世纪60年代"左"的思潮盛行的时候，《决定》

规定为使重点培养教师在十年左右时间内达到当时国内学术造诣较深厚的教授水平，要减轻他们参加社会活动和劳动方面过重的负担，适当照顾他们的学习、工作和生活条件，以保证他们有 5/6 的时间用于教学、科研和进修等工作，集中精力钻研业务，更快地成长。这是何等的战略眼光，何等的胆略！后来的事实说明《决定》达到了预期的效果。我作为这七十八名教师之一，是这一决定的受益者。事实上，我们并没有因为这些规定而走所谓的“只专不红”的道路，相反更激励了我们的政治热情，增强了使命感和责任感，在思想政治方面自觉地严格要求，在业务上更加只争朝夕地拼搏。老校长重视发挥老教授的作用，也注意让青年教师在学校活动中学习、锻炼，发挥作用。20 世纪 60 年代初，我和历史系朝鲜族女教师张贞淑两位年轻助教，就曾作为文科青年教师的代表任校务委员会委员，参与学校方针大计的讨论，增长见识，学习提高。回顾我个人的成长过程，虽然无缘得到老校长的耳提面命，但是却由衷地感念受益于老校长的教育思想和办学实践。

吉林大学师生对老校长有着深厚的感情，老校长也时刻亲切地关怀着吉林大学事业的发展。“文化大革命”结束后的 20 世纪 70 年代末，我在南京参加学术会议，怀着对老校长敬仰的心情，事先未联系就不揣冒昧，找到老校长家，去看望老校长。当时老校长一家还住在集体宿舍里，我看到老校长屋里有南京大学的两位同志，就未敢直接进屋，而进入丁老师的房间，做了自我介绍，说明想看望老校长的心意。丁老师和蔼地问我认识匡老吗，我说我认识匡老，但匡老不认识我；丁老师说你认识匡老，你可以自己去见他，匡老平易近人地接待了我这个普通教师。在交谈中，匡老十分关心吉大的状况，并提到对我也有一点儿印象。我谈到“文化大革命”刚结束，吉大中国现当代文学教师急需提高，希望能派教师到南大进修。“文化大革命”后，学校有很多重大事情需要老校长思考、处理，孰料老校长却把我这个普通教师提到的这件小事记在心上。我回到学校不久，南京大学就通知我们教研室可以选派教师到南大中文系进修，这件事使我们教研室的老师都非常感动。

三

公木老师走完了他革命者、诗人、学者、教育家的光辉历程，奔向了“轰响的红太阳”（公木为吉林大学校歌写的歌词）。能成为公木老师的学生，是我人生中的大幸。对老师，我怀着深深的、无以排解的怀念。

我最初接触的革命文艺，就是少年时代高唱的“向前向前向前！”“铁流两万五千里，直向着一个坚定的方向”的歌曲，和使我感到新鲜和激动不已的《白毛女》《血泪仇》。后来，当 1954 年我考入东北人民大学中文系，在大学一年级下学期的时候，公木老师以中国作家协会秘书长的身份来给我们做马雅可夫斯基的诗歌学术报告时，又唤起了我少年时代的回忆——我终于见到了《八路军进行曲》的词作者，以一种甜美的心情听完了他精彩的报告。再后来，他于 1961 年来到了吉林大学中文系，我作为青年教师，在他领导下工作，听他讲课，一起参加社教，经历“文化大革命”，迎来十一届三中全会的春晖。四十余年，我作为他的学生，受到他为人、为学、为业的言传身教和熏陶，使我终身受益。

公木老师是一位真诚的共产党员，无论是处于顺境还是逆境，他都以一个孝子的感情回报自己的母亲——中国共产党。他的一生就是忠于党，忠于人民，为党的事业和祖国的富强而奋斗的一生。1964 年参加吉林省梨树县的社会主义教育运动，我和公木老师被分配在万发公社刘家岗子大队第一生产队。当时他已是近六十岁的人，却同我们年轻人一样，与贫下中农同吃同住同劳动。晚上，我们俩躺在贫下中农房东的土炕上，研究完工作，他就向我讲述延安的生活、毛泽东思想、延安文艺座谈会的情况、北方左联的斗争和 1932 年他与另外两人请鲁迅到北师大讲演等历史，使我受到真切的革命历史教育。那时他刚刚镶了一颗牙，吃硬东西和玉米饼子很不方便，牙总往下掉，但他还是坚持着、忍受着，我看在眼里，记在心里。有一次我回长春外调，就顺便请吴翔同志给他买了几袋葡萄糖粉，每天晚上，他冲水喝，不料此举被工作队发现，以当时的“左”倾思潮，批评他不能与贫下中农同吃。他和我相互争着揽责任，做自我批评。他胸怀坦荡，毫无怨言，克服困难，努力工作，得到工作队的好评，与广大农民结下了浓厚的情谊。

公木老师是我国著名的马克思主义文学家。从青年时代起，他就从事学术研究，著作等身。他的文字学、文学史、先秦寓言、老子研究、毛泽东诗词研究和诗歌理论等著作，在国内外都产生了广泛影响，是我国学术宝库中的珍贵遗产。据我所知，他可谓是活到老学到老，孜孜不倦地钻研马克思主义经典著作，理解马克思主义的精髓，用以指导自己的文学研究。唯其如此，他才既能坚持马克思主义的方向，又能摆脱教条主义的束缚，永葆学术的青春和一个学者的宽广胸怀。

公木老师既是一位诗人，又始终没有离开教育岗位。从 20 世纪 30 年代在河北、北京，40 年代在延安、佳木斯，50 年代在长春、北京、鞍山，60 年代以来重回长春，他都在做培养人的工作，真是桃李满天下。20 世纪 60 年代初，公木老师来吉林大学中文系任系主任，我兼任系里的科研秘书。公木老师的教育思想严谨，强调厚基础，又思路开放，重视学生知识面的拓宽和能力的提高。他曾批评学生把“兴趣”写成“性趣”；他首先在中文系设立讲座课，并让我准备第一次讲座课，在我为学生讲授“鲁迅的早期思想”时，他自始至终都坐在课堂里与学生一起静静地听，希望这一次讲座课能够成功。这里融入了多么浓厚的支持、鼓励、期望之情啊！

公木老师为人师表，给我们树立了楷模。他为人刚正不阿，心正言直；不慕虚名，崇尚务实；胸怀宽广，与人为善；勤奋好学，笔耕不辍。他就是这样一位值得信任的人、光明磊落的人、追求真理的人、一位好人、好老师。如果说世界上没有完人，他就是一个极尽完美的人；如果说世界上有完人，他就是一个尽善尽美的人。

“人比山高，脚比路长”（吉林大学校歌），公木老师永远活在我们心中，他留下的珍贵遗产代代相传，他开拓的学业之路，走也走不完，无尽、无限……

◇ 作者简介 ◇

刘中树，1958 年毕业于东北人民大学中文系，历任吉林大学中文系主任、校党委书记、校长，现为吉林大学哲学社会科学资深教授。

松树风姿秀　军歌精神扬

——《中国人民解放军军歌》诞生前后

樊希安

今年“八一”前夕，我和石丽侠合著的《我们的队伍向太阳——〈中国人民解放军军歌〉词作者公木的多彩人生》由人民出版社出版了。这是我们献给中国人民解放军建军九十周年的礼物，可谓生正逢时。

公木（张松如）是我国著名诗人、学者、教育家，《中国人民解放军军歌》的词作者。1910年生，河北辛集人；1998年10月去世；享年八十八岁。公木1930年1月在北京参加革命，一生经历丰富传奇，诗创作与臧克家、艾青齐名，著名诗作有《父与子》《鸟枪的故事》《哈喽，胡子！》等。他长期在大学任教，培养了大批学子，科研著述丰富，在诗论、老子研究、毛泽东诗词研究等方面成果丰硕。由其作词、郑律成作曲的《中国人民解放军军歌》成为不朽之作，还创作有《英雄赞歌》（电影《英雄儿女》主题歌）、电影《白毛女》《豹子湾战斗》等插曲，整理定型《东方红》歌词。这些歌在我国几代人中广为传唱，产生过重大社会影响。

公木的一生是追逐理想、坚守信仰、追求真理的一生，是青少年时代就投身革命洪流，为祖国繁荣富强和民族解放事业奋斗的一生，是“以诗歌为生命”，为人民勤奋创作奉献文艺精品的一生，是以极大热情投入教学科研，“甘化泥土润花根”，为国家建设事业培养大批栋梁之材的一生。作为公木先生的学生，我于20世纪80年代与张宇宏合著《公木评传》，对老师进行过多次采访交流，也曾经详细地听公木先生给我们介绍了《中国人民解放军军歌》的创作经过。

1939年7月中旬，抗大总校职工万余人在校长罗瑞卿的率领下，东渡黄河，开赴前方。政治部宣传科只留下公木和郑律成两人，奉命等待到筹办中的抗大三分校工作。三分校政治部各科室人员一时还没有调配齐全，他们紧紧抓住这个短暂空暇的宝贵时间去实现共同合作创作歌曲的夙愿。有一天，郑律成告诉公木，他为公木的《岢岚谣》作了曲。公木很惊讶，近二百行的长诗，谱曲会多么费力呀！郑律成还说，想为《子夜岗兵颂》谱曲。这是公木半年前在抗大一大队做学员时写的一首短诗，登在连队墙报上，诗中反映了他在抗大学习时深夜站岗放哨的一点儿感受。诗写得很美：

一片鳞云，筛出了几颗流星，相映溪流呜咽呜。是谁弹奏起这一阕乡曲，四周里低吟着断续的秋蛩。远处一点孤灯，

像一点流萤。明灭在有无中，画出了无涯的黑暗，也画出了山影重重。你可敬的岗兵，手把着枪托，挺立在路口，面对着西风……

郑律成把这首《子夜岗兵颂》拿去不声不响地用咏叹调谱成一首独唱曲，然后用他那带有朝鲜族音调的清亮歌喉唱给公木听，这使公木又惊奇又激动，紧紧握着他的手说不出话来。以后，郑律成经常催促公木，让公木作词供他写曲。他诚恳地说："你是从前方来的，有生活基础，我俩携手合作为八路军歌唱吧！"他进一步建议："咱们也搞一部大合唱吧！""什么大合唱？""当然是《八路军大合唱》啦！"经他一再鼓动，并且提出命意，点出题目："军歌、进行曲、骑兵歌、炮兵歌、冲锋歌，再添一篇《快乐的八路军》，《子夜岗兵颂》也算一篇，总共七八篇或八九篇就够了。"两人具体商定，立即动手创作《八路军大合唱》。他俩决定这个大合唱要由八支歌组成，要的是这个"八"字。一时间，战火纷飞的疆场、一队队荷枪实弹奔赴抗日前线的八路军战士的雄姿、战士们英勇杀敌的矫健身影……萦绕在诗人公木的心头，也萦绕在作曲家郑律成的心头。对祖国的无限热爱，对人民的高度责任感，对八路军的一往情深，掀起了他们感情的巨澜。灵感之火把创作的激情点燃，而且越烧越旺，终于凝铸成火一般的诗行，弹奏出发自肺腑的乐章。

公木一气呵成，写下《八路军军歌》《八路军进行曲》《快乐的八路军》《炮兵歌》《骑兵歌》《冲锋歌》《军民一家》，加上原来创作的《子夜岗兵颂》共八支歌的歌词，完成这些歌词的创作还不到一周时间。以前是郑律成为公木现成的诗篇谱曲，而创作这些歌词时是公木为郑律成未成的曲子作词。两人配合默契，凡是谱曲需要的，公木都尽力配合，郑律成满意了，就算拍板定稿了。在写作这一辉煌的历史性名曲《八路军大合唱》中，诗人公木与作曲家郑律成的合作高度充分、完善，树立了合作的楷模。

公木每写成一篇歌词，郑律成就拿去作曲。没有钢琴，连手风琴也没有，郑律成只是摇头晃脑地哼哼着，打着手势，有时还绕着窑洞中摆放的一张白木茬桌子踏步转悠。意识到公木带着笑意注视他，他就走出窑洞，到山坡上去“创作”。谱曲似乎比作词更费些斟酌，郑律成也经常用鼻音哼哼出一个调儿来，征求公木的意见。作曲的时间拖得比较长，大约到 8 月底 9 月初，全部编曲才算完成了。郑律成说：“给词作曲，如同为虎添翼。”公木说：“为虎添翼，不是一句好话。”郑律成笑道：“不管它，咱们的虎，是吃日本鬼子，吃反动派的虎。生了翼，更凶，更猛，更厉害，有什么不好？”

等郑律成把“翼”生出来，抗大三分校已经正式开学，公木搬到三分校政治部住，继续搞时事政策教育工作，郑律成则调到鲁迅艺术学院音乐系做教员去了。郑律成虽然离开抗大，还是经常回来教歌。三分校的每个连队，无论是行军途中还是在集合会场，到处都在唱：“铁流两万五千里，直向着一个坚定的方向。”“向前，向前，向前，我们的队伍向太阳。”“炮火震天响，战火漫天烧，看我健儿抖擞精神个个逞英豪。”1939 年秋冬，这嘹亮的歌声在延安的山山岭岭回荡着。这年冬季，《八路军大合唱》由鲁艺音乐系油印成册，还在中央大礼堂组织过一次晚会，由郑律成亲自指挥，进行专场演出。此后，不只是抗大学员唱，各机关、部队、学校也都传唱起来。学员们一批批毕业了，也就把歌声传遍了四面八方。这部大合唱一经唱出，就受到热烈欢迎，唱遍延安，唱遍陕甘宁边区，唱遍各根据地。

1940 年夏季的一天，当时的总政治部宣传部部长萧向荣邀请郑律成和公木到文化沟青年食堂吃了顿红烧肉，以示犒劳，并告诉他们说，这些有关八路军的歌曲已由抗大学员传唱到各个抗日根据地，很受广大战士的欢迎，特向他俩祝贺！萧向荣笑着说：“今天破例，都喝三杯。一杯酒，祝你们继续合作取得更大成果；二杯酒，祝你们更认真地向工农兵群众学习；三杯酒，祝你们再接再厉，继续写兵唱兵！”

1940 年夏，《八路军进行曲》在《八路军军政杂志》刊载后，便在各抗日根据地军民中传唱。1941 年 8 月，该歌曲获延安“五四青年节”奖金委员会音乐类甲等奖。全国解放战争时期，《八路军进行曲》更名为《人民解放军进行曲》，歌词略有改动。1951 年 2 月 1 日，中央人民政府人民革命军事委员会总参谋部颁发试行的《中国人民解放军内务条令（草案）》，将《人民解放军进行曲》改名为《人民解放军军歌》。1988 年 7 月 25 日，经中共中央批准，中央军事委员会决定，将《中国人民解放军进行曲》正式定为《中国人民解放军军歌》，邓小平签署了颁定军歌的命令。

公木先生虽然离我们远去了，但他创作的歌还在，他的业绩还在，他留下的精神财富仍然在鼓舞激励着我们前进。

◇ 作者简介 ◇

樊希安，1980 年毕业于吉林大学中文系，历任吉林人民出版社总编辑、生活•读书•新知三联书店总经理、总编辑、中国出版传媒股份有限公司副总经理。

与公木谈话

徐敬亚

以八十八岁的高龄谢世，公木先生最后的消息传来，我没有更多的悲痛。

血红的落日，缓缓下沉，溅起星光，谁也无力托起它。只是它自己的最后辉煌，独自迎送着它自身白发苍然的默然转化。

一

而我的心中，一种突然的、巨大的遗憾，油然而生！在他与我之间，仅仅局限于两个人交往的历史中，本应该出现的、最真诚的探讨、诘问、内省，由于我单方面的怯懦、晚熟和地理上的距离，永远失去了发生的机会。今后，我只有空读他的诗书，枉然凝望他的留容。我提出的全部质疑，只能再次无力地折射回到我自己的困惑。

作为热情的回答者和好斗的理论家，他，是那样优秀的辩论对手！作为某一种文化的苦难结晶，作为某一类标本一样纯正的性格，他，是那样的真实而矛盾！

既然五十年的生命中，我一直苦苦地声称着真诚，既然我直至现在仍想问遍全世界而去寻找一个明白，我怎么能如此轻易地错失了良机？！这，也许是那段历史赐予我的唯一机会。我枉对了那么多人误认的、我的所谓勇敢与坦诚。

二

不是悲痛，只是一种特殊的呆滞！

一瞬间，我的意识之柱突然摇晃。正如今年 1 月 1 日我的与他同龄的母亲离世时一样，往事翻涌！快速纠葛！意念不能组合，肉体微微颤抖。

那是他最后一次回来，他用他最后的告别手势，强力地逼我去想！是那想，让我沉重，给我痛憾，把我击倒。

公木老师，缺少了那么多应有的对话，我怎么能回答你！

三

以我一介平民学生的身份，以我负你于四十岁的年龄，我曾那么多次失之交臂地靠近过你。

十九年前的春天，我把五个字递给你。你用毛笔为我们的诗社命名、书写了“赤子心”。你一句话也没说，把另两个字“崛起”弃掉了。那是我第一次面对你。我怎么不问一问：“老师，为什么？”

坐在如花般年龄的学生中，你手舞足蹈地给我们讲“飞行集会”，讲向反动派扔汽油瓶，讲得家里的藤椅摇晃，讲得布垫落地。在你绷着嘴唇模仿嘭嘭爆炸声的时候，我已经是你家中的常客，你像我们中间最大的孩子。我为什么不问一问，你那时的年龄和后来的事情？

在你帮我修改《复苏的缪斯》那个亲密的寒假里，为什么我只是感激地接过你用心写的那一行行小字？为什么我没有把几处不肯修改的理由更多地告诉你？为什么面对你激情的演说，我只是可耻地佯装点头！

1981 年 2 月，我把刚刚写好的《崛起的诗群》手写稿交给你，一直到毕业你都没有说更多的话。作为它的第一个读者，我们之间本应发生的天翻地覆的、美妙颤动的争论，眼看着一触即发却没有出现！那段时间我干了些什么？我算一个什么样的评论家？

四

你坐在你往事般的旧藤椅上，你坐在你云彩般的书堆中。你阔大的嘴唇、粗壮的鼻子和浓黑的眉毛，总是组成一连几小时的单人演说。我恨我那时候的弱小。我把自己变成了你最恰当的语境。同层次的敏感和某种内心的反诘——我为你创造了演说者最佳的发挥条件。我那时太欣赏你。我心里明知道，被你淹没，尤其不是对你的尊重。我只是没有发动自己的勇气，我只是永远也打不断你的话题。你并不是口才最好的人，但是你能把你的道理说得汪洋恣肆。在说着正面道理的时候，你挑战般的性格总是把话说得朴素，又有那么一点儿离经叛道。

五

在你之后，我见过太多的教授、学者与诗人。正是从你这里出发，这些汉字，在到达我年轻的心中时，成为最纯正、最干净的名词。但是它们后来被一个个人和事破坏得让我心灰意冷。

认识了你之后，我才开始读你的诗。我甚至找到了那本古老得像木刻版本的《哈喽，胡子！》。我心里慢慢地感到高兴，我发现我与你的性格那么相似！这一点，我在你的脸上也找到了根据。我小心翼翼地走进你的书房，你马上站起来，脸上全是笑容。你轰炸般的谈话，你几小时几小时的兴奋，令我产生对你时间的掠夺感。作为一个最普通的学生，你实在不用应酬我，除了性格与艺术的投机之外，我找不到别的理由。看着你说话的时候，我想到你那首写于 1956 年有点反逆味道的诗：爬，爬！爬也是黑豆！公木老师，你也是个犟人。

我不能说，是你教会了我写诗，但一定是你暗中放大了我的某些性格。听你大刀阔斧地谈天说地，不能不为我后来放肆地、斗胆指点诗坛输送了不计后果的那种真实与勇气。

1979 年年末，我突然想考谢冕先生的研究生。你说了一句话把我惊呆了：你根本不用考他的研究生，你比他强！

六

扣掉 20 世纪前十年，再扣掉最后十年。公木老师与我的母亲一样，几乎经历过了这个不平静世纪整整八十年。夸张地说，她，是一部苦难深重的现代平民史；而公木老师，是一部沧桑纠结的现代知识分子史。

我留下的，并不全是遗憾。那些年，我是一个对某种艺术追求得发疯的青年人。我从来尊崇着他的人格，内心里却一天天地在生长美丽异端。面对着庞大的传统与文化格局，我一直暗藏着一种与之对立的诗歌艺术情绪与观点。

我一直设定，并大体做到——平等、自尊地以诗人的相似身份，与这位老人相处——我相信，在他的身边，不会有很多类似的人。我，是他亲眼看到的、嫩叶一样钻出地表的怪草。他，是我触到的、可疑森林中一棵真实的大树。我们的性格中，有一种相似的执着、逆反与生硬。如果把双方分别错放到各自的年代，我也会去扔汽油瓶，他也可能书写诗群。

七

——正如他想真诚地改变我一样，我也一直在试图真诚地改变他！

20 世纪 70 年代末，吉林大学的诗社一直兴奋地与全国最新诗潮保持着同步。它也是后来惊天动地的“朦胧诗”一个小型的发源地。在横跨几年的过程中，我几乎没有一点儿折扣地把我当时所能得到的全部最新非官方诗歌，一批批地送到他的案头。如果说回报，我觉得这才是对老师的最大回报。

大概从 1979 年春天，也就是《今天》杂志出刊第三期“诗歌专号”起，公木老师就看到了当时的全部。这使得他成为当年中国诗坛上最早接触“朦胧诗”的老人之一。也许因此，他，没有像有些老诗人那样与新潮奋力对抗。

我清楚地看到了：巨大的艺术反差，在他的身上激起了过敏反应一样的心浪。最终，他从自己纯净的人格与艺术的真诚出发，对它们发出过率真的赞美。同时，他也从来没有脱离过自己一生坚守着的集体性阵营，包括自己的创作。

我与这位老人，进行过那么多次隔空的谈话，在词语中，我们几乎没有降落到各自生存的土地上。被众多朋友所知道的、他对我生存意义上的几次帮助，发生后我们几乎再没谈起。依他的单纯，他虽以校长身份的询问也被有关部门轻松地应付……在驳斥诗潮的严厉会议上，他为了替我说出一点儿公平话，不得不中断发言在台上吃心脏病的药……在我突遭驱逐的那一年，他主动找到领导，亲自上门陈情……

八

得到公木先生去世消息前一个多小时的黄昏，我与王小妮正在乘车向西走。左边一公里是南海，右边是整个中国大陆。天空布满奇怪的、平面般的阴云。太阳突然出现在斜前方，像一块暗红的水彩那样黯淡！再抬头时，有棱角异常分明的云横切过它。暗色球面的下方，出现了我从来没有看见过的直角形状！反反复复多次。我们停下车观看，惊异了很久。

我从来不相信人与万物之间的对应或征兆。我只是感叹天空中的事情有时也离奇不可思议。我从来渴望把万事万物弄清，却多年一再接受困惑。

公木先生一生都在写作与思考，我相信对于他本人的逝世，他自己也会感到遗憾。他也会说：还有那么多的字没有写，还有那么多的争论没有进行！

1998年11月5日

◇ 作者简介 ◇

徐敬亚，1982年毕业于吉林大学中文系，诗人、评论家，现居深圳。

缅怀恩师刘柏青先生

靳丛林

33 年前的 1983 年，我考入吉林大学中文系中国现当代文学专业读研究生，师从刘柏青、刘中树教授研究中国现代文学。那时柏青师年长，已近天命之年，中树老师正值壮年，还有在 20 世纪 90 年代因病逝世的金训敏老师（中文系副主任）。那时这三位老师是第一次带硕士研究生，我们当年考入吉林大学文学院的四名男生许祖华（现为华中师范大学文学院教授）、潘世圣（现为华东师范大学日语系教授）、李冬木（现为日本京都佛教大学教授）和我也就成了三位老师的开门弟子。我年虚长，忝列成了大师兄。

在 20 世纪 80 年代那个充满了无限生机、无穷诱惑、无垠憧憬的浪漫时代，我们四个年轻人发奋读书，要势如破竹地前进，也满腔热忱地幻想着未来……我现在记忆最清楚的是：柏青、中树师每每讲课或闲谈时都要强调：将来你们一定要接我们的班，搞学术研究。后来中树老师做了中文系的主任、吉林大学副校长、校长，更对我们这些第一届的学生关怀备至。

几十年过去，应该说我们都还算没有辜负恩师的期望，但金老师早已仙逝，柏青师且于昨晚因病逝世。昨天早上，我赶去医院时先生已是昏迷不醒，我喊着老师说，学生来看您了！我知道，老师一定知道是我来了，因为我感受到我握着的老师的手在轻轻地抖动……

1986 年，我硕士毕业后和冬木留校任教，第二年夏天筹办了一个学术会议。孙玉石先生写到这次会议时曾说："1987 年夏天……由我素所尊敬的刘柏青教授主持，吉林大学中文系首次举办中日现代文学关系学术研讨会，我与王瑶先生，应邀前去参加了。"

曾为北京大学中文系主任的孙玉石先生何以对柏青师"素所尊敬"？

1981 年，柏青师一篇学术会议上的论文《三十年代左翼文艺所受日本无产阶级文艺思潮的影响》在当年的《文学评论》第六期上发表。从学术研究史的角度来看，到那时为止，关于中国 20 世纪 30 年代左翼文艺运动何以勃兴，还没有谁像柏青师那样能从异域日本的角度来考察日本无产阶级文艺运动对中国左翼文艺产生的深刻影响，且将之梳理得清晰明朗，给予学界以启迪。后来，柏青师在此基础上曾写过一本《日本无产阶级运动简史》（时代文艺出版社，1985 年 10 月），看过此书，方知柏青师对日本左翼文艺了然于胸的功底。

而让柏青师蜚声于学界的，则是《鲁迅与日本文学》（吉林大学出版社，1985 年 12 月）。锡金先生在该书序言中说：在他认识的通晓日文且研究很有成绩的同志中，刘柏青“多年来密切关心‘鲁迅与日本文学的关系’问题，探求得十分勤奋，积有心得，发为文章，已有十余篇，将达二十万言。……柏青同志非常谦虚，他在《后记》中说自己的工作只是对有关问题作了些‘初步的探讨’……我觉得我读了的感觉并不如此。我觉得他为大家做了许多值得感念的开拓性的探索，他不但研究了鲁迅从日本文学所受到的影响，还研究了鲁迅在接受这些影响时所做的选择、综合和发挥，从同中辨析其异，这就使我们对于鲁迅的文学道路清晰可识，从而也显示了鲁迅的独特的思想光辉；不仅此也，他还探讨了鲁迅给予日本文学以何等的影响，其中还接触到哪些是受到了误解或歪曲的，以及它们后来得到的进展；这也有助于我们理解中日两国文学和文化交流的具体情况”。的确是因为“积有心得，发为文章”而非挖空心思所作吧（如今有多少所谓学术文章是由心而发呢），这让柏青师的这部著作出版后好评如潮。以至于先生潜下心来，又想写一部中日文学交流史。我和冬木留校后，即从柏青师那里接手了几千页手写在吉林大学公用稿纸上的恩师平时读书记下的笔记感想、众多资料和写作规划（至今还有上千页在我手中）。1986 年秋天，我和冬木在吉林大学二舍的一个小房间里，根据那些材料，也异常兴奋地字斟句酌，推敲出自以为得意的《中日文学交流史稿（1840—1949）》的框架大纲和章节细目，还真就得到了老师的认可。翌年则完成了近十万字的刘柏青、靳丛林、李冬木编撰的《中日文学交流史稿（1840—1949）》“初稿纲要”（打印本），召开了前面孙老师提到的那次会议。可惜的是，冬木会后不久即去了日本，20 世纪 90 年代我也在日本访学多年。柏青师只得将那初稿交由后来的福贵学弟加工完成，变身为《中日近现代文学关系比较研究》一书。

柏青师一生低调行事，不为名利，潜心教学与学术研究，应该说，在开拓中日文学关系研究领域，恩师是开路先锋，透过与近代日本文学密切而复杂的关系来看待中国现代文学的品格，无疑为新文学的研究开辟了一条新的路径；而《鲁迅与日本文学》一书，也为我们日后从事日本鲁迅研究之研究，奠定了坚实的基础。先生在上，弟子难以望其项背。

待其弟子，德高望重的柏青师却总是躬身相助。1989 年夏，我随先生客座日本关西学院大学。一日，一桥大学木山英雄教授风尘仆仆地从东京赶来关西兵库县西宫市关西学院大学十号馆，拜见吾师。在宽大的带有西式壁炉的客厅里，柏青师向木山先生推荐晚我两届毕业已在人大任教的（赵）京华到木山麾下读博。翌年京华果真就去了东京一桥大学。多少年后，京华（博士毕业后回国任职于文学研究所）每回吉大，差不多都要我陪他去探望恩师，每每临时带些伴手礼，都要受到恩师劝诫，但每每带去的著作，先生都欣喜异常，即便我们走后他也要摆在茶几上许久，以便给后来者看。

师生之情浓于血！记得是六年前吧，吉大毕业已近三十年的孙歌女士回母校演讲，提出一定要去拜见刘柏青老师。柏青师听说后也非常高兴，马上定下私宅不远处的一家小有名气的私厨料理，我陪着，看到了刘老师为自己早年的本科学生有今日如此的成就而多么高兴！我私下里曾几次想过说过，中日文学关系研究，鲁迅与日本文学研究，以及日本的鲁迅研究乃至日本思想史研究，几乎都与吉林大学刘柏青先生及其师门相关。不是吗？看孙歌女士不忘恩师，和刘老师吃饭时还说起指导她本科毕业论文之事，如今孙歌已经跨越了文学疆域，是国内外著名的日本思想史研究专家；而翻译竹内好第一本《鲁迅》专著的李新峰，恰恰也是吉林大学中文系孙歌的同届同学；看京华博士近年来著译迭出，已是国内外学界的佼佼者，他与三联叶彤策划出版的“日本二周研究经典选集”，京华译的《北京苦住庵记》（木山英雄）、冬木译的《鲁迅与终末论》（伊藤虎丸）和刚问世不久的《鲁迅：救亡之梦的去向》（北冈正子），以及拙译《从“绝望”开始》（竹内好），还有已在计划之中的《鲁迅》（丸山升）。倘若用世俗的炒作用语来说，是不是或许批评研究界包括创作也有一个“吉大现象”？姑且不论朦胧诗人王小妮、徐敬亚、吕贵品；批评界的季红真，乃至获得N奖的吉大学子们，是不是也该包括当年文学研究所马良春所长及其属下张大春、张仲良、刘福春等，在外的吉大学子，有哪一个不曾谈起过刘柏青先生？也许是扯远了。但在今天，在与日本有关的研究中，不大多是刘柏青先生的学生们在努力做着一些他们所师承的工作吗？

或许也和地域有关？柏青师曾经在长春的法政大学读过法律。人们大概都知道吉林大学所在地长春曾是日本侵略者扶植建立的“伪满洲国”的伪都“新京”。在那个时代，在校念书是被强行推行日语的奴化教育的。但日语的学习反倒成了日后柏青师研究日本的基础。20世纪80年代，柏青师甚至还翻译出版过日本推理小说作家森村诚一的《太阳黑点》。后来，做到校长的刘中树先生也无处不在推介先生乃至他们的弟子学生，即便在日本长期考察也在所不弃。

就在撰写这篇短文的同时，我实在无法控制内心的情感，还是贸然地将恩师去世的消息发到“鲁迅研究自由谈”的微信群上，去骚扰了本不该被骚扰的朋友们的愉快周末，却不料几乎被刷屏。其中，我未谋面的上海复旦大学的张业松说，在网上没能找到“刘柏青先生的照片，也搜不到相关消息，只找到这个书影，敬致哀悼。刘先生是我所知道的中国现代文学研究界最被低估的泰斗级学者”。即刻有人认同。吾心才释然。恩师低调，却并非不为今日学界所识。张业松先生所说的那个“书影”，即是2012年弟子们为恩师九十岁华诞编辑奉献的心礼。那里面收录了《鲁迅与日本文学》《日本无产阶级文艺运动简史》和论述郭沫若、茅盾、新月派等文章，还有回忆同在吉大任教的冯文炳（废名）的文章，更是精选了不同时期刘柏青先生与王瑶、孙玉石、孙昌熙等学界前辈的照片，以及和日本友人丸山升、伊藤虎丸、山田敬三、吉田富夫等人的留影，也可谓弥足珍贵了。甚至连我的学生李明晖博士，也为此书的编撰付出了一个炎热夏天的工作。

向来低调的柏青师是“积有心得，发为文章”，一直是弟子们所遵循却未必能守得住、学得精深的。而先生更感人的品德还在于他的人格魅力。

1983 年，恩师受日本学术振兴会之邀去日本讲学，从关东圈东京、横滨、千叶的日本学者到关西圈的京都、大阪、神户及至九州，那个时代几乎所有日本研究中国现当代文学的学者都与柏青师建立了密切的联系。是不是也可以说，是刘柏青先生打开了中日两国现当代文学研究界友好交流的历史之门，像前面提到的东京圈的丸山升、伊藤虎丸、木山英雄等人，关西圈的吉田富夫、山田敬三和北冈正子等学者。我们弟子是一直受益的。1989 年 7 月，我第一次去日本时刚到住处，便接到了吉田先生打来的电话，也是因为冬木那时在日本已与吉田先生稔熟；1995 年，我二次在日时赶上了阪神大地震，住在神户王子公园附近的我，住屋全毁，带着妻女死里逃生，到了女儿的小学校避难，想不到竟接到了北冈先生寻找我们的电话，后来全家又奔到奈良的冬木家才暂获了安宁，这是我无法用语言来表达内心的感激之情的。都是托柏青师的福！在如此深得日本学者信赖的柏青师的麾下，1986 年我留校后，协助柏青师主编的吉林教育出版社出版的《日本学者中国文学研究译丛》（其中，第四辑为“现代文学专辑”，第五辑为“古典文学专辑”）从第一辑出版到 1993 年的第六辑“新时期文学专辑”，又见证了先生与日本学者频繁密切的人事交往与资料往来，从日本寄来的学者的著作、文章，精挑细选翻译后，编入译丛，真的该说，先生是为中日文学交流做出了杰出贡献的。

还得说说柏青师日本讲学回国后的事。在日演讲所得日元报酬，在 1983 年的中国，换成人民币应该不是个小数目，柏青师竟然自愿悉数上交给了国家，因为他是一名真正的共产党员。日本学者赠予他个人的所有图书资料，也全部捐赠到中文系资料室。宁可自己节衣缩食，也要把报酬交给国家；图书资料绝不会像有些人那样秘藏不宣，而是共享。要知道，刘柏青先生抗战时期曾经加入过国民党，后来投奔共产党。

2016 年 4 月 15 日（星期五）晚 20：20，柏青师在长春吉林大学白求恩医学部第一医院因病不幸仙逝，享年 93 岁。仁者高寿！

刘柏青先生，中国共产党党员，1924 年生于辽宁省新民县（今属沈阳市）。1950 年东北人民大学（吉林大学前身）研究班毕业，任校刊编辑。1955 年到中文系任教，从事中国现代文学教学与研究工作。曾任中国鲁迅研究会理事、吉林省鲁迅研究会副会长、吉林省中国现代文学研究会副会长、吉林省比较文学学会会长。

弟子们失去了一位慈祥的恩师，但永远不会失却的，是我们无尽的思念！

安息吧，恩师，我们会永远怀念您的！

弟子们会以您所希望看到的一部部尽可能值得阅读的著译，告慰您的在天之灵！

谨以冬木转译来的北冈正子先生的悼文来结束此篇：

接到刘柏青先生逝世的讣告，心中充满了震惊与悲伤。

谨向先生的家人和亲友表达我的哀悼。

想来中国和日本的中国现代文学研究者的学术交流之始，还是仰仗了刘柏青先生极大的尽力之劳。因先生之力两国结下学术友好的纽带，其精神承载着我们两国学者的心愿，以滔滔之流延续至今。先生所开拓的学术友好之精神，在面向未来的过程中将会被不断地继承下去。吃水不忘打井人，我们将把走在我们前面的先生的名字铭刻在心，永远不会忘记。

刘柏青先生，真的是谢谢您啦。请安息吧。衷心为您祈祷冥福。

2016年4月17日

北冈正子

2016年4月17日凌晨

笔者于吉林大学

◇ 作者简介 ◇

靳丛林，1986年硕士毕业于吉林大学中文系，现为吉林大学文学院教授。

山高水长终难忘　点点滴滴在心头

张福贵

我是在云南腾冲的国军阵亡将士墓地听到恩师刘柏青先生去世的消息的。那一时间，历史的悲怆和眼下的悲伤叠加在一起，只觉得天是暗的，草木摇曳，有一种心无处安放的痛苦和茫然。

刘柏青先生和刘中树、金训敏先生一样，都是我的研究生导师。因为其中两位老师都姓刘，我们大家就称他们为柏青老师和中树老师，这个习惯一直保留到现在。即使后来刘中树老师做了吉林大学的副校长、书记、校长，我们也都一直这样称呼，从来没有把中树老师称为刘校长。

我的本科毕业于延边大学，留校四年后想考研究生，就选择了吉林大学。其实考试前正赶上太太怀孕和学校整党，天天都很忙，自己对考研并没有抱太大希望。没有想到，笔试第一。那个时候考研一般都不和导师联系，我是在面试时第一次见到柏青老师、中树老师和其他几位老师的。面试结束回到延边后，给柏青老师写了一封信，谈自己将来学习的想法。没有想到，柏青老师很快给我回了信，信很长，字体刚劲有力，像刀刻的一样。在信中柏青老师说我是专业教师了，专业性的东西可以先放放，让我多看一些有关文化类的书。那个时候正赶上有关传统与现代问题的文化大讨论，柏青老师让我看这类书的目的就是要我关注这场讨论。而对我来说，恰好是一种补课，弥补我原来在知识结构上的不足。后来，我的专业研究多爱从文化视角看问题，可能和当时这种补课有很大的关系。

进了吉林大学中文系，和老师们接触多了，我发现这里的老师都有一个共同的特点，踏实、善良。教研室的老师之间没有一点儿矛盾，总是那么和谐融洽，像一个大家庭。那个时候研究生数量少，我们和老师相处的时间比较多，时不时地去几位老师家聚餐，也到靳丛林师兄家蹭饭。日子久了，我发现柏青老师的形象和内心是那么一致，温厚稳重，慢声细语。花白而最后全白的头发，显示出与他实际年龄不相符的岁月沧桑。这种沧桑除了深思熟虑的成熟之外，还带有一种来自心底的谨小慎微。当我研究生毕业留校后负责清理中文系教师档案时，看到他那厚厚的档案袋里的内容之后，我才真正了解他谨小慎微的历史原因。柏青老师曾加入过国民党，从事地下抗日工作。1945 年由地下转到地上，他担任了县党部书记。但是不到两个月，由国民党中央派来的另外一个党部接管了本地党部，柏青老师只好离去。就是这不到两个月的国民党党部书记的经历，跟了他一辈子，在相当长的时间里成为压在他身上的重负和心头的阴影。柏青老师一辈子不愿意求人，总是为别人着想，一生活得谨慎小心，生怕给别人带来一点点麻烦。我曾经当面和他说，您总是为别人活着。柏青老师为人处世太低调，甚至到了谦卑的程度。偶尔和大家到饭店聚餐，遇到服务员给他倒水，他都要站起来道谢。看到这种情景，我都要说您不用这样，但是每次还是这样。此情此景，我心中既敬佩，又有一种莫名的悲哀和伤感。

柏青老师的人格也体现在他对师母的悉心照料中。师母很早就患上老年痴呆症，后来卧床长达十四年之久，从吃饭到大小便都不能自理。其间都是拜请老师和孩子们护理照顾。我最初到老师家师母偶尔还能认出我来，后来就只剩下笑了，再到后来，只有呆滞的目光对着我。

我的研究生学业只有两年。入学第二年，柏青老师和我说，“希望你能留在教研室，这也是中树老师以及教研室老师们的意见，如果打定主意，就提前毕业”。就这样，我提前一年结束了学业，留在了老师们的身边。记得毕业答辩的时候，中文系特地为我一个人组成答辩委员会，五位教授整整问了一个上午。当有一个问题我回答得不太流畅时，柏青老师急得举着论文指点着向我示意。那份关切和焦急现在还清晰地留在我脑海里。在此后漫长的岁月里，我和柏青老师、中树老师以及其他老师朝夕相处，更多地了解了老师，也从老师们身上得到了更多的东西。柏青老师治学严谨，自己做学问一丝不苟，看学生论文逐字逐句修改。他和我说，做学问要留有余地，不要说满。你口袋里有四元钱，但是你只能说有一元钱。他在日本期间撰写的《日本无产阶级文学运动简史》只有不到十万字，我在这本的薄薄书中，看到了更多的没有写出来的内容，几乎每一句话后面都还有许多话没有说出来。一个观点的背后都有好多没有显示的思想和资料在支撑。我当时觉得这是一部有骨头的书，而其他的论著也几乎都是如此。也许正因如此，柏青老师一生著述并不是很多，但是又都是具有开拓性的。他的代表作《鲁迅与日本文学》是鲁迅研究的经典，也是中日现代文学关系研究的奠基作。柏青老师真的是中国现代文学界少有的几位成就远远大于名气的大学者。后来，他的一只眼睛得了严重的青光眼，看书读报都要借助放大镜。但是即使如此他还是写东西、看东西。2000 年，我和李新宇、黄也平合写了一本书，我犹豫再三，最后送给了他。而且一再嘱咐不要看。可是，过了些天，他特地把我叫去，和我谈他对此书的看法，而且令我意想不到的是，先生竟然拿出他写的书评，写了六千多字。而且，听他女儿说，是他拿着放大镜一字一字写出来的。

柏青老师到后来主要研究中日文学关系，直到今天人们在提到这一领域研究的发展时，都必然说到他的论著。老师想完成一部系统的中日文学关系比较研究的著作，先是在丛林、冬木两位师兄的配合下，完成了五万字的初稿，后来冬木出国，再后来丛林出国，书稿就暂时放下了。柏青老师几次希望我能把书稿接下来，继续弄完。于是，在老师和丛林、冬木编撰的书稿基础上，我把自己的论文和柏青老师的论文加以修改、整理，终于完成了这个工作。最后在署名的时候，柏青老师无论如何不让署上他的名字，说他没有用，我们有用。我只好在后记中写下这个过程，表达我们的敬意。说到这里，我真的还得向远在日本的冬木师兄致歉，因为最后书上也没有他的名字。这样的事对于柏青老师来说不止一次，当初教研室在编译那本《日本学者研究中国现代文学论文选粹》时，柏青老师做了类似的贡献。人们常说，老师是蜡烛，是园丁，可能很多时候是一种比喻，但是在我们这里，在柏青老师的身上则是许多实实在在的行为和事实。20 世纪 80 年代初，柏青老师第一次去日本短期讲学，省吃俭用省下的日元都交给了学校；第二次去日本，自己买了二百多本书捐给了中文系资料室。要知道，在那样一个改革开放之初的时期，中国的知识分子都十分清贫，柏青老师做出这样的举动并不是轻而易举的。后来，我去了日本，向老师学习，也买了几十本书送到了资料室。

柏青老师退休之后不久，我恰好和他住进了柳条路上同一栋楼里。见面的机会多了，见到我，不问工作，只是说，“我看你太忙，不要太累”。我每次去他家看他，带点儿吃的东西，他都是再三道谢，一直送到楼梯口。在我的记忆中，只有一次先生主动向我要酒，说最近喜欢喝白酒。我第一次特地给他送了两瓶好酒，先生留下了一瓶，而那瓶茅台说啥也不要，我硬推给他走了。可是第二天他竟然又送到了我的家里。后来我太太说，柏青老师面子薄心事重，咱们不要难为他让他心里不好受，以后就送普通一点儿的酒吧。三四年前的一天，我又给他拿两瓶酒，他说，“你拿回去吧，我不能喝酒了，眼睛看不见了”。那是我最后一次给他送酒。后来，他眼睛做了手术，开始时很好，很高兴，说世界都变得清亮了。过了不多久，眼睛又看不见了。我们的住宅楼周边有一圈不大的草地，栽满了杏树、樱桃树，一条环形的小路绕着住宅。开始几年，几乎每天早晨我都看到柏青老师和几位退休老师绕着楼一圈一圈地漫步，一边走还一边谈着天下大事。过了几年走的只有他一个人了，而且步子一天比一天慢。再到后来，看着他拄上了拐棍，慢慢地蹭着往前走，最后半年多，就再也没有看见他下楼了。后来有一次，在院子里看到他，我问为啥看不到您散步了，他说颈椎病重了，头晕，站不稳。听到这话，我认真地端详老师的面容，觉得他真的是老了。有一天，丛林师兄给我打电话说老师病了，想我们。我和太太立刻去他家里，从不流泪的老师哭着对我说：“福贵啊，我要死了，胃里有病，再也见不到你们了！”当即令我们泪流满面。老师的女儿悄悄告诉我们，柏青老师得的是癌症，没有告诉他。去年的春节，我和文学院的领导按惯例一起去谒望柏青老师，他的身体状况明显好转了，大声地和我们说，自己死不了了，不是癌症。我们也都一起陪着他假装高兴。但是，最终我们都无法回避那个令人悲伤的时刻的到来。

柳条路的草坪绿了又黄了，柏青老师常常驻足的樱桃树的花开了又落了。我知道在那条环形的小路上再也不会看见柏青老师那步履蹒跚的身影。我如今也搬离了那里，住到了郊外。但是，我还是常常会回到柳条路，因为我在那里住了整整十六年，也是和柏青老师比邻而居常常相见的十六年。在得到柏青老师去世的消息后，我改签了机票，匆匆踏上北归的航班。在飞机上想到三十年里和柏青老师相处的点点滴滴，写下了一些句子。我已好久不写诗了，诗情已化作远天的清风，深浅巧拙权作对于柏青老师的祭奠：

无论多么不愿您走 您还是走了

一步步走远

房前屋后的小路

铺满了您摇摇晃晃的脚步

我声声的呼唤融入夜晚归航的翅膀里

隔山隔水隔着人间

您听不见

三十年的关爱扶持山高水长

飘过春夏秋冬沉入心底

我看遍南国的姹紫嫣红

问您

折一枝盛开的三角梅

您能带走吗

2016年12月14日深夜于旅途

◇ 作者简介 ◇

张福贵，1988年硕士毕业于吉林大学中文系，现为吉林大学哲学社会科学资深教授，教育部长江学者特聘教授。

与柏青老师谈话

李冬木

柏青老师走了。柏青老师没走。觉得还可以随时去谈话。虽然他在电话那边总是说不用来了我挺好，但每次车一拐进柳条路的路口，便能看见他远远地在路边等着。是从五楼上走下来的，眼睛还不好……

出国近三十年，几乎每次回国都会有这样的场景，然后便是天南地北地神聊，中日关系、学界现状、老朋友、旧事、鲁迅、梁启超……什么都有，就像三十多年前在吉大念书时去柏青老师家谈话一样。此时正翻着摆在案头的《鲁迅与日本文学》，这是 1985 年吉林大学出版社出版的柏青先生第一次署自己名字的著作。按说自这本著作出版两年多起，已经通过柏青老师的言传身教多蒙其中学殖的恩惠，但真正开始理解和消化还是在那以后的事，直到现在。

今年（2016）7 月在赶一个国际研讨会的报告时，一个偶然的机缘，发现了《摩罗诗力说》第三章关于易卜生那段话的材源。这当然是一个很重要的发现，因为这段话已经被到目前为止的“材源考”研究判定为鲁迅的原创。但事实上那段话是取自斋藤信策（野人、野之人）的两篇文章。这一发现在会议上报告之后，引起了与会者的兴趣，而且和材源内容的本身相比，大家对斋藤信策这个人更感兴趣。不过反过来说，对国内学界而言，斋藤信策至今仍是个陌生人。之所以说“仍”，是因为柏青老师早在三十多年前就介绍过了。兹引《鲁迅与日本文学》第69—71页如下：

> 但是，无论是石川啄木，也无论是鲁迅，他们对柯尔纳的评价都受了斋藤野人《诗人柯尔纳》一书的影响。斋藤野人（1878—1909）即斋藤信策，高山樗牛的胞弟，在日本近代文学史上的所谓评论的时代，是一位很具特色的浪漫主义评论家。起初他热爱海涅，常发表一些抒情诗，后来笃信尼采，写洋溢浪漫主义热情的评论文字。他曾写过两种柯尔纳的评传。前一种名《诗人柯尔纳》，写于日俄战争之前，强调柯尔纳“投笔从戎”，不在于以武力救国，而是以自己的诗歌把国民的精神引向自由和理想。这在诸多的柯尔纳评传中，已是很具特色之作了。日俄战争开始，斋藤野人又写了《诗人柯尔纳》。在这一本书里他对战争持批判的态度， 指出，战争的目的是应该在把日本引向“自由和统一的理想”的无限活动和向上的趋势上，缺少精神目的的战争是毫无意义的。

他认为，日本所需要的，不是柯尔纳的兵器，而是柯尔纳的诗歌。诗歌才是“人生活力的音响”，是“向上之声”，是“民族的永恒之声”。斋藤野人还抒发自己的感慨说：“国民呀，醒悟吧！没有理想和青春力量的诗歌往往 是死文字；国民要更加清醒吧，称颂这种死文字的国民，它的命运只有沦落、灭亡和永久蒙受耻辱！”这些看法，实在是石川啄木和鲁迅的柯尔纳论的共同的源头。斋藤野人的《诗人柯尔纳》，后来收进他的论文集《艺术与人生》中，而这本书，是一九〇七年在东京出版的。

……（中略）……

上面谈到的斋藤野人等，在对十九世纪文明的批判上和鲁迅更接近。对于这个问题，日本学者伊藤虎丸等人，曾进行过成果卓著的研究。他们认为，在对于十九世纪文明批判的方法论方面，在对于物质主义与平等主义的批判方面，在主张个人主义和天才方面，在强调诗人的作用等方面鲁迅和斋藤野人都有近似之处的。他们还认为：“实际上这些共同点在高山樗牛，登张竹风、木村鹰太郎等作家身上也能见到。这些作家若从文坛史上看，他们则是帝国大学系统的作家；若从文学史上看，他们是使高山樗牛的思想乃至日本最早流行起来的尼采主义成为文学风潮的作家。”

在阅读所及的范围内，这段话应该是国内关于斋藤信策及其与鲁迅关系的最早介绍。通过与柏青老师这样的“谈话”，才越发感到自己做来做去，其实并未超出老师的框架，除了自己鲁钝和不长进外，柏青老师也的确是太超前了。但柏青老师总是很谦虚，每听完汇报和感想总是哈哈大笑说：“我那算什么，做得很简陋，做下去，你们会做得更好……”此时汇报斋藤信策就觉得他还在这样说。

20世纪80年代初，“百废待兴”，包括鲁迅研究在内的整个中国现代文学研究处在停滞不前的状况。柏青老师通过“鲁迅与日本文学”的系列研究为“鲁迅学”和中国现代文学另辟蹊径，展现新的视域，不仅在当时具有“思想解放”的重要意义，而且对今天的学术研究来说仍是重要启示，因为如何打破僵化孤立封闭的一国史观、文学史观，仍是现在学界面临的重大课题。因此，当年鲁研大家锡金先生（1915—2003）为柏青老师作序，就不仅仅是对其“开拓性”的高度评价，也是一种状况的陈述。

开拓性的工作是不容易做得十分完满的，但我以为柏青同志对开拓鲁迅研究的境域这一点上是做出了宝贵的贡献的，它不仅有助于我们对“鲁迅与日本文学的关系”问题的理解，也将有助于我们对鲁迅的整体理解。数十年来“鲁迅学”的“原

地踏步”现象得到了推进的力量了。

当时师从柏青老师和中树老师，也以这推进力量自任，在两位导师的支持和鼓励下，毕业留校后向教育部申报了一个青年教师研究基金项目。我记得 1987 年春赴北京在教育部向五位审查委员陈述课题，陈述还不到一半，便有一个委员先生拍案而起，厉声痛斥：我们伟大的鲁迅先生怎么会受日本鬼子影响！……真的是“拍案而起”，至今还记得从桌子上升起的灰尘在刺眼的光线下像原子弹爆炸一样往上翻。结果除了吕元明老师明确表示“这个年轻人陈述的是事实”外，其余四位全投了反对票。

然而，即便在“鲁迅与日本文学”已不再是“非常识”的现在，《鲁迅与日本文学》一书所呈示的仍是一个出色的学术框架和学术平台。哪怕是只就“早期鲁迅”当中的进化论、个性主义、改造国民性、浪漫主义等与日本明治思想文学这一块而言就具有极大的研究拓展空间，能把其中提到的任何一个人或一种思潮与鲁迅的关系讲清楚都将意味着填补空白而呈现原创性与开拓性。其次，就学术平台的意义而言，作为一种参照系，该书几乎完整反映了截至 20 世纪 80 年代中期的日本鲁迅研究的最新成果。有着很强的深化与外界学术交往的对话性。记得 1989 年刘再复先生访问京都时，中岛长文先生直接对刘先生说《鲁迅与日本人》是他读到的中国学者写得最好的一本关于日中文学比较的书，还开玩笑说终于有中国学者看得起我们的研究啦，而且类似的话中岛先生后来还说过多次。1983 年春，柏青老师受日本学术振兴会邀请和国家派遣赴日本访学，数月间走访各地，结交学者数十位，带回了很多他们的论文和书籍。虽然不少学者如今都已成为故人，但在当时却都是日本学习研究社 20 卷本《鲁迅全集》翻译的基本团队。他们的研究成果仍然是日本现今鲁迅研究的构架和基石，与柏青老师在书中的呈现有着同样的意义。

和柏青老师谈话，笑声过后，每每会有所思，就像现在这样把谈话变成自言自语，不过此时心里想的也的确是这些。

“我最近在读梁启超。这是个了不起的人！”20 世纪 90 年代后半，柏青老师几次这样说。有句话印象很深刻，“我们自以为超越了，其实那眼界倒是照梁启超差远了”，我们一边散步，柏青老师一边这样说。刚巧那时京都大学人文科学研究所的狭间直树先生主持的“梁启超共同研究班”出版了他们的成果《共同研究：梁启超——西洋近代的受容与明治日本》，便买了两本，一本自用，一本送给了柏青老师。柏青老师的眼睛那时已经很不好，却仍然表现出极大的兴趣，说梁启超与日本是个开创性课题，值得继续深入做下去，只是自己老了，什么也做不了了。其实，从性质上说，“鲁迅与日本文学”和“梁启超与日本”是范围不同的同质研究，只不过前者是个人作业，而后者是“共同研究”而已。由鲁迅而梁启超，如果柏青老师晚年不患眼疾而能实现这项研究的夙愿，该会呈现出怎样的景象呢?

听柏青老师讲过去，越近的讲得越少。“文化大革命”时期的事几乎没讲过，20 世纪 50 年代末到 60 年代初的情形谈过，但着言不多，再往前就是“要求进步的学生”张罗批判冯文炳（废名，1901—1967）被匡亚明（1906—1996）制止了：“批什么批，你们懂得什么！明天就开个会向冯先生道歉！”那时的柏青老师眼里闪着光，仿佛匡亚明先生再现。

最有趣的是 1945 年庆祝光复的那一天，柏青老师和他的一个同学去了“中国大使馆”。大厅里空无一人，忽然闪出一位正装眼镜男，自称“大使”，还没等他们说话，就扑通一下跪下了，一边打自己的嘴巴，一边痛哭流涕：“兄弟也是为了养家糊口，迫不得已……”“中国大使馆？中国大使？”看到听者大惑不解，柏青老师一边大笑，一边抖出他的包袱：“那是汪精卫的大使馆，哈哈哈哈……”

还有一件事也一直想问柏青老师。那时的“新京”有很多旧书店，旧书店里有很多“进步书籍”“左翼书籍”，日文的和中文的都有，柏青老师和同学也常去淘书，当然也要躲着，为买书还得和同学密切配合，相互掩护，有一次甚至被追到了大学宿舍里，他们假装早已就寝睡着，方躲过一难，但是一个日本同学由于枕头底下藏着一本《共产党宣言》被带走了……

在那么天网恢恢的“新京”，为什么还有那些进步书籍可卖？现在特别想问柏青老师。

2016年12月28日　于京都紫野

◇　作者简介　◇

李冬木，1986年硕士毕业于吉林大学中文系，现为日本佛教大学文学部教授。

先生的微笑

王列耀

在我的感觉中，柏青先生没有走。即便是今天，是现在，我依然觉得，先生会像往常一样，坐在家中客厅的沙发上，从容、宁静、慈祥地微笑着。

第一次见到先生，第一次感受他的微笑，是三十多年前。

那年的 9 月下旬，我非常幸运地来到先生身边读硕士研究生。秋天的长春，没想到，竟然北风呼啸，大雪漫天。正是在天寒地冻的一天，在我们至今仍念念不忘的文科楼，先生和教研室的老师与我们这些新生促膝而谈。那时候，先生所主编的教材、所发表的论文，非常著名；尤其先生对中日文学关系的研究，更是贡献巨大、成就非凡。但是，眼前的先生，完全不是我事先所想象的那样，没有丝毫的居高临下，更没有点滴的颐指气使；而是平凡、平易，和蔼、亲切；并且，从眼帘、从举止流淌出来的全是充满爱意的微笑。那天，没有上课，没有谈鲁迅，也没有谈鲁迅研究；可是，先生那种典型的长者风度、家人般的微笑，给我上了第一课，让我真真切切地体会到何为“如沐春风”！

有一次，上课空闲时，先生问起：“一周能有多少时间到图书馆看资料啊？”我回答说：“两个半天。”先生听后说：“有点少！”似乎没有微笑。那时候，图书馆的现代文学期刊库，晚上与周日都不开门；先生说的看资料，就是指阅读这些现代文学期刊。过了一周左右，先生忽然来到宿舍，把我带到外面，一边走，一边带有歉意地说：“我已经了解了，你们现在公共课与专业课较多，白天剩下的全部时间也就只有两个半天。”先生还说：“你们已经很努力了，很好！”这时，我看见了先生的微笑，充满了理解与鼓励。

在微笑中，先生又一次缓缓地讲起已经给我们讲过多次的故事：当年，匡亚明先生任吉大校长时，派出专人、拨出专款到上海等地旧书店大量收购文献资料，尤其是收集了大量的现代文学期刊。如今，这些文献资料是如何的珍贵，如何的重要。他还讲到了许多知名学者，如何不远千里万里，专门来到吉大，查阅这些资料的一些逸事。

跟随着先生的脚步，聆听着先生娓娓道来的这些故事，我感受到先生的苦心、先生的赤诚、先生的爱护；我更加庆幸能够如此幸福地沐浴在先生的微笑中。在后来的日子里，我正是咀嚼着先生所讲的故事，沐浴着先生的微笑，尽可能多地泡在现代文学期刊库：从开始的漫天撒网、毫无头绪、枯燥无味，到后来的逐渐聚焦、重点寻找、兴趣盎然。最令我没有想到的是，当时在现代文学期刊库复印的一大捆资料，撰写硕士论文时，基本没有派上用场。可是，一放十多年之后，竟然在我撰写博士论文中发挥了重要作用；从论题选定到论文写作，基本上免除了资料匮乏之苦。当顺利通过了博士论文答辩的时候，我似乎多少才有点悟到：当年，先生为何故意让我感觉到他的“似乎没有微笑”。

在先生身边的日子，很快乐，但是也很短暂，转眼就到了离别的时候。毕业离校前，我们依依不舍地去先生家告别。先生把我留下来，从书房里拿出一封信，交给我说：“你就要到广州去了，我托人给那里的老朋友写了一封信，有可能的话，请他今后多帮助你！”我知道，那时候，先生已经患了较为严重的青光眼，看电视、读书、写字都较为困难。可是，即便是在这种情况下，先生还在关心我，不放心我；直至托人给朋友写信来关照我。人们常说：“一日为师，终身为父。”指的是弟子要懂得永远感恩老师。可是，在先生这里，是老师永远以亲人的方式——父亲的方式，恩惠于弟子；即便自己有所困难、有所不便，也不改初衷。接过这封信，握着先生的手，看着先生一如既往的那种从容、宁静、慈祥的微笑；我感动非常，心底最深切地感受就是一句话：先生如父！

三十多年了。三十多年来，我们已经习惯，在不断回味先生的微笑中，感受先生的关爱；我们也已经习惯，坐在先生家客厅的沙发上，握着先生的手，看着他那从容、宁静、慈祥的微笑。

即便是今天，是现在——我不断提醒自己因何要写“先生的微笑”

之时，内心依然顽固地有着一种坚持：先生没有走，无论我们什么时候回到母校，先生都会像往常一样，坐在家中客厅的沙发上，从容、宁静、慈祥地微笑。

◇ 作者简介 ◇

王列耀，1987 年硕士毕业于吉林大学中文系，现为暨南大学文学院院长、华文文学与华语传媒研究中心常务副主任。

怀念刘柏青老师

尹康庄

一

转眼恩师刘柏青离去几个月了。

那还是 4 月中旬，与人谈工作时被告知刘柏青老师走了。

提前一点儿消息都没有。我了解恩师的为人，定是他卧病时即嘱咐身边人勿传言以免给别人添事。

虽然冥冥中已感到这一天不可避免，但当时仍深被震惊，悲痛难抑，竟连具体哪天走的、怎样走的都不忍再问，之后也只是对着与恩师的留影唏嘘泪流，哪能再去触摸往事，写点儿悼念的文字？

唉，时间毕竟能使伤痛逐渐淡化，加之推算恩师应是过了鲐背之年离去，应和了仁者寿的古训，内心才有了些微平缓。

二

当初多次考研未果——那时不公布考试和录取结果，起码我是这么遇到的，末了一次考的是当地院校，故能打听到自己进了录取线却还是被拒于门外，愤然、迷茫中决定再考就考得远远的，以不知结果免得难受。没想到，这次考中了。多年后，恩师还笑曰：“你如进不了分数线是绝不会录取你的。”但这，体现的不正是公平吗？

柏青师是我国现代中日比较文学的开拓者之一，20 世纪 80 年代初即驰名学界，不仅在国内，在日本更是这般——留日的学长所告，日本的中国现代文学研究界没有不知晓刘柏青的；柏青师不仅自己受邀到日本多所著名高校讲学，还几次约请了日本诸如伊藤虎丸教授这等量级的鲁迅研究专家来给我们授课。

庆幸、感激之余更知机会来之不易，我学习得十分刻苦，节假日也极少放松，可还是被柏青师逮了一次漏——他布置的一本书未来得及读，上课被提问答不上来。只见他把笔一摔，责问几天都干什么了。我大气不敢出一口，唯有俯首帖耳听训教。后来，大概是其他老师跟他解释了原委，再上课时他竟先道歉，“对不起了，没了解全部情况就批评，对你们的学习态度，我应该表示感谢才是”。还有一次，讨论左翼文学。看过那些思想大于形象乃至标语口号式的作品加上各种语境的熏染，我不由地冒了一句：“这种东西就算不上文学，文学史上还不如没有它们。”柏青师脸色立马严肃起来。

我知道失言，心想不定得怎么挨批了。没想到柏青师并没有给我上纲上线，只是一字一板地说："如果刀搁在你的脖子上，你也会把写作当成武器的。要历史地看。"惭愧之余，我不仅历史地重看了这些作品，还写了篇论文交给他。他看后说："论辩性很强，但后半部分有点松劲；不过还是看到了你的根底，你的水平不低啊！"深知柏青师极少当面夸学生，我顿时增加了自信。

当然困惑还是少不了。那段时间正值"方法热""观念热"，什么"三论"，什么"主体意识""异质同构"，还有物理学的"熵"、数学的"模糊"等，纷纷涌入文学研究领域；费尽心力地啃完一部论著或一篇论文，却如堕五里雾中，像啥也没得到。到底是遇到了瓶颈还是方法不对？眼看时日穿梭，心里那个急那个焦灼哟。惴惴去求教柏青师，他笑了，说咋一下又没了自信呢？其实自入学你们已学到了很多。不要急于跟潮，这些新东西，有的是换了种说法，有的慢慢也会懂的。总之该咋学还咋学，老老实实抓基础。果然不久，这类著述中的不少被学界称为"新名词轰炸"，而与此同时，我确也逐步觉得还是学有所得，起码学术话语丰富了许多。

毕业论文指导，柏青师更是从选题到框架、分论点再到具体表述乃至标点符号，都反复予以讨论、推敲、修改。后来从工作单位得知论文评分是优，再稍经切分、损益，都得以公开发表，有一篇还被人大复印资料全文转载，可是柏青师当时在总结会上却这么说："我们指导能力有限，本来你们的论文可以做得更好。"

三

如果说跟柏青师的情感在读硕时还主要是师生，那么既为师更为友则在毕业离校后。给他写过几次信，他百忙中也有回复，而且说得更多的已是位置对等的心里话，比如，谈到世道激变、很多方面已超出了他的心理承受能力而难以适应等，还曾劝诫我坎坷经历养就了坚韧性格但定要兼顾身体，注意饮食，勿忘“营养自己”。得知我要读博，考了三次，也是他不厌其烦，还帮着找其他老师写了三次推荐，又托人挂号寄来。

在同城的高校读博，得以与柏青师再次见面。他刚退下来——是年届七十学校才允其退的，闲不住，受聘到业余大学之类的学校上课。能继续有事干，发挥余热，而且名教授课酬高是肯定的，我很替他高兴。可是一个学期下来他却不干了，问他为何，他支吾道：“别人会说，这老头为俩钱还……怪可怜的。”我听得哈哈大笑，说：“没人会这么说，他们只会觉得幸运，由您给上课。再说，这也有益于身体。”但他显然没听进去，至此再也没去上课。

读博时的学习已不像读硕士时那么急切，他不上课了，也给了我更多与他见面交流的机会。他每回都很高兴，总是放下正在书写的笔和我聊一通，临了还让师母做俩菜并拿出提前为我冰镇的啤酒招待。学生见老师，自然少不了学业方面的请教，但他极少具体说啥，还说现在你的水平跟老师差不多，在你专攻的领域，我还不如你。

我知道这又是他的心里话，于是就多谈自己的学业打算——将怎样去拜访相关领域专家，怎样跑图书馆、资料室去发掘、取得第一手资料，坐实基础等。

柏青师专注地听，后只说：“哎，现在的人……”

对这句当时懵懂的话之后我才渐有所明白。拜访相关专家，专家却极少正面回答询问，多说的是些鼓励的话。查询资料得反过来求管理人员——记得一女的满脸写着烦都烦死了，拿出几册旧杂志看完再让她拿就说没有了，还呛呛地说检索有库存也不一定有。再往后的经历不仅让我每每想起柏青师的这句话，也越发体悟到其切实所指。

我有次去他家半天没开门，以为不在，待门开后觉出师母好像才起来，做饭时虽微笑依然但动作迟缓。再三问师母才答道老毛病又犯了，这不，“脚下像踩着棉花”。柏青师看我面有不安赶紧说：“你师母一直身体欠佳，不过你以后照来，咱们吃简单点儿。可得来啊，多聊聊。”此前就听他说过要让学术界忘记他之类的话——我怎不知这当中包含着一个把几十年时光都奉献给了学术研究的人的某种寂寞、失落？这回更听出还有点门前冷落的隐在含义，于是去得更勤了，只是每次先买好一袋冻饺子，再提溜两瓶啤酒，对聊时总是找话安慰他。柏青师不喝酒，但总象征性地小抿一下以陪我，师母则坐在旁边笑眯眯地看着我们饺子就酒。

三年时光又过去了。准备论文答辩，柏青师被聘为我们论文答辩委员会成员。他眼睛不好，用了几天时间才看完我二十多万字的文稿，密密麻麻的批注和最后写好的评语虽没让我看却对我说，届时我先发言，这会有个定基调的作用。我知道他的良苦用心。论文答辩顺利通过。听了、看到北大、复旦等校老师对论文的点评或评语，柏青师的评价其实并不算高。一上午答辩后是答谢餐，柏青师与学界老相识们聊了一会儿已精力不支，只能离席先走。我要送他，他却连连摆手不让，说机会难得，你也好同老师们再切磋切磋，熟悉熟悉。

四

重情难免伤离别——这里说的是柏青师，因我觉得自己总会常来看看他。他问我孩子多大了，遂叫师母买了一套童装让我带给孩子。话别时，他又把自己新近发表的一篇论文送我留念，说："年纪大了，感情脆弱了。看着你们一拨儿一拨儿地走，感伤啊……"说着，眼圈都有些发红。

几年后估摸是他八十寿辰，在我的力促下得以和几位硕士同窗一起去看他。此行可谓悲喜参半。喜的是他搬了新居"高三间"，是学校专门为包括他这类重量级教授的人新建的，确实比当初在他家挤着打牙祭时宽敞了许多。他指着有聚光灯照耀的台柜上的摆件说："你送给我的。"那是一对木制的鹤——我曾对他戏曰：一是您，一是师母。也就几十块钱，他却放在了最显眼处。悲的是慈爱的师母患上痴呆症而且失去了行动能力，还好在柏青师的精心照料下容光如前，仍对着我们笑眯眯。晚上聚餐，我代表学生辈祝词，最后一句“过十年再来为您庆诞”博得在场人赞许。

可是之后，多方面的难处让从不食言的我食了言。其间，老在想柏青师怎样了？自己年纪那么大了还要照料师母，多难哪！不好的消息接连传来：师母仙逝；柏青师眼睛完全失明。直到 4 月那一天的噩耗。

一点儿办法也没有。同人劝说就算你不顾一切赶去也意义不大，追悼会都开过了。

我只能在夜深人静时拿出照片，摆一盘果品，焚几支香，凝视着那再熟悉、亲切不过的面庞、身影，喃喃自语，哀思无尽……

柏青师啊，还有师母，你们在天国好吗？听人说，那里没有悲伤，没有缺憾。

如有来世，定与你们再为师生、朋友。

◇　作者简介　◇

尹康庄，1987 年硕士毕业于吉林大学中文系，现为广东财经大学华商学院副院长。

我们还有讲述往事的激情

刘 坚

近一段时间，我一直在看两种片子：一种是 20 世纪 50 年代到 70 年代拍摄的，反映我们童年、少年和青年时社会生活的影片；一种是 21 世纪以后拍摄的，也是反映我们童年、少年、青年、中年时社会生活的影片和电视片。

人们说，当现实的参与能力减退时，便会产生回忆往事的冲动，心力是不会消退的，它只能转换。

我们从那个年代走过来，因此我们理解那个年代的人所体验和展示的那个年代。我们生活在这个时代，因此我们理解这个时代的人所认识和表现的那个年代。

我们就夹在往事和往事的叙说之间。

因此，我们还有讲述往事的激情。

一次与朋友闲谈，随便聊到他的家乡，我想起大学二年级时和同学们去做民间文学调查，恰好在他的家乡停留过，那里有一条江给我印象极深。朋友听了我的一番感慨，便建议我写点儿东西。回家的路上，脑海里忽然跳出一句话：“多年以后，站在坡沿下，面对静静流淌的江水，我仍然会想起那个黄昏，江中浮动着的那片小船，江边窝棚中飘出的那段歌声。”

这句话是从马尔克斯小说《百年孤独》的那段经典的开头模仿来的，我们至今无法拒绝那个开头：

> 很多年以后，奥雷连诺上校站在行刑队面前，准会想起父亲带他去参观冰块的那个遥远的下午。当时，马孔多是个二十户人家的村庄，一座座土房都盖在河岸上，河水清澈，沿着遍布石头的河床流去，河里的石头光滑、洁白，活像史前的巨蛋。

三十多年前，马尔克斯搅起中国文坛的魔幻现实主义热情，中国的作家们在神秘的记忆联想中晕得一塌糊涂。尽管也有清醒之人大声呼喊：“弟兄们，反了吧！从马尔克斯身边绕过去。”但时至今日，把久远的忆想置换为神秘的怀旧体验，仍然是许多人的刻意追求。几个月前，一位博士生在复试时做学术研究设想陈述，本来应该把三十年前一片模糊的马尔克斯讲得很清楚，他却把今天已经很清楚的马尔克斯讲得一片模糊。这群在《百年孤独》进入中国后才出生的年轻人，还未真正具备讲述往事的资源和条件。

面对《百年孤独》，当年我们无法拒绝的原因，是马尔克斯讲述百年往事的智慧与方式；今天我们无法拒绝的原因，是我们还有讲述往事的激情。当然，我们并不一定都在马尔克斯式的“孤独”中游弋，但无论是否意识到，我们几乎都能够像马尔克斯那样，用“很多年以后”的积累和心境，去讲述“我们”的往事。

精神生产和传播的本质，是赋予生产和传播对象以特定的意义。讲述往事的过程就是符号化往事的过程，同时也是意义化往事的过程，意义化往事的结果，就是往事在我们心中的神圣化和诗化。因而我们才有对往事的怀恋和神往。无论是宣泄愉快还是抚摸痛苦，我们都在自己的往事中整理和升华自己。

我们还有讲述往事的激情，不是因为我们在往事中，而是因为我们的讲述使往事有了新的意蕴。

还是回到三十七年前的那个黄昏。

那天下午，我们同公社文化站站长沟通了民间文学调查的情况后，我和同组的同学在大风中走了十几里路，快到傍晚时停在了江边。一位老人把我们领进他临江搭起的小窝棚，窝棚很简陋，只有一个炉子和几张旧被褥铺成的地铺。老人让我们在地铺上休息，然后悄悄走出窝棚。

只睡了几分钟我便醒来，听说窝棚后面的坡上，就是九年前随父母下放的那个县的地界，于是爬起来登到坡顶，望着暮色中的旷野，想起了当年的房东一家。

那是一个虽然贫穷却过得有规有矩的人家，房东爷爷六十多岁了，每天起早揣着几块干粮，拉着吱嘎吱嘎响的小车去树林边和荒地上搂柴火，那些碎草点着了只冒烟不起火，而且也不经烧，但他仍是天天晨出，日日暮归，每当黄昏院子里响起吱嘎吱嘎的车轮声时，我就知道该吃晚饭了。房东奶奶总是在我家点火做饭之后才开始做饭，每次都是小心翼翼地从我家的灶坑中取出火来塞进她家的灶坑，而舍不得划一根火柴。

住进房东家两个月后，房东奶奶给了我母亲几个鸡崽，于是就养了起来。下放的“五七战士”仍然享受国家供应粮待遇，因此我家的鸡也是用粮食喂的，长得很大很胖，房东家的鸡只能喂糠和草籽，长得又瘦又小。秋天的时候，鸡们就能下蛋了。房东奶奶每天起早堵在鸡窝口一只一只地摸蛋包，然后告诉母亲我们家今天会有几只鸡下蛋。有时家里没人，房东奶奶会把刚下的鸡蛋如数放在我家的灶台上。

有一天，我家的一只母鸡趴在屋里不出来，房东奶奶说它要抱窝了，拿几个鸡蛋来让它孵吧，于是母亲拿了几个鸡蛋，房东奶奶也拿了几个鸡蛋，在蛋壳上画了标记。大半个月后，房东奶奶对母亲说：“你家鸡吃粮食，蛋实，小鸡能自己叨破蛋壳出来。我家鸡吃草籽，蛋空，小鸡叨不到蛋壳，就得闷死。”半夜时，我从梦中醒来，见房东奶奶和母亲坐在炕梢，房东奶奶用头髻上的簪子轻轻划破蛋壳，从蛋洞里抓住小鸡嘴，熟练地绕一圈，就把小鸡拽出了蛋壳。那一刻，在昏暗的灯光下，房东奶奶捧着湿漉漉的小鸡，眼睛微眯，目光透着慈祥，嘴角微抿，露出欣慰和满足。我那时还小，还读不懂那目光和神态所隐含的东西。几年之后站在暮色中遥望房东家的方向，我能体会到艰辛中平静、从容和乐观的可贵。

从坡顶下来，回到窝棚前，就见江面上一只小船在暮霭中漂荡，老人的身影随船晃动，他不停地用小渔网在水里兜来兜去。深灰色的江面上，小船像一片叶子，老人像一根叶梗，在晚风中摇曳。

天色渐渐暗下来时，老人回到了窝棚。他面带愧疚地念叨着："这几年不行了，江里鱼很少，只捞到这么一点儿小鱼儿。"他从网兜里掏出一团灰乎乎的东西，用水涮了涮，扔到了锅里。

一会儿，一锅小米饭，一大碗白菜叶、小鱼和红辣椒搅和在一起的糊糊菜端上来了，我们早已饥肠辘辘，操起碗来狼吞虎咽。这是我吃得最香的一顿饭，后来回到城里，也曾经到市场买回小鱼、白菜和红辣椒，捣碎了放在一起炖，但再也没有吃出那种味道。

老人喝了几口烧酒，脸上慢慢泛出红色。问起他的身世，老人孑然一身，没有儿女，也不愿意多说。队里考虑他年纪较大不适宜干重体力活儿，安排他偶尔接送过江人，他便住到了江边窝棚里。

一盏油灯顶着黄豆般的火粒，把老人的身影投在棚顶。老人有些微醉，倚靠在被垛上，慢慢唱起一首听起来年头很久的歌：

渔翁乐陶然，驾小船，身上蓑衣穿。

手持钓鱼竿，船头站，捉鱼在竹篮。

金色鲤鱼对对鲜，河上波浪蛟龙翻。

两岸垂杨柳，柳含烟；人唱夕阳残。

长街卖鱼闲。

沽一杯美酒儿，好把鱼来煎；

夜晚宿在芦苇边。

酒醉后歌一曲，明月照满船。

渔翁乐陶然。

在这样一个黄昏，这样一个江边，这样一座窝棚，小油灯的光影里飘出浑朴的歌声，有点孤寂，有点苍凉，但也有点超脱，有点欣然。这是一个江边老人困顿中的平静和从容。在灯影和歌声中，我眼前浮现出房东奶奶捧着湿漉漉小鸡的那种目光，那种神情。

我把那首歌的词和谱都记录下来，一直保存着。前几天，构思这篇文章时，到网上查了一下，果然有这首歌的资料，有的说是一首古曲，有的说是 20 世纪 30 年代的学堂歌曲，歌词版本也不同。本文中的歌词是较短的版本，标点符号是当时记录时根据旋律的节奏与停顿关系标注的，和网上流传的不尽相同。

我曾经困惑，这个并没有什么特别内容的往事，凭什么会让我如此怀念。我是不是书房里坐久了，见识不多，只能在无波无澜的小事中慨叹。不管是不是这样，其实对于往事来说，“事”究竟是怎样的并不重要，重要的是，在“许多年之后”，你仍然能够有讲述那件往事的愿望，仍然能够在讲述中发现和寄寓新的情感和意义。

我们正在渐渐地老去，尽管不再会忧心房东奶奶的那种贫困，但在精神层面上，我们终将走进江边老人的那个窝棚。我觉得，窝棚老人的本质不是孤寂，而是在孤独中歌唱，就像房东奶奶面对新生命的欣慰与乐观。我们还有讲述往事的激情，我们还有在往事的讲述中生发意义的智慧，我们还有在往事的意义中印证和激发自己的力量。

用歌唱去释放我们讲述往事的激情，从这个意义上讲，我们又在走向年轻。

◇ 作者简介 ◇

刘坚，1982 年毕业于吉林大学中文系，现为吉林大学文学院教授、新闻学系主任。

五　常

吕贵品

冷不丁提五常，大家还挺茫然，何为“五常”？如果把“三纲”放上去，年龄大一点儿的人都明白。提起“三纲五常”，西汉思想家董仲舒这样解读：这“五常”实际上是“三纲”的具体化。仁、义、礼、智、信是处理君臣、父子、夫妻、上下尊卑关系的基本法则，治国者应该给予足够的重视，坚持五常之道，就能维持社会的稳定和人际关系的和谐。对此，我不置可否。我找出了我上辈的老照片，放在这里，可能还有点象征意义，破译出传统文化的些许内涵。

时间：20世纪20年代至今日

地点：中国山东、吉林

人物：吕正仁、吕正义、吕正礼、吕正智、吕正信

事件：

本人，姓吕，名贵品，生于1956年。那一年，在共产党率领人

民建立新中国后，大地百花齐放了，人间也百家争鸣了，声色俱全，赤县神州熙熙攘攘，好不热闹。那一年 4 月份的一天，在一声爆竹的炸裂声中我降生了，红色的纸屑纷纷扬扬，我父亲又在报纸上发表了他生命中的第一篇作品，大喜！吕家老小一片欢腾。而让吕家真正高兴的还另有隐情，这个隐情如一涧渊谷，隐隐传来一个民族传统文化的幽深的水滴之声。

我爷爷吕承堂和我奶奶吕孙氏于 1928 年结婚。结婚的那天，三拜之后，我奶奶的父亲孙质亭把爷爷、奶奶叫到一起，庄重地宣布：为了吕、孙两族的人丁兴旺，宗室和睦，你们一定要生五个孩子，分别起名为：仁、义、礼、智、信，让中华民族的五常传承下去，在未来乱世歪邪的世风里，用传宗接代之本，以正五常。

事实上爷爷和奶奶坚定理念，全面调动生育能力，准确无误地做到了，不多不少生育了五个孩子。1928 年奶奶生下了第一个孩子，是个女孩，这就不太好起名了，叫仁、叫义、叫礼、叫智都不好听，不合女孩的柔性，叫信比较合适。我姑姑吕正信的名字就这样定了下来。如果继续生女孩怎么办？如果再钻出第六个孩子怎么办？不会！爷爷、奶奶心中有数，敢于给第一个孩子用最后一个“信”字，足以说明爷爷、奶奶的智力和体能了。接下来，奶奶连续生了四个孩子，都是男孩，仁、义、礼、智排了下来。第五个孩子出生后，爷爷就去世了，完成了任务，落下了他生命中精彩的一幕。

今日谈起五常，是在2011年的深圳，听着古琴喝咖啡，琴韵苦甜，咖啡悠婉，稍不留神就不知何音何味。但我贵品还是要品的，五常，五味游舌，令我感受到了人间的万般味道。

仁。我的伯父吕正仁。四个男孩中他是老大，尽管上面有个姐姐，他还是老大。爷爷死后，家里的事情都是他说了算，奶奶也让着他。从山东到东北，全家靠讨饭活命，他从来不出门，讨回来的饭要交给他，他先挑好的吃，剩下的由奶奶再分给大家。这些是听父亲说的，是他们小时候的事。中年时期的伯父给我的印象很好，我记得他总是低着头抿着嘴微笑，路上决不空手，看到铁丝、布条、纸片，只要是他认为有用的东西全捡起来，到家后，将手里的东西塞到房前屋后的篱笆墙缝隙里，用不上几个星期他家篱笆墙就塞得挂得满满的。有一次我到他家玩，他和儿子们正从篱笆墙上摘那些破烂，收破烂的吆喝声从远处传来，当他们把篱笆墙摘干净后，收破烂的推车也到了他家门口，他把那些破烂卖了，换回一元两毛钱，用这钱买了一大盆冻梨。伯父看着大家吃冻梨的贪婪样子，在一旁抿着嘴笑。20世纪70年代，中国贫穷得闻不到肉味。伯父在肉联厂工作，他说厂里的冷冻库大都空着。可有一天半夜他背回来三个猪头，给了我们家一个，怎么搞来的不知道。夜里全家人围着猪头兴奋，父亲用烧红的铁钎子烫猪毛，母亲用牙刷仔仔细细地清洗猪鼻孔，我和妹妹幸福地期待着。烫猪毛滋滋啦啦的声音像是笑声，我看到那个被人颠来倒去的猪头向我微笑，龇着牙，伯父也向我微笑，抿着嘴。伯父这样笑着，笑到七十多岁去世了。找了两个老婆，生了六个孩子，两女四男。一生平淡，没享过什么福，也没遭什么罪，总是给这个家族带来一些生存下去的小快乐。

义。我的父亲吕正义。男孩排行老二，他同姐姐正信关系最好，他同老三正礼是双胞胎。父亲的一生如同他的名字：正义。一生没做过亏心事，老实巴交，歪门邪道从不涉足。1949 年，通化在共产党的领导下清理垃圾，父亲参加了清洁队。那年冬天，父亲在一个公共厕所茅坑里刨粪，有一个人肚子不好，匆匆跑进厕所脱裤子就拉，稀屎喷了父亲一头。年轻的父亲回家趴到炕上哭，奶奶说：要做人上人，就得经受寒窗苦。父亲听明白了，彻底洗了个大澡，擦干了眼泪，日夜拼搏，寒窗苦练，后来练就一身技能。他能够双手同时打算盘，一左一右，噼里啪啦，准确无误地算出两本账。这样，他从淘粪工人转成了收费员，成了新中国成立前参加革命的老干部。“文化大革命”期间，父亲因为一首写狗的诗被批斗，斗得最狠的是他最好的朋友。父亲在官场上熬到退休只混了个处级，他很知足，他说这是县太爷级，手里这点权力能为群众办点事，这群众中当然有仁、有信、有智，有他们的孩子，能够帮上忙，又不违法违规的，他义无反顾。父亲现在生活得很快乐，身体不是很好，但生命力很顽强。他患有严重的糖尿病，并把这病传给了我。父亲常说：苦尽甜来，得了糖尿病是天意，那是富贵病。父亲也先后娶过两个老婆，生了七个孩子，活下来三个，两男一女。父亲常以我和妹妹为荣，也常告诫我们：你们兄妹出息了，但不能丢掉我这个义字，义是为人之本啊!

礼。我的叔叔吕正礼。他比我父亲晚出生几分钟，只能排行老三了。他死得最早，新中国成立前因一次车祸的惊吓，得了一场大病死了。礼崩乐坏，孔子就曾因礼的坍塌而焦虑过。我父亲也说过：这个社会一旦没了礼就要乱套了，老三死了，我们哥们儿就不太和，幸亏有你奶奶把着舵。这个正礼叔叔很重要，我没见过，没有任何印象，但是我和他却有很多很神秘的渊源，这也就是我出生那天，全家人欢腾的原因。生我的前夜，奶奶讲她连做三梦，都是同一情境：正礼坐在家里的炕沿上，微笑说："娘，我回来了。"奶奶醒来后，反复品味那梦，礼回来了，她正琢磨着，传来我出生的哭声。奶奶大喜，全家大喜，认定我是正礼的轮回转世。因此，我在这个家族的地位一下子提高了，全家人娇惯我， 说我后背和腿上长的胎记和正礼的一样。我小时候在前面走，常听到奶奶说："正义，你看贵品走路的姿势和正礼没区别。"在日伪时期全家人讨饭供着正礼念书，他很争气，书念得很出色，考试总是第一。这一点我很像他，从幼儿园开始学习就很好，所以我成了这个家族兴旺发达的希望。奶奶讲的一件事让我忘不掉：爷爷去世时，奶奶三十一岁，在那个年月，一个寡妇养活五个孩子实在不容易，有人要给奶奶再介绍个人，奶奶为了孩子们能生活得好，便同意了。奶奶改嫁的头天晚上，正礼叔叔哭泣着求奶奶：娘，再穷，再苦，你也不要把这个吕姓改了，我大了会支撑这个家。这是一个十几岁的孩子说的话，奶奶泪流满面，一下抱住正礼，说娘明白了。奶奶守寡带着五个孩子一路讨饭，一路煎熬，扛着一个吕字走过来了，走进了孙儿满堂的族群中。

智。我的二叔吕正智。排行最小，所以吃的苦最少。母亲偏爱老小是有道理的，小是弱者，应该照顾，而且上有哥姐也有照顾的条件了。奶奶做主让哥姐们拿钱供着老小读书。奶奶始终知道一个理：五常要常下去，靠的是识文断字，书中自有黄金屋，吕家一定要有一个大学问人。在全家人的鼓动和压力下，二叔于 1963 年考上了吉林工业大学。他开始很用功，后来就大智随愚了，不好好读书，沉迷于恋情，连续三年留级，又加上患病，大学没读完，肄业回家。二叔爱女人的故事我印象很深：他上大学时，一个美丽的女人同他恋得如胶似漆。在一个静谧的夜晚，明亮的月下，二人徜徉长春南湖岸边，缓缓的脚步踏芳草而行。就在此时，美丽的女人在迈步之间不慎有一个响屁跑出来，脆生生地把夜空的寂静撕开一个小口，也如同一声枪响穿过二叔的心灵，他先是一怔，接着无法言喻的痛苦夜露一样降临下来，让他感到爱情很凉，他不再理睬那个女人，觉得那个女人不雅，自己匆匆走掉了。从此二叔再也没有见到过像不雅那样美丽的女人。他悔恨，自己如此大智怎么能犯这种错误。二叔开始同小提琴倾诉，在琴声里找那个美丽的女人。我读小学那时感到很自豪，因为很多人没见过小提琴。二叔站在家门前的垃圾堆上拉提琴，围了好多人，垃圾堆的臭气被琴声驱散，一缕缕芳香从空中飘落，人们站在垃圾里如醉如痴。我问二叔：叔，拉的是什么？二叔说：《梁祝》。旁边有一个邻居听到，晃着头说：很凄凉啊，凉住不要紧，天冷，别冻住。二叔苦笑，收起小提琴，回家，那是个五常不全的家，独独缺一个礼。二叔后来找了个唱评剧的老婆，生有两男一女，六十出头中风，在缥缥缈缈的音乐中平静地去世了。

信。我的姑姑吕正信。她是第一个出生的，今年八十五岁了，活着，只是腿脚不太好，没别的毛病。姑姑的一生既绚丽多彩又平淡无奇。姑姑年轻时很漂亮，在集安那个地方算是一个美人。有一个大户人家的户主姓崔，看上了姑姑，想娶作二房。崔大户是个糟老头，姑姑不愿意嫁他，可又恐于崔大户有钱有势，拗不过，只好应承。那一年是 1946 年 10 月，东北民主联军的部队正打“四保临江”之战，联军的一个军人在通化街上遇见了我父亲，我父亲卖玉米面丸子，想让这个大军多买点儿，就和他攀谈起来，越谈越近乎，得知此人姓高，是联军的一个营长，山东老乡。高营长问起父亲的家况，父亲一一道来。当高营长听到父亲有个姐姐被当地的一个恶霸霸占了，怒火万丈，骑上大马，同父亲来到了集安，拜奶奶为亲娘，见到姑姑时两眼发直，也跪下来称为姐姐，表示要惩治这个崔恶霸。过了几日，一个夜里高营长又来到集安，敲开家门，跪倒在奶奶面前说：娘，俺把那个崔恶霸枪毙了，替人民出了气，替俺姐报了仇。奶奶听了差点昏过去，这崔大户与咱家没仇哇，不过是看上了正信丫头，因为 这点事竟被杀了。奶奶也无可奈何，那是一个兵荒马乱的岁月，只好悄悄地认命了。那一刻姑姑爱上了高营长，她眼前站立着一个大英雄，高营长更喜欢上了姑姑，这是一个千古绝色的小美人。姑姑和高营长的爱情持续了两个月左右，一声号响，高营长的部队开拔了。战火把二人的爱情炸得粉碎。据说高营长的部队一直打到海南岛，我姑却原地站着翘首期盼，沐浴着南来的风，流着泪，高营长再也没回来，也没有任何消息。姑姑守着一个“信”字，等了十多年。姑姑的一生弥漫过高营长轰轰烈烈的硝烟，什么都变得平淡。三十多岁才嫁人，生了两个男孩。

仁、义、礼、智、信，姐兄弟五人的命运浩浩荡荡，几篇文章难以描述清楚，但可以从五个人的故事中品出中国传统文化的点滴味道。

有一天，我奶奶梦中见到了正礼，醒来要照一张五常相片，可是缺了一个“礼”，奶奶让我父亲找一个人代替。父亲说：照相那天太阳高照，天空蔚蓝，照相馆里的人很多，排了好半天的队才轮上，拍了这张仁、义、礼、智、信的五常齐全的照片。照片一直被端端正正地挂在墙上，奶奶常一个人久久端详着照片，看着照片上的五个孩子，感到极大地满足，脸上洋溢着灿烂的微笑。有时还自言自语地背诵《三字经》：“曰仁义，礼智信，此五常，不容紊。”如果这时我在奶奶身边，奶奶一定要摸着我的头重复着正礼叔叔的那些事，她说：正礼头顶有两个旋，你也是两个旋，有两个旋的人聪明，懂礼。

今天，我已经五十五岁了，只生了一个儿子，我连吕姓都放弃了，给儿子起了个名叫苏莒。中国国策规定只能生一个孩子，再不会有用仁、义、礼、智、信给五个孩子并联起名的家庭了，看着这张五常齐全的照片，我的耳边回响着奶奶读《三字经》的声音，心里怅然若失。

有一天，我在微博里看到一个名字闪着光：刘五常！这一个人要把仁、义、礼、智、信留下来，有点意思，他也许会用仁、义、礼、智、信给子孙们串联起名：他的儿子叫刘仁，孙子叫刘义，重孙子叫刘礼，再排下去叫刘智、刘信。这要经过近四百年，那么再往后呢？这仁、这义、这礼……

谁知道？！

2011 年 7 月 20 日追忆于深圳

◇　作者简介　◇

吕贵品，1982 年毕业于吉林大学中文系，现为中国城市发展研究院常务副院长。

那些年，我们一起混过的 204 室

姜亚廷

“混”是一个江湖术语，江湖中人初次见面，彼此抱拳相问：兄弟混哪里的？一如其他行当的问在哪里高就？在何处发财？等等。至今如有人问起陈年往事，偶尔也会戏谑地说，兄弟我当年是混在吉林大学中文系 1977 级的 204 室的。是的，1978 年的春天，在农村稀里糊涂滚爬了两年多之后，又懵懵懂懂地来到了长春，在吉大 7 舍的 204 室混了四年，在这儿学到的，不光有知识，还有各种为人处世的道理，见识了形形色色的人等，也算是在江湖上走了一遭。

撩妹高手

那时的 204 室好生了得，别的先不说，单说到毕业后与本班女同学成就好事的，在这里就有三对。那时全班 80 名同学，只有十来名女生，人说狼多肉少，何况这些个女同学并非都找了同班同学。

204的兄弟们能在仅有的几朵中摘下三朵，撩妹成功率不可谓不高。老徐跟小妮，都是同道中人，自不必说。辅棠跟刘建，当初大伙认定刘建跟刘坚比较般配，因为二人都爱唱歌，经常在各种场合配合男女对唱，唱的多是当时流行的情歌，没承想刘建跟辅棠成了一对，肥水没有流进别家的田地，一代才女最终还是落入204室的“狼”口中，可见辅棠兄何等地深藏不露，整个一外糙内秀，心中有数，算得一个人物。最让人没想到的是，海田与宛平，他俩能走到一块儿，让若干人大跌眼镜。在我心目中，老魏算得上是204室第一撩妹高手。

魏同学刚到学校时，歪戴一顶破旧的解放帽，帽檐还耷拉着，经常忽闪着两只小眼睛，见谁都一脸坏笑，像极了电影《青松岭》中的“落后分子”钱广，因此有好一阵子204室的人都叫他钱广。那时的老魏还不似现在这样倔头巴脑，但也有些小脾气，好与人争论，逮住谁跟谁争，上至国家大事，下至生活琐事，直至争到面红耳赤，方才罢休。这人性格比较复杂，他有时候显露出一身凛然正气，有时候又有点桀骜不驯，有时候又表现得尖酸刻薄。有一次偶尔也见识了他童趣纯真的一面，那时我俩在校园散步，突然一场倾盆大雨不期而至，只见他一下子兴奋得不行，又惊又喜，还不时地对天大吼几声，要不是被我拉住，他真要冲进大雨中淋个痛快。说起来我才知道，他来自鄂尔多斯草原上的达拉特旗，那里很少下雨，特别是这种淋漓酣畅的暴雨，难怪他有这种孩子气十足的表现。

老魏最让我佩服的是学科考试，大一、大二时，经常考试，每次当我们还在对着试卷苦思冥想，抓耳挠腮时，人家已经起身离座，第一个交卷了，而且每次都是优秀，有一次走得太快，连监考老师都看不下去，主动提醒他答完了要多检查几次，老魏爱搭不理地说，已经检查过好多遍，然后昂首挺胸地走了，走了……老师抓过试卷看着，一副欲言又止的凌乱表情，还记忆犹新。

在大三还是大四时，课程少了，同学们有的在寻思着查资料准备论文，年纪大一些还单身的忙着相亲找对象。只记得老魏突然行踪诡秘起来，经常早出晚归，颇有些神龙见首不见尾的劲头。有知情的说是在处对象，而且对方是宛平。王同学当时给人的感觉有点高冷，不太爱搭理男生，显得深不可测。老魏同学“勾搭”上王同学后，也不与人面红耳赤地争论了，也不发牢骚了，偶尔还与同屋的过来人交流一下恋爱的心得。似乎一下子变得成熟起来。

老魏撩妹成功，在 204 室显然是一匹黑马横空出世，著名段子手老徐少不得又说了一个射大雕的段子，好像说草原上一只美丽的金雕被一技不出众、貌不惊人的家伙射中，说时听者都能闻到一股子酸溜溜的味道，感觉他颇有点愤愤不平的意思。后来私底下曾向老魏讨教撩妹技巧，说起第一次搭讪，王同学因为什么事情绪低落，满腹的冤屈正不知与谁人诉说，老魏一主动，正好一拍即合。虽学了一招，始终觉得老魏纯属乘人之危、乘虚而入，有点胜之不武。

204 室的三位老兄撩妹是高手，目光也准确，三位女生都非等闲之人：小妮同学日后成了著名诗人；刘建不仅成了海南知名报人，且甘心当好贤内助，使辅棠兄在仕途上进退自如；而宛平则成为国内著名的金牌编剧。这是后话。

吃货的境界

时光同学算不上严格意义上的吃货，但是一次吃包子的壮举，实在是吃出了一代吃货的最高境界。上学那会儿，大家刚经历过精神物质双重匮乏的年代，迈进校园除如饥似渴地吸收知识的养分之外，一日三餐，少不得还须填饱肚子。那时粮食还是定量供应，食堂里主食也是粗细搭配，好像每月只有几斤细粮，经常吃的主食就是高粱米饭与苞米饭。高粱南方少种，来自南方的同学基本上没吃过，初来乍到，感觉味道还不错，时间长了就不行了，尤其是下饭菜总是白菜萝卜烩粉条，千篇一律，心中不免生出厌烦。

细粮就不一样了，南方人习惯吃米饭，东北的大米又特别好吃，一般吃米饭总要等食堂偶尔改变菜谱，换了花样时才舍得吃，特别珍惜和享受。7 舍食堂每月两次的肉包子，那就算是过节了，同学们总惦记着吃包子的日子。肉包子到底是什么馅儿，忘了，只记得味道那叫一个绝（关于吃包子的盛况，本室老宫同学在班博上有过一段记载，诸位可查阅参考）。肉包子基本是在周末才有，凭当日当顿细粮票供应，每人两个，没有多的，食量大的同学显然不够，经常还要打一点儿高粱米饭帮补一下。

时光同学家在公主岭市，离学校不远，在长春也有不少亲朋好友，所以周末很少在学校吃饭。偶尔有一次，没回家，也没去会亲友，正赶上食堂吃肉包子，由此引出了以下故事。

时同学那时是校、系篮球队的队员兼校冰球队队员，身高体壮，平时训练比赛消耗大，这么美味的肉包子两个肯定是不够的，再来一份？不可能，那是凭票供应的；高粱米饭？不想吃，怕破坏食欲；找别人要？也不灵，谁也不会当这个雷锋；怎么办？也不知怎么地让他想到，再补领一份，理由就是当天的细粮票弄丢了。因为包子数量有限，也许是按人头定数的，真弄丢了申请补领好像还挺麻烦的，但时光同学不厌其烦，找了班长证明，再找生活委员签字，是否还要找班里的辅导老师，不记得了，总之是要走一大圈程序，最后才从食堂管理员那里补领了当天的四两细粮票，终于在我们羡慕嫉妒恨的眼光中，心满意足地吃起了第二份包子。

也许吃货的最高境界就是不按套路出牌，吃货的世界我们真的不懂。试问：谁能想到饭票丢了这样冠冕堂皇的理由？就算能想到，谁又会心安理得地去走一大圈程序，找这么多人证明、签字？在网上收集了一堆关于吃货的说法什么的，比如吃货的思路是：好吃你就多吃点儿，不好吃多少也要吃点儿；吃货的格言：今天吃喝不努力，明天努力找吃喝；吃货匹克精神：吃得更多、吃得更饱、吃得更好！时光同学多年以前就深谙吃货真谛，并付诸行动，在7舍近千号人中，我想总不该会有第二个吧，算得上千里挑一。

带头大哥

大学四年，吉大中文系 1977 级的“带头大哥”始终出自 204 寝室。初期是刘振东大哥，刘大哥是班上年龄最大的，入学时已年届三十二岁，来自农村，当过兵，进过工厂，阅历丰富，可能就是这个原因，第一年开学选班长，大家伙就推举他当了第一任班长。又是全班的老大，又是班长，刘大哥起初名副其实是全班的“带头大哥”。刘班长入学前在工厂保卫部门工作，当班长后一如保卫干部般认真，严格甚至苛刻，可能是职业习惯使然吧。

接任老刘当班长的是黄国柱同学，老黄在同学中年龄不算最大，来自沈阳军区政治部，在班里的几位部队学员中年龄最大，军衔最高，又是从部队大机关来的，系里成立学生会时，当选为系学生会主席，后来又接任了班长一职。

有一年的冬天，7 舍酝酿着闹罢课，原因是肝炎流行，同学们要求提前放假。之前因为食堂伙食不好，宿舍管理差也闹过几次。总之记得 204 室好像是罢课的策源地，其他系的不同人等在 204 室开了好几次会，商议着要到省委去请愿，还要给中央发电报。

在商议好起事的头天晚上，不知谁走漏了消息，各系各班的领导和辅导员紧急行动起来，连夜深入各个寝室去做工作，唯独中文系 1977 级的老师没有来。事后大家推测有几种可能：一种可能是班上的辅导员家里有事，与女朋友约会去了（老师年轻，比班上好多同学还小）；另一种可能是觉得这班上党员干部多，校、系学生会有好几个主要角色都在这里，估计不会真有所动作，所以就忽视了。

第二天一大早，罢课行动开始，由于别系别班已经做了工作，他们没有来，只有中文 1977 级一个班，且并非全体，有的人认为没什么意思，没有兴趣。来的也各怀心思，有跟着起哄闹腾的，有心中不情愿随大溜儿的，还有觉得新鲜跟着长见识的。如所商定的，参加罢课的同学们集合在一块儿，在刘班长的带领下，在校园内跑了一圈，边跑还边喊口号，这是为了扩大影响，表示虽然只有中文系 1977 级大半个班，我们也要闹腾点儿动静出来。然后分为三伙，有去校部的，有去发电报的，我参加的这伙是前往省委请愿，递交罢课宣言。那一个清晨，在系学生会主席黄国柱的率领下，我们几十名同学列队整齐，冒着凛冽的寒风，踏着一路残雪，向省委进发。

各队回到教室后，大伙意犹未尽，有人建议把罢课宣言拿出来，再宣读一遍，这宣言是老温写的，写的什么内容有点模糊了，只记得那文章写的是慷慨激昂，气势磅礴，只听得老温用他那富有磁性的男中音宣读得铿锵有力，字字如铁锤般敲打着教室四周上空，颇有骆宾王《讨武氏檄》的风骨，听得我们是热血沸腾，心潮起伏，仿佛这世界真要由我们来主宰沉浮了。不知老温当年的宣言还留存否。

记于2016年4月

◇　作者简介　◇

姜亚廷，1982年毕业于吉林大学中文系，曾任贵州电视台规划发展部主任。

一抹斜飞

白光

十六七岁，朦朦胧胧的年纪，朦朦胧胧的心思，已经朦朦胧胧地消退了……

只有一抹斜飞的绺海格外清晰。

很少有这样的学校：两栋红砖楼是一样的，两片操场是并联的，可是中间却有一条“三八线”，左边是长春四中，右边是长春朝鲜族中学。“文化大革命”时期，“三八线”是挡不住的，四中和朝中的男生经常发生战争冲突，特别是赛完足球之后，往往会有一场群殴。习惯了，也不记仇，过几天还踢，踢完再打，打完再踢。

突然有一天，两个学校合并了。我们八班本来是末梢，后面又加了九班、十班、十一班、十二班，学校更乱套了。男生放学不敢单独回家，“落单”了可能挨揍，我和三黑经常结伴。有一天放学的路上，三黑扯了扯我说：“你看，那几个，朝中的。”我回头，看见几个女生边走边跳朝鲜舞，其中一个，细高的身材，很白净，如鹤立鸡群，引人注目，特别是额头上有一抹斜飞的绺海，随风飘荡……

“绺海”通常写为“刘海儿”，我不喜欢这个词，太男性化。“绺”字好，一束束，一丛丛，摇摇曳曳，细细长长，适合我写的人。在那个年代，女生都不“装修”，刘海儿是直发，从上往下耷拉，插进眉毛里。而她的绺海是斜的、弯的、长的，可以飘起来的。

从此，每到下课和放学，我就在人群里，寻找这一抹斜飞的绺海，远远地注视。我开始孤单了、离群了。三黑呼哧呼哧地跑来说：“我知道她的名字了，李 × 霞。”我还装作不懂：“谁呀？”“就那个。朝中来的。十二班的。大抹斜。”这句断断续续的叙述，使我和三黑更加心心相印了。每到放学，我俩就在门前候着，一抹斜飞出来，我们就远远地跟着，一直到她拐出西广场，我们才绕个弯儿回家。

朝鲜族是能歌善舞的民族，学校文艺宣传队当然以朝中来的学生为主。每逢排练舞蹈，我和三黑就去围观。心照不宣，我们看一抹斜飞。有一次，我俩正看得出神，过来一伙同学干脆把我俩扔进去了，我噔噔噔噔啪，正巧跌在一抹斜飞的身上。顿时眼冒磷光，一串黑体加粗的字幕出现在我脑光屏上：“撞痛了吗”“她会哭吗”“我给她的印象很不好”“她一定很讨厌我”。当我尴尬地爬起来，抬起目光，看到的却是一张笑脸，笑出最灿烂的红口白牙，她笑着说了一句，“假如你是高山，我就是松树”，说完转身走了。走时，那一抹斜飞的绺海就在额上轻轻飘动。

其实那一天光线很暗，我也说不清是不是真的看见了那一抹斜飞的绺海在轻轻飘动。“假如你是高山，我就是松树；假如你是江河，我就是浪花”——这是我中学的一篇作文，大约是写年轻人，要投身革命洪流之中，才能发光发热。具体内容早记不住了，只是她说出了一句，我才坚决地记住了两句。语文老师说写得好，就推荐给板报组，全文刊登在学校宣传栏上了。年级、班、姓名全登上了。

刹那间，我的几根脑筋滴溜溜又转出一串黑体加粗的字幕：“她知道是我写的”“她认识我”“她也一定会知道我的名字”……

一切都在海平面下边，没等冒出尖来，我们就毕业了，上山下乡。由于当时“父母身边留一个”的政策，我没有成为“知青”。毕业那天，全体应届知青坐着解放车在全区游行，然后各自奔向“广阔天地，大有作为”的集体户。我在街边的欢送队伍中和他们一一道别，十六七岁的年纪都是“人来疯”，别看他们在游行时做鬼脸、放爆竹、抽烟，穿奇装异服、唱知青歌曲，耍得很尽兴，等到汽车开出城外，颠簸在一望无际的黑土平原上，他们就会抱起头来失声痛哭。三黑过去了、大富过去了、小力过去了……我的同学、我的朋友、我的青春、我的友谊、我的回忆、我的思念全都随风而去了。在我悲哀的时刻，却又看见了悲哀的旗帜——那一抹斜飞的绺海，在风中晃动。

和其他同学迥然不同，一抹斜飞孤单地坐在行李上，低着头，任凭车上的风肆意挥霍那一抹斜飞的绺海。她的表情是木然的、忧郁的、令人心碎的，是悲欢离合？是惦念父母？还是担心前程未卜、江湖险恶？……我在路边声嘶力竭地呼唤，拼命摆手，她没有抬头，一动不动地从我的视线中消失，从此杳无音信。

朝鲜族的女人可能是皮肤过于细腻，容易苍老，大多三十来岁，就跟个阿妈妮似的。假如一抹斜飞没在我身边消失，像我这种朝秦暮楚的汉子，还不一定记得如此清晰。恰恰因为她消失在朦朦胧胧的岁月，消失在不应该消失的时候，我才把记忆中一抹斜飞的绺海保全得如此完备。

二十年前，离开东北时我问过三黑："见过李 × 霞吗？""问了几个朝中的同学，都不知道她的下落。"——这个回答恰到好处。

◇ 作者简介 ◇

白光，1982 年毕业于吉林大学中文系，曾任中共深圳市纪委、市监察局派驻第七纪检监察组组长。

两只鸡蛋走半生

刘晶

今天是 2011 年 6 月 22 日，农历夏至日。农历夏至多数在 6 月 21 日，极少数在 22 日，而西历的夏至就是 6 月 22 日。今天是我的生日，我出生的那一年，中西方的夏至日也重合在 6 月 22 日。夏至这天白昼最长，我的名字是祖父起的，暗喻夏至。今年的 6 月 22 日，也是我们夫妇瓷婚纪念。哈哈，别摔碎。

有个朋友告诉我，出生在 6 月 22 日这天的人，会把母亲折腾得够呛。何止够呛？我足足让母亲九个月逢吃必吐，又闹腾了 37 个小时才出生。是母亲坚持不要使用产钳，怕把我的脑袋挤坏。出生时体重 2300 克，不会哭，没有头发没有眉毛。外婆第一眼看见我，说：这个小人儿能活吗？每年生日可以没有鲜花没有蛋糕，我这个长期奔波的人，没有电话的年代我会在生日这天给母亲写一封信，现在有电话了则一定要打一个电话。为了我那娇小姐母亲九个月的苦难。

跌跌撞撞长大，居然能生得一头浓发，少女婴儿肥时期，体重曾经有过 76 公斤的纪录。我想，我恐是那野草托胎的。

幼年生日最盼望的是两只白煮蛋。热乎乎地捧在手心里、揣在衣兜里，总是舍不得吃。最后小心翼翼地剥了皮，生怕弄破了娇嫩的蛋白，分一个给弟弟。

30 岁生日甚是有趣，当然还是与非洲有关。

那年的 6 月初，我们结束了在扎伊尔的工作。小组中的摄影师却感染了死亡率最高的脑型疟疾。医生用显微镜照他的眼底，说他的大脑里有许多蠕动的疟原虫，看着他发高烧，头疼袭来时狠狠地撞床边的铁栏杆，死神可能随时到来，我们几个人手足无措。扎伊尔的中国医疗队说，你们赶紧过河去刚果（布）吧，那边的医疗条件好些。担架上躺着我的伙伴，我们挤上了从金沙萨驶向布拉柴维尔的渡轮。船行在黑色的刚果河上，我再次感到非洲的深厚与魅力——在扎伊尔的原始森林里，一脚在赤道北，一脚在赤道南，好像身体被劈成两半。刚果河黝黑清澈，看着湍急的河水，我想到一个很有意思的问题：中国的母亲河是黄色的泥沙俱下，欧洲的多瑙河是碧蓝宁静，而非洲的母亲河竟然也是黑的。

摄影师是个意志非常坚强的人，大剂量的奎宁杀死了疟原虫，他奇迹般地康复了。就在他重病期间，刚果电视台一位著名主持人死于脑型疟疾。我们在刚果首都布拉柴维尔休整约十天，就向死亡地带的深山进发了，那里有一座大型 B 水库，是我们的工作重心。

高高的 B 水库大坝上并列着三座中国工程人员的坟茔。其中二人殒于疟疾。

在B水库，我见到了两个白人，一个意大利人、一个法国人。他们是自愿到这里当教师的，住在茅草屋里，穿着黑人的民族服装，几个简易的茅草棚就是学校。在非洲，身居城市的孩子都不能保证接受教育，而这些深山老林里的孩子当是幸运的。那个法国人在这里生活了五年，而那个意大利人竟然已经十二年了。据说此地离著名的丛林矮人——俾格米人的集居区不远了。

从B水库返回布拉柴维尔，司机说还有一个中国人建造的水库在更险恶的地区，刚果人称那里是“鬼都不到的地方”。这个水库由刚方出资，中国承包建设。地质勘探结束后，刚方因资金不足只好下马，现在那里有两个中国人在守摊，问我们是否愿意去看看。我们驱车前往。

黑乎乎层峦叠嶂，坑洼洼山路崎岖。两个中国人一老一少住在一个“大坑”里；老的是工程师，少的是翻译。大坑围成个奇大无比的院子（如果还能称其为院子）。为防止偷盗，老的住院子一头，少的住另一头。

在院子里走，我突然感觉不对劲，地仿佛倾斜了，腿发软。我想可能是六个小时的颠簸累的。老工程师准备了一桌酒菜。老爷子当时已经62岁，一年多没有离开深山，年轻的翻译每月开车去首都采购食品。就在大家站立起来举杯时，我只觉眼前不是六个人而是一片人，天旋地转。年轻的翻译看出我脸色不对，让我到他的宿舍里休息。踉踉跄跄地走到，也顾不得躺在一个陌生男子的床上是否合适，连鞋都没顾得脱就卧倒了。

不知晓过了多久，只觉得有人将手放在我的额头上，大惊失色：不好，高烧。

四小时路程返回首都。感觉清醒了许多。告诉同伴，没事，多半是感冒了。回房间冲了个澡，正准备将脏衣服拿到洗衣房，骤然一个巨大寒战袭来，我明白是疟疾找来了。跑出房门正巧遇到一位中国经理，“拉我去医疗队！”我的记忆停留在这里。

……被礼炮惊醒。金色的夕阳穿过窗棂，空气中散发着青草的生机。我躺在一个特殊的床里：床的两边临时捆绑了几根木条。一个低沉的声音传来：你终于醒了，四天了，我知道你今天会醒。

我才发现窗下坐着一个人。在夕阳的映衬下如同一幅剪影，是那个水电站的年轻翻译。

——你怎么知道我会在今天醒来？我很好奇。

——今天是你的生日，也是刚果的国庆。你听，全城都在为你鸣礼炮。

我笑了。

——你从哪里知道我的生日？

——我看了你的护照。

——我病得很重吗？

——你去问医生吧。我在这里坐了一下午。你醒了，我该走了。我们工地上没有好东西。煮了两个咸鸡蛋送给你，补一补。

那两个鸡蛋我放了许多天才舍得吃。年轻人走后，医生们知道我醒了，纷纷跑来。我才知道这是怎样的四天四夜。我在床上不停地翻滚，一会儿高喊：冷！冷！冷！众人把被子往我身上压；一会儿大叫：热！热！热！体温计一测，水银汞柱就升至顶，众人又赶紧掀去被子……我的病床被安放在医疗队女医生住的客厅中央，几位女医生日夜轮流守护。

天下事无巧不成书。当年母亲怀我时，是天津医学院总医院内科护士长。谁能想到这几位女医生，就是1956年在天津总医院实习的医学院学生！她们居然还记得我妈妈当年怀我时的惨象（一定是惨不忍睹！）。大夫们哈哈大笑说："你昏迷中我们做了几手准备。如果在大剂量的奎宁下不能好转，第一准备把你送到巴黎去急救；第二送回国治疗。当然也做了救不活的准备。早知道你从小命大，我们就不担心了。"

一个成熟的人可以把握自己的人生航标，却不可预知在途中有多少险峻，也不会知道有多少爱会庇护左右。可知的是，也是唯一可以做到的是：去爱。多年来，我苛刻地要求自己如此。

五年以后，年轻翻译留下的两个鸡蛋，变成了求婚彩礼。

如今，我们这俩鸡蛋也走了半生，走成了糊涂蛋。

◇ 作者简介 ◇

刘晶，女，1982年毕业于吉林大学中文系，现任职于外贸部成套设备进出口公司。

饥饿是一群野狗

宫瑞华

若干年前，在长春的大学同学说要出一本吉大中文系七七级的书，让全班的八十个同学每人写三千字的回忆文章，还限定了交稿的时间。

有同学出钱，有同学张罗，面对大家这种“七七自豪感”，不认真写篇东西，真是对不起这些同学了。

先想到的是吉林大学食堂的肉包子。那时吉大主食是苞米面糊糊高粱米饭，分粗粮票和细粮票。每周只能吃两顿细粮，一个月能吃两次肉包子，每人限当日当顿 4 两细粮票两张。肉包子练就了当时吉大学生比狗还灵敏的嗅觉，在接近宿舍楼 7 舍的路上，前边的人闻到了肉包子的香味，就跑；后边的人见前边的人跑，就闻到了肉包子的香味，也跑。当时没听说谁得了鼻炎，闻不到肉包子的香味。进到楼里，铝勺、筷子敲搪瓷盆的声音早就响彻全楼……吃肉包子的时候，全楼都情绪高涨。

偶然有那么一次，同寝室的一个同学“买”了包子没交票！这个同学吃完了两个包子又去食堂“买”了两个。他躲在床上吞食两个肉包子的时候，同寝室的另十一个同学被一种极为复杂的感情噬咬着内心。鄙夷？不屑？嫉妒？谁也说不清，总之，他多吃了两个肉包子，因此他肯定比不上没多吃肉包子的人高尚。

我们的孩子们肯定会说，那是人家运气好！

七七级处于饥饿年代。

吉林大学也很饥饿。因为老师短缺，本来是两个班的学生合成了一个班，八十人的大班，上课要用麦克风；没有英语老师，我们只好跟着教俄语后又自学日语的“塞恩塞”学日语。

老师的自信也短缺。班上不少同学都老大不小，最大的已经32岁；有些人上学前就发表过不少作品，小有名气。于是，年轻些的老师自己就矮三分，缺了底气，差点和我们称兄道弟……其实学生也自知短缺什么，于是每人都有一只手电筒，熄灯后躺在床上读书；有人还拿个凳子夜夜坐在公共厕所里，就着15瓦的灯光闻着熏天臭气苦读。

总之，大家都挺饿的。

后来出书的事不了了之，我也高兴。流芳千古的书里肯定不应该有吉大的肉包子和公用厕所的熏天臭气。

不过关于饥饿，还是可以写写的。

小学一年级，赵老师把我叫进了教员室。赵老师问：“你是不是向杜学忠同学要东西吃了？”

教室一样大的教员室里只有赵老师和我。赵老师很细心，她是在其他老师都下班后才找我的。所有有形的物体在我的眼前都消失了，唯一不能消失的就是赵老师的声音：“你是不是向杜学忠同学要东西吃了？”

当时，长春青年路小学四周都是盖着残雪的菜地，菜地里流窜着一条条肋骨清晰眼露贪婪之光的野狗。中午，杜学忠拿着一个窝头掰成一小块一小块喂狗。我当时大概也是眼露贪婪之光。脱了衣服，也许我还比不上那条最瘦骨嶙峋的野狗肉多。杜学忠拿着一小块本来要扔给狗的窝头，问我：“你要吗？”

我飞快地接过来塞进嘴里——那是与野狗的竞争，动作慢了珍贵的窝头肯定会落到一只幸运的野狗的嘴里。那块窝头不足“1.5 厘米 ×1.5 厘米 ×1.5 厘米”。

赵老师问：“你在家里是不是吃不饱？”

从 1959 年下半年起，我开始能清晰地记事，那时在青岛。我所能记住的就是奶奶、妈妈、叔叔和我去一个又一个的饭店排队买馒头。一人一次只卖两个，还要搭 1 毛钱豆角。豆角很老，吃的时候，每吃一个豆角都要从嘴里扯出两条长长的筋。后来，买不到馒头了，就排队买饼干；再后来买不到饼干了，所有的粮食制品都要粮票，就买梨。买了梨用水煮；再再后来买不到梨了，就到秋冬收完了白菜的地里捡干菜叶……

1960年冬，我和妈妈、妹妹、弟弟从青岛到了爸爸工作的长春。刚到长春的头三天，因为等托运的行李，住在爸爸的一个同事家里。

我第一次见到铺天盖地、厚可盈尺的白雪。房子四周是开阔的雪原，一直延伸到地平线。第二天，东北的太阳晒化了厚厚的雪，露出了星星点点黝黑的土地。我和刚刚5岁的妹妹踏着积雪走进了地里，在黑黝黝的地方发现了几粒珍珠般的黄豆，这是一片收割了的黄豆地！

我和妹妹用手扒开尚未融化的积雪，开发着我们的宝藏。一个下午，我们每个人竟捡了一捧黄豆！那天，我就开始爱上东北，尽管手上留下了冻疮，天一冷的时候，手就开始发痒，而且多年不愈。

妈妈躲着房东，把我们捡的两小捧黄豆藏了起来。

几天以后，我们搬进了厂里给我们暂住的房子。两张并在一起的单人床，十几棵冻成冰的白菜。墙角结着一寸多厚的霜。那是一个多雪而寒冷的冬天，零下40℃的天气，屋里没有暖气，不见一点儿火星。

白天和父亲走在冰里雪里，去买炉子、买炉筒子、买煤买柈子。用了两天工夫，支起了炉子，烟从炉筒子的接缝往外冒，呛得人喘不过气睁不开眼。妈妈把我们捡的两小捧黄豆摊在了炉盖上，黄豆爆响着，香气把我和妹妹的馋虫都勾出来了，妈妈当时就是这么说的。

弟弟不足周岁，还不能和我们抢豆吃。四个人每人分得十几粒黄豆。我和妹妹把香喷喷的黄豆扔在嘴里，咬得咯嘣嘣地响。我们津津有味地咀嚼着黄豆，咀嚼着寒冷而富庶的东北。父亲回青岛接我们来长春时就是这样说的：东北有大片大片的黑土地，东北大豆全国闻名，东北还有三件宝，人参、貂皮、乌拉草。暂时我们还顾不上三件宝，但我们吃上了全国闻名的东北大豆！东北大豆真是香啊！说实在的，我们也真是饿了。

后来我们才知道，这根本不是饥饿。真正的饥饿是一群野狗，正在不远处守候。

我们来之前，父亲吃食堂。没几天，我们就把父亲的饭票吃光了。

有了炉子，我们开始自己做饭。第一顿吃的是高粱面窝头，第一口我就全吐了出来。在那个大灾之年，高粱未等成熟就受了霜，壳脱不下来，一起磨成面。而且高粱不干，磨成面也是湿的，待我们从粮店买回家，湿高粱面已经发了霉。那种苦涩，是我出生以来第一次尝到。

第二天早上，我和妹妹听说了一个新词儿：大便干燥。发了霉的高粱面吃到我们的肚子里，就变成了石头。当时的厕所都在室外，是用木板钉的。零下40℃的天气，顶着寒风蹲上半个小时40分钟，脚不是自己的脚，耳朵不是自己的耳朵。我听到隔板另一侧5岁的妹妹在哭。开始是嘤嘤的，后来放声大哭。我想，我和妹妹是活不了了，当时我刚学会了写“死”这个字，我幼小的心中全是恐惧。我赶紧提上裤子去找父母。母亲束手无策，急得也哭；倒是父亲早有过了这番经历，他拿来肥皂，切成小细条，塞进……我们全家都说，妹妹最懂事，她小的时候就很少哭。自到了长春，她每天都要哭一次，从去厕所前就开始哭，一直到哭着从厕所回来。母亲洗衣服也要特别注意节约肥皂。每月凭票一家供应一条两块肥皂，有一块要留着上厕所用……

不久，我们发现，就是连发霉的高粱面也不够吃。父亲在技术科，是“脑力工作”，每月的粮食定量是 31 斤，“节约”3 斤，实际上只能领 28 斤；母亲没安排工作，27 斤半，“节约”1 斤半；我和妹妹、弟弟都是孩子，定量更少。全家 70 斤粮，四个人（弟弟还在吃奶）每顿平均 7 两 8 钱。墙角那十几棵冻白菜吃完了，没有任何蔬菜，没有任何其他能够往嘴里放的东西。

每天晚上都是喝粥。后来母亲一提起那时的粥就说：“粥里哪有米呀，一碗粥的米粒还盖不过来碗底。端起碗来能当镜子照！”其实，母亲说的一点儿都不夸张。

一般都是晚上喝粥，喝完就睡。全家人的这顿粥只有 3 两粮。

母亲常说，那时候那个肚子啊，就像没有底儿！

我和妹妹都要喝五“二大碗”粥！其实五“二大碗”粥中的米不到半两。若干年后我试过，东北的一“二大碗”可以装 1.1 斤水。我刚满 5 岁的妹妹一顿居然可以喝 5.5 斤水！我相信，现在几乎没有哪个人可以一口气喝下五瓶矿泉水，不信你就试试！

喝到第五碗的时候，肚子就开始胀得很疼了，但是还舍不得放下碗，还要用舌头把本来就很干净的碗再舔两遍，然后放下碗就往厕所跑……

母亲说，你和你妹妹的肚子胀得像蝈蝈！母亲还说，那时候，饭不好做，到了做饭的时候就是一个愁！碗好刷，没有一点儿油星，比饿狗舔得还干净。也不像现在，还用什么洗洁精。

“饿狗”这个词用得无与伦比地精确。我女儿养过三只狗，只只都是非肉不食，没看过哪一只会去把它吃食的盆舔干净，它们都是幸福的狗，不知道什么是饥饿。

有一天，母亲拿着我们家唯一的做饭用的盆躲躲藏藏地出去了，过了两个多小时，如获至宝地端回了小半盆萝卜根儿。东北的萝卜根部会生蛆，食堂就把生了蛆的部位削下来扔掉。

那天晚上我们吃的是用苞米面和生蛆的萝卜根儿包的包子，那是 1960 年冬我们家吃的最丰盛的一顿饭！

那顿丰盛的晚餐让我们回味了许多许多年。母亲说：“我用围巾包得只露两只眼睛，到食堂的垃圾堆里去捡萝卜根儿，生怕叫人看见。”母亲当年 30 岁，很漂亮。

母亲说：“洗了好多好多遍，蛆挑也挑不净，手都冻肿了，还是牙碜。”我和妹妹说：“我们不记得牙碜，只记得香！”

我们没有当时的照片。若干年后，我看到西方记者在非洲拍的孩子的照片，四肢皮包骨，只有一个胀得大大的肚子。我想那就是 1960 年的我，还有我的妹妹。

饥饿的 1960 年只剩下不到一个月了，父亲母亲想起我已经有几个月没上学了。于是，父亲领我走了几里路，到了青年路小学。校长说，留一级，明年再重读一年级吧，他读的是十二年制，我们现在是九年制。

不管什么理由，留级对于我来说都是莫大的耻辱。我说还有差不多一个月，让我试试吧。在我试试的时候，赵老师成了我的班主任。

青年路小学的四周都是大片大片的菜地，冬天里是无尽的雪原。同学们之间不断地流传，在学校东头或者西头的野地里，饿死的孩子的尸体，被饿红了眼的野狗们从冻土里刨出来撕扯成碎片。野狗争食尸体的时候也互相撕咬，那就是我们经常听到的此起彼伏连绵不断的狗叫声。直到现在我还相信，同学间的传说不仅仅是传说，至少我就亲眼看见过令人惊恐的场面。

半夜里，我几乎天天被饿醒。胃火烧火燎地疼，像是被野狗撕咬。我想我是活不了多长时间了。半睡半醒之间我老是看见那群野狗，老是感觉到自己已经成了它们争食的对象。即使醒来我也分不清饥饿还是恐惧，恐惧还是饥饿。我常常会失声痛哭。

那个时候，母亲就会压低声音斥责我："没出息！这么大了，还不如你妹妹，就你饿！谁不饿？"

我也真就不如5岁的妹妹，妹妹除了上厕所哭，几乎就没饿哭过。

在空荡荡的教员室里，赵老师问："你是不是向杜学忠同学要东西吃了？"

我不能出声，因为我不知道如何回答赵老师的问题。我在想：

赵老师上厕所的时候一定不用肥皂，吃完饭一定不用舌头舔碗。她是空军驻军的随军家属。

赵老师很漂亮。她皮肤微黑，牙却白得耀眼，烫着 20 世纪 60 年代最时髦的大波浪发型。一双大眼睛，很温柔。我喜欢赵老师，同时我也知道，赵老师也很喜欢我。

我在试试看能不能不留级的一个月里，每天凌晨 4 点就起床。我在青岛才刚刚学加减法，现在却要学会乘除法，还要学会分数。父亲给我辅导的时候，我拒绝一切有关吃的例子，比如，两个人分 1 个苹果，每人是 1/2 之类。我宁可听 1 张纸撕成两半，半张是 1/2。我大部分时间都饿得手发抖，听到吃的，手中的笔就抖得更厉害。

期末考试，我数学得了 100 分，语文 85 分，是全班的最高分。我想，当时要是有什么“脑黄金”“脑白金”“生命 1 号”之类的产品，广告商们一定会把我捧成明星代言人。

可惜的是，我有的只是饥饿。饥饿就是我的“脑黄金”，就是我的“生命 1 号”，而我也只是得到了班主任赵老师的喜欢。

喜欢我的赵老师正为了那块不足 1.5 厘米 ×1.5 厘米 ×1.5 厘米大小的窝头在批评我，她要对她最喜欢的学生的道德品质负责。

教员室中央是一个用大汽油桶改成的炉子，炉子里的火已经熄灭，窗户玻璃的四周已经结了很厚的白霜，透明的部分越来越小。透过结霜的玻璃，我看到了杜学忠那张很瘦很瘦的脸，那张脸正冲着我坏笑。

我知道我中了他的圈套。仇恨淹没了羞愧，我不知不觉中攥紧了拳头。我身上的某种东西像解了冻的江河，那种东西像厚厚的冰层，顷刻间轰然瓦解，随江水飘然而去……我想冲出教员室，将杜学忠揍成肉饼。但是，我是个“好孩子”，“好孩子”不可能做那种“野蛮”的事情。当时，谁要是动手打人，谁就被认为是“野蛮”。

一连几天，无论是睡着还是醒着，我都会看见：学校附近的那群野狗把杜学忠团团围住，咆哮着将他撕扯得血肉模糊……

多年以后，我坐在大学的教室里，古汉语老师正在为我们“说文解字”。我突然就想起了杜学忠。我始终搞不清楚，在“窝头事件”中，杜学忠的动机到底是什么。因为在此之前我和他几乎没有什么来往，他肯定不是在报复我对他做过的某件事情。是恶作剧？是嫉妒？

我也清晰地记起了我“野狗复仇”的幻想。在“窝头事件”之前，我从未有过如此的仇恨和恶毒。

我思索这件事情，并不是对杜学忠仍然耿耿于怀。而是在探索这件事情的普遍的意义。汉语中的“饿”和“恶”同音同声同调，是一种偶然巧合？如果脱开语言学的意义，“饿”和“恶”的确是经常相连。在“窝头事件”中，我是由“饿”产生了“恶”呢，还是由于我的“饿”而引出了杜学忠的“恶”？

在冷冰冰的教员室里，顷刻间轰然瓦解的，是我童真的善。它的代价是换取了指甲盖大小的一块掺了豆面的香喷喷的窝头……

十年以后，我遇到了一群比我还要饥饿的人。那群人在我无以果腹的年代吃的是观音土，他们有许多亲人都饿死在山东。他们是一群幸存者，乞讨几千里来到了大兴安岭余脉下的一条山沟。他们来自山东日照，对饿死他们亲人的故乡依然感情深厚，给这条东北无名的山沟起了个名字叫“尚日”。

1969年，我是一个下乡的知青，和十几个同学来到了这条不通车、不通电的山沟。当时，这群日照的幸存者已经在这里繁衍生息了十年，虽然不用再吃观音土，但也还是处于半饥饿之中。

尚日的地“挂”在大山上。从村子到地里有十几里的路。种地时节，中午不能回村，生产队就带上一瓶豆油、一板豆腐，做个豆腐汤，让几十号壮劳力吃自带的干粮。

一天中午，做饭人怎么也找不到那瓶油。这时，树林子里有人在捂着肚子满地打着滚儿地号：“跑腿子”高大个子把一瓶生豆油都偷喝了！

大伙儿骂着笑着把痛苦不堪的高大个子抬下山，套上牛车，慢悠悠地翻山越岭，送往十几里地外的公社卫生院……

东北富庶的大山怎能养不活它皱褶里的这几个人？原始森林里的松塔、蘑菇、药材、蜂蜜都在自生自灭；田头地脑只能生长榛柴野草。我和我的同学们曾以“革命”的名义砍掉了幸存的日照人“自留地”里的希望。

窝头的故事像一个寓言，它好像要无始无终地永远伴随着我们这代人。以“革命”名义的时候，我们就是杜学忠。可我们更多的时候只是一个“水饱”的“我”，红着眼睛垂涎着杜学忠手中的窝头，而杜学忠大多会把窝头扔给野狗。

2000 年 8 月 3 日

◇ 作者简介 ◇

宫瑞华，1982 年毕业于吉林大学中文系，曾任深圳《特区文学》主编。

仅此一回而已

陈 平

说起来既可怜又遗憾，既可笑又心酸，本人在以 28 岁大龄别离大学校园之前，竟然在情史上面一片空白，缺少点滴的经历与体会。记忆中只能搜寻到一回算作相亲的情节，仅此一回，仅此一回而已。

仅此一回，实属稀奇，实属珍贵，值此同窗学子为纪念毕业 35 载而征文之际，我愿以此为文，权作一朵小花，奉献于我们这个集体汇聚的姹紫嫣红的花丛之中。

那么，本人既非身短脑残，又非丑陋不堪；既非独身主义，又非志在僧寺，何以在青葱佳期落得个那般悲催境地呢？这对于后生晚辈来说是一言难尽、难以解释的，而对于我们这些过来人来说，是一点即明，不必详说的。在“文化大革命”当中，我是因“家庭出身不好”，可以说是相当不好，又由于背井离乡，漂泊不定，居无定所，业无着落，才没有资格，也缺乏谈情说爱的信心和勇气。我的父亲、母亲虽然都只是不起眼的乡村小学教师，可父亲曾被打成“右派”，母亲又是地主的女儿，有着这样的“家庭”，这样的“出身”，谁家的女孩儿还敢靠近我呢？而我又怎能不时时处处不注意避而远之呢？自17岁远离父母外出谋生起，在就读中学、到处打工、插队务农的日子里，也曾有那么几个女孩儿向我暗送秋波，我也对她们另眼相待，可为了对彼此的前途和命运着想与负责，我也只能是痛下决心，坚持做一个“不敢越雷池一步”的“苦行僧”了。

然而，当我成了一名天之骄子般的大学生，在吉大中文系1977级就读的四年好日子里，饱受着中外文学名著当中有关“永恒主题”之诗文持久而强烈的熏陶与浸染，却因何除了那仅此一回而已的记忆，竟极其缺乏堪称罗曼蒂克般的往事得以回首的呢？我想，依然是理智时时战胜着感情所致。其中，周边既有客观方面的原因，也有自己主观方面的因素。不知各位记得与否，在对我们进行入学教育的大会小会，校系领导和辅导员老师都曾一再告诫我们，叮嘱我们：在校学习期间不要谈恋爱，一是会影响学习；二是会影响毕业分配去向。就此，同学们议论纷纷，一般都认为，影响学习方面，倒不见得会影响多少，也许还会增强动力与活力，促进学习的劲头与效果呢。影响毕业分配去向却是非常值得考虑与重视的。因为我们是重点大学，面向全国分配，男同学和女同学形成恋爱关系的，毕业时不但不会被关照，还很有可能被分配到两地，也有可能被分配到最差的地方去！这怎能不令人惧而又惧呢？更何况前车之鉴，比比皆是。我的一位老乡“文化大革命”前毕业于吉林工大，分配到了一汽工作，可他是在老家娶的妻、生的子，十几年过去了，我入学时，他也依然过着“牛郎织女分离”的生活，无奈，他只好做出牺牲，调回了我们旗。团聚倒是团聚了，可他到了那里哪有“用武之地”啊？老师有言在先，老乡又有先例，我作为一个平民百姓子弟怎敢不恪守规矩而自讨苦吃呢？

我们上大学的四年间，在校园里是很难看到有男生和女生在一起并肩而行、牵手而进的，更看不到搂搂抱抱、亲亲密密的场景，有勇者，如吕贵品、时光之类，所觅之女友虽然皆为外校女生，在大二之前也未敢使其在我们班同学面前一展风采，只是到了大三之后见“风声”不那么紧了，才渐渐地敢在众人面前露了脸，让大家熟悉了起来。关于徐安和张丹、曾宪斌和于舸等人，真让人拍案惊奇、仰天叫绝啊！他们的“地下活动”即秘密恋爱进行得也太隐蔽了！我和老徐、小曾一个寝室住了四年，竟然没有发现一点点痕迹与现象，直到毕业前夕他们自我公开了，我才不得不惊叹“原来如此”，而自己竟然如此孤陋寡闻，呆若木鸡！后来，我曾多次联想，难怪我们班有好几位同学分配到了国家安全部门工作，他们的保密意识就是强，保密工作做得就是到位。当然，这话只是句笑谈而已。

我们读书读到大三的时候，有关不准谈恋爱或曰不提倡谈恋爱的约束，的确是松弛了下来。虽然公开的、公然的现象与传闻少而又少，少得难以发现，但秘密的、悄然的、“地下”的活动肯定是广泛而频繁的。不然，就不会像我们离校前有的同学所统计、所宣扬的那样，不算与他班、外校所结交的，仅我们班同班同学就有六对儿结成了“在天愿作比翼鸟，在地愿为连理枝”难舍难分的关系。不然，像我这样思想观念老旧而僵化，在女生、女性面前严重缺乏自信和勇气的人，也不会有所思，有所行，而留下了那“仅此一回而已”的记忆的。

我们班有几位年龄较大的被我们称为“老先生”的“老高三”毕业的同学。他们在上大学之前几乎都有了家室。王振坤同学便是其中之一。他入学前是长春客车厂子弟中学的高中语文教师，我和他交往较多，即晚饭后一起散步较多，交流较多，还曾受邀去他家吃过两次饭，我一直尊称其为王兄、王哥。记得是在大三下学期刚开学不久的一天傍晚，王兄叫我出去散步时一本正经地对我说：“我想给你介绍个女孩儿，哪方面都挺好的，和你嫂子在一个纺织厂上班，正在读电大，学理科的。”我把我的各种不能见的理由陈述了一遍后，王兄还是不依不饶地说：“见见，必须得见见！”无奈，我只好表示可以。

就在那个星期的星期天下午三时许，我怀着矛盾的心情登上了通往王兄家的无轨电车，不到一个小时便敲响了他家的家门。一家人都在，都以感人的气氛欢迎了我，尤其是嫂夫人，不仅笑得合不拢嘴，而且还向我说起了要与我见面的她的好友的种种好处，让我内心的温度不由得升高了许多。按照约定的时间我是提前了一二十分到的，而嫂夫人的那位好友刚好是掐着钟点儿到达的。当嫂夫人匆匆赶过去，轻轻打开家门让她的好友展现在我面前的时候，我的心跳加快得好像紧锣密鼓在胸中突然间响了起来似的，我浑身上下的体温有如热水一下开了锅似的沸腾了起来，以至于我连事先想好的向人家打招呼的话都没有说出来，只是呆呆地、傻傻地、一动不动地站在那里，不知如何是好。该怎样描述她在我心目中定格的美好形象呢？她的面容是那样的白皙、红润，她的双眼是那样的清秀、灵动，她的身材是那样的适中、姣好，她的衣着是那样的淡雅、整洁，她的举止是那样的文静、柔美，她的话音是那样的清脆、流利……我当时觉得，如今依然觉得，她就是一个仙女飘飘然降临到了我的面前，让我神魂颠倒，令我如醉如痴。我是如何改变窘态，脱离窘境的，事后便全然忘记了。只记得王兄和嫂夫人都催我们出去走走，我们便一前一后地走出了家门，朝着附近的一条马路，虽然是肩并肩，却也保持了足有一二十厘米的距离，不快不慢地走了过去。在那不知走了多远的路程中，我多想再仔细瞧上人家几眼啊！可我连那点勇气都没有。如今我还清晰地记得，那天，我是穿着一双“解放鞋”——矮帮的、薄底的、黄色的胶鞋与人家“轧马路”的，因为我一直是低头而行的，目光一直是对着我的那双鞋子的。好在那时候少有汽车，那段马路上行人也少，不然，恐怕我也会像与我同寝室的老霍一样了（老霍在一次和女友相约、相会而并肩前行时，一不留神，竟被一骑摩托者撞了个人仰马翻，嘴角血流不止，到医院缝了好几针）。在那三四公里的路程当中，我和那位仙女都谈了些啥，时至今日，也不记得几句了，只记得我没有忽悠人家，更没有欺骗人家，而是实话实说，说我毕业后很难留在长春市，也很难分配到呼和浩特，很有可能要回到通辽，或者是甘旗，即那些不被大城市的人看好，更不为大城市的女孩儿所向往的我的老家那边的小城小镇。如此这般，有谁还敢与我接着谈，继续处呢？何况，我的各方面条件都一般般，连一般般都够不上，只能说是"比较困难"的。人贵有自知之明。在择偶问题上，我从来没敢高攀过，当时如此，后来也是如此。

自然是没有一点儿悬念，自然是不出所料。过了一周，王兄怕我伤感，不无婉转地对我说："你若是说能留在呼和浩特就好了。"我说："我从来就没有抱太大的希望，更没有什么奢望。我能够走出农村，走出草地，有望当上干部，娶上媳妇，就非常知足了。"不过，我在内心深处还是十分感谢王兄和嫂夫人的，他们起码是让我增加了一回永志不忘的审美阅历。

大学毕业时，按着当时的有关政策和就业形势，作为蒙古族大学毕业生，我被分配到了内蒙古自治区的首府呼和浩特工作。步入工作岗位后，我才开始踏踏实实而又急于求成地寻觅我的终身伴侣……而此前，我只有那么一次经历，仅此一回而已。让人追悔莫及的是，我连其芳名都未得铭记。

我们那个年代就是那样不同于如今，如今别说是去北京，到上海，赴深圳，哪怕是跨洋出海定居国外，只要男女双方彼此看好并相依相恋，也能够终成眷属。

◇ 作者简介 ◇

陈平，1982年毕业于吉林大学中文系，曾任内蒙古人民出版社副社长。

思 念 二 章

王天红

秋天的背影

城市南郊的校园，在无边的草场和菜地间安静伫立。黄昏的风吹过天空，令夕阳的光芒微微抖动。这是我在学校生活的第十七个秋天了，轻轻嘘口气，拎着饭盆和暖水瓶向食堂走去。

有人在唤我的名字，那是再熟悉不过了的声音。笑着抬眼，果然是父亲，手中拿着几本书，魁梧的身影在地上映得很长。是开会路过，他解释说，搬到新校区后还没来过，总放心不下，顺便来看看。

见我住的房间朝北，正对着楼梯，父亲皱了皱眉。坐下没多久，新屋子的冷和潮一起袭来，将人团团围住。这里怕是冬天不好过吧，父亲喃喃地，在屋里走了走，摸摸铁床和壁橱，不禁摇了摇头。本想再说些什么，回头见我一副无法可想的样子，便又笑了，没什么关系，多穿几件衣服就好了。我顿时轻松起来。

听完对图书馆、教学楼以至整个校园的介绍，父亲用一句话总结：正是做学问的地方，好好学吧。我抿着嘴乐，父亲有些遗憾自己只读完大学，他从心里希望我念完硕士后继续读博士。我琢磨，有他这样想法的人，大概不多了。

穿着我买的那件夹克衫，父亲年轻了许多。从车棚推了那辆老车，又简单叮嘱几句，便向家的方向骑去。毕竟快退休的人了，上缓坡也有些吃力。想想真令人惆怅，大学教授也不过如此，一辆旧自行车，在岁月里颠簸。

然而，一生清贫的他，却依旧期盼我多读些书，支持我留校任教，鼓励我多在心灵和精神上追求。这样的父亲，每每让我在沉静中感到深深的骄傲。

父亲渐行渐远，深米黄色的衣衫在夕阳下闪亮，灿烂中带着柔和。那背影在风中慢慢定格，是小小的一块米黄色，映在秋日的黄昏，火苗般灼痛我的眼睛。

1994 年 11 月 28 日

春天的怀念

父亲在 1999 年 1 月 3 日突然大面积心梗离开人世后，我心里总有说不出的遗憾。总觉得他还没走，还像出差一样，哪天会提着手提包风尘仆仆地回来，一开门会大声说：“老姑娘，我回来了。”

一转眼九年半过去了，遗忘慢慢销蚀了记忆，最近很少梦见父亲了。我对 90 岁的奶奶说：“想吃点儿什么赶紧告诉我，别像我爸一样，都没去我家吃过一顿饭。”奶奶总是说：“没啥想吃的，真没有。”但今天问她时，她说了：“想吃那种软软乎乎的，豆腐做的吃的。”我听了特别高兴，可算能满足一下奶奶简单的愿望了，赶紧出门去买。

出了门，才想起忘了问是哪家卖的了。也没事儿，那种素肉哪儿都有卖的。

可是真奇怪，今天去了哪家哪家都卖完了，跑了大半天，也没买到。想到 88 岁时摔倒，一度半身不遂，后来凭借顽强毅力重新站起来做到生活自理的奶奶，我心里又佩服又着急：难道今天就满足不了奶奶这么微薄的一点心愿吗？

我坐上公共汽车，去了一个店，又一个店，每一个店都说：“太不巧了，刚卖完。”心里越来越着急，仿佛老天爷和我开玩笑一样，我不想和他捉迷藏浪费时间，可又没法和他置气。

终于，在火车站附近一家年代久远的批发市场，我买到了那种软软乎乎，像豆腐一样的素肉，我先尝了一小块儿，又香又甜。赶紧回去给奶奶，奶奶眼巴巴地等着呢。从小到大，奶奶最疼我了，有什么好吃的都留给我，我呢，有什么心里话都愿意和奶奶说。

今天的车好像格外慢，坐了好长时间也没到，心里着急也没办法，谁让自己没先去火车站附近呢？一开始东跑西跑，浪费的时间太多了。

终于到了奶奶家，爬上七楼。奶奶在88岁住院又出院以后，就只能在屋里拄拐杖挪动，再也不能下楼了。

每一次来，我都呼哧带喘，心里嘀咕七楼实在太高了，爬得费劲。今天却不一样，身体特别轻快，嗖嗖地就上到门口。

我满心欢喜地敲门，等着奶奶颤颤巍巍地来开门，看见我买来的东西，满是皱纹的脸上绽开快乐的笑容。让我心里也有一种得意劲儿。

可是，我今天敲门怎么敲也敲不出声音，是我耳朵聋了吗？我使劲敲，就是没有声音，手好像也没有了感觉，也不觉得疼。可是，没有声音，里面怎么能知道我来了呢？奶奶怎么能知道我买来好吃的呢？

心里越来越疑惑，究竟是怎么回事？是谁在和我恶作剧？心里忽然有点不安，心怦怦跳起来。听不见敲门声，却听见自己的心跳，一声比一声大，像敲鼓一样，鼓点儿越来越密集。

鼓声让我感到窒息，我觉得心好难受，扶着门闭上眼睛，缓一缓。

是从父亲遗传来的心脏吧，可能得抽空看一看了。正胡思乱想呢，突然一下子出了一身大汗，一激灵，睁开眼睛，只见眼前一片黑暗。

这是在哪儿？慢慢回过神来，听见旁边微微的呼吸声，原来是8岁的女儿，高烧刚退，睡得正香。我一下明白过来了，泪水扑簌簌顺脸庞落到枕上。

心心念念的奶奶，已经离开我一百二十一天了。

2008 年 6 月 11 日凌晨 1 点 49 分记录

◇　作者简介　◇

王天红，女，1992 年毕业于吉林大学中文系，现为吉林大学文学院教师。

下　编

狡黠和幽默：东北俗文化的胜利

乔 迈

现时的东北文化叫人印象深刻的是俗文化。

关内文化早已成熟得瓜熟蒂落的时候，我们东北还被看作蛮荒之地。灿烂的中华文化中没有我们的份儿，换句话说，在悠悠岁月长河中，东北人对中华文化的建设没有做出什么贡献。新中国成立以来，除了一段时期的电影和戏剧（主要是话剧），我们难得在文化上被认同。文学方面，20 世纪三四十年代，以二萧（萧军、萧红）为代表的东北作家曾经跻身于当时的中国文坛，但也只是流星一现；从文学新时期开始（“文化大革命”结束）到现在，我们零星出现了一些不错的作家，但大都独立作战，形不成阵势，压不住阵脚，难以像人家“陕军”“晋军”“湘军”或者“京派”“海派”作家群体那样气势雄大，动辄造成重大效应。唯一属于东北艺术形式的二人转则辗转流徙于农家土炕上和高粱地里，自生自灭。这样，我们就一直未能站到文化的前排去。

我们终于站到前排了。但谁也没有想到，领袖群伦挂帅出征的是一位喝辽河水、吃高粱米长大的二人转演员赵本山。赵本山在机会来临的一刻，当仁不让，挺身而进，为东北文化赢得了几代人做梦也不曾敢求之的辉煌。赵本山是带着狡黠的微笑，从容不迫地做这件事的。狡黠中充满了无穷的机变，然而深藏在貌似弱智的憨厚中——这被叫作幽默——足以把早被古老的中原文化和时尚的现代文化熏蒸得晕头转向的关里人玩弄于股掌之上，叫他们佩服得五体投地。极短时间内，他们就对赵本山失去了辨析能力，他们接受他的小品，接受他的电影，也接受他的电视剧。最不可思议的是历年的央视春节联欢晚会没有赵本山便不成晚会，而且他表演的东西不论好坏，一律能得到最热烈的追捧和最高的奖项。我们东北人乐见这种结果。他是我们的乡亲，是亲三分向。

东北文化界没有丧失时机，他们在赵本山撕开的突破口上蜂拥跟进，二人转上去了，电视剧也上去了，一时之间出现了偌大中国文化圣境上，东北风劲吹的壮观景象。

对这种烈火烹油般的景象，我们高兴。但似乎不容过于乐观，因为它所代表的只是文化的一种形态，即俗文化形态。俗文化是较低层次的文化，它不大分得清楚精华与糟粕，神奇与腐朽，而且天然地喜欢糟粕与腐朽。我们看赵本山和不少东北艺术家的作品，充斥着东北人生活形态和生存形态中的丑，肆意夸大东北人和东北文化中的傻大黑粗和脏乱差，可见一斑。丑是可以表现和应该表现的，但有个前提，就是要加以批判。俗文化本能地不会批判。俗文化的创作和表演倾向只有一句话：唯观众的娱乐趣味是从。观众的娱乐趣味通常向低不向高。观众的掌声震晕了我们的头脑，就像阿Q听到一声“阿Q真能做”便得意扬扬一样。阿Q们弄不懂人家是赞扬他还是嘲弄他。也可能不是弄不懂，而是不愿意使自己懂。因为一旦没有了那些丑东西，他们就把自身也失掉了。

现在我们有了一个机会改变自己，这个机会就是在文化市场上我们大致形成了自己的买方市场，握有主动权。你不是认为少了我们不成吗？央视一套、八套黄金时间每年不是都得有我的电视剧吗？那我就趁此良机静下心来，关起门来，琢磨琢磨，啥是我之长，哪为我之短，怎么扬我长，咋样弃我短，不只予人丑，还要给人美；不只叫人笑，还叫人点头。那是真的东北文化，东北人才真的是扬眉吐气。赵本山们任重道远，光靠赵本山们做起来不容易，因为光有现在这样的狡黠和幽默可能不够。

◇ 作者简介 ◇

乔迈，1963年毕业于吉林大学中文系，曾任吉林省作家协会副主席。

绝望与信念

——湖西随笔

朱 晶

一

英国大哲学家伯特兰·罗素讲过这样一件事：

几个美国学生带他到树林里散步，那里开满了各种绚丽多彩的野花，可他们没有一个能叫出哪怕是其中一种花的名称。有人还说："具备这样的知识有什么用呀？它又不给人增加任何收入。"哲学家感慨于现代竞争生活诱蚀了人们"志趣高尚的娱乐"，他写道："文人小圈子与社会生活没有重要的接触联系，而人的感情要有这样一种严肃性和深度，要使悲剧情感和真正的幸福形成的话，这种联系是必不可少的。对所有那些有才能的年轻人，对那些迷惘惶惑、感到无所事事的人来说，我的劝告是：'放弃写作的企图，相反地，尽量别去写什么。走到大千世界中去吧；去做一个海盗，当婆罗洲的国王，到苏维埃俄罗斯去做劳工吧；去寻找这样一种生活，让基本的身体需要的满足占据你的全副精力吧。’……我相信，经过几年这样的生活，这位前知识分子就会发现，不管他怎样遏制自己，却再也不能阻止自己不去写作了，在这个时候，他就不会觉得自己的写作毫无意义了。”

这是罗素《走向幸福》（上海人民出版社，1988 年）中的一段话。此书不是单谈写作的，也不是深奥的思辨性专著，它面向人们的日常生活，针对西方人“追逐金钱”“生存斗争”所产生的疲惫、孤独、痛苦与不幸，就如何走向幸福，提出了种种有益的规劝。幸福感因人而异。有满足于官能享受的，有算计着金钱、财物积累的，有的为性情愉快而陶醉，有的则重事业的追求。不论为什么，已经幸福或感到幸福的人，不必读这本书。

如果在人生的角逐中，你因失意而烦恼，你自以为经受着被压抑被埋没、遭遇挫折和打击的痛苦；

如果你一度迷恋金钱和名位，在聚敛财富、争夺虚荣过程里——或因破败或因暴发而感到了茫然与空虚；

如果你争强好胜，一闷劲儿地拼命忘我地工作，但因此忽视了世俗的义务，甚至牺牲过天伦之乐；

如果你备尝现代人际间竞争、倾轧、背弃之苦，置身拥挤的人群反觉孤寂，沉溺于声色犬马却通体冷淡；

如果本应亲密无间的家庭使你觉出了疏远，情爱发生变异，你对子女的殷切期待变成伤心与失望……

那么，你不妨抽暇读读它。

《走向幸福》涉及的社会现象、社会心理酷似当今中国。读书本身肯定解决不了幸福的实践，但它可能会改变一个人悲观的内在情结，而一旦产生摆脱不幸的渴望，就开始了走向幸福的路程。罗素写这本书时，已年近六十岁，后来一直活到九十八岁。这样人生幸福探求者的经验和告诫是值得重视的。

二

有两个人的“智力结构”引起了我的兴趣。

一个是柯南·道尔笔下的福尔摩斯：

文学知识：无；

哲学知识：无；

天文学知识：无；

政治学知识：浅薄；

植物学知识：不全面；

地质学知识：偏于实用，但是也有限；

化学知识：精深；

解剖学知识：准确，但是没有系统；

惊险文学：广博；

英国法律：有充分的实用知识。

另一位是达尔文。他在《自传》中有如下陈述：

观察力："热爱科学，对任何问题都不倦思索，锲而不舍，勤于观察和收集事实材料"；

记忆力："我的记忆范围很广，但是比较模糊"；

思维能力："我在想象敏捷上并不出众，也说不上机智……我追踪纯粹抽象思想长链的能力十分有限，因而我在哲学和数学上从无建树"；

语言表达力："我很难明晰而又简洁地表达自己的思想……我的智能有一个不可救药的弱点，使我对自己的见解和创造的原始表述不是有错误，就是不通畅。"

这两位——一个虚构、一个真实存在的——著名人物的谦虚求实精神，使我深深感动。

他们的"智力结构"表明：有所为必有所不为，智力结构的不平衡正是扬长避短、激发才能的主观条件之一。评论才能也同样，批评家不必到处附庸风雅，求"全"、求"通"。

从科学创造心理角度说，文艺评论家的才能突出地表现审美评价的能力上。评论家的确需要思维的机敏，形象的感受力、联想力，以及审美的悟性。但是，归根结底，批评要对作家作品、艺术现象的特征和价值做出理性的分析与凭断。没有理论的概括和评价，批评就未能完成自己的使命。

与理论家不同，批评家的创造性主要不表现在观点体系的构筑，而应落脚在与创作现象与接受者的沟通，因而他的理论观点运用往往更灵活、更切近实际、更注重社会的要求及群众的可接受性。法国文学理论家托多洛夫在《批评的批评》(生活•读书•新知三联书店，1988 年）中说得好：“批评是对话，是关系平等的作家与批评家两种声音的相汇。公开承认这一点是很有益处的，不过，许多流派的批评家在拒绝承认对话批评上不谋而合。教条论批评家、‘印象主义’评论家以及主观主义的信徒们都只让人听到一种声音，即他们自己的声音。而历史批评家又只让人听到作家本人的声音，根本看不到批评家自己的影子；‘内在论’批评中的认同批评把与作家融为一体直到以作家的名义讲话奉为理想，而结构主义批评又以客观描述作品为金科玉律。殊不知，这样禁止与作品对话，拒绝评判作品所阐述的真理无疑削弱了作品的主旨所在：探索真理。”

倘若提出更高的要求，文艺批评应当具备进入那个时代思想库的价值。马克思对一位法国著作家的赞扬似可成为这种文体的楷模：“法国人对社会的批判，至少部分地具有很大的优点：它不仅在各个阶级的关系上，而且在当前交往的一切范围和形式，指出了现代生活的矛盾和反常现象，同时对它们的论述既有直接生活的激情，又有视野广阔的见解；既有世俗的细腻刻画，又有大胆独到之见，像这样的论述在其他任何国家是找也找不到的。”（《马克思恩格斯全集》第 42 卷，第 300 页）

三

美国人内森写过一篇《奉告青年评论家》的文章，有几句话挺有嚼头："许多评论家的主要缺点，是人家本应当注意他们写出了什么评论（如果值得注意的话），然而他们却拼命要人家注意他们本人。"

"当评论家，这自然意味着无所依傍，自命不凡。不要为此担心。胆小怕事、唯唯诺诺的人，永远不能成为艺术家。真正的艺术表现，不论在哪个领域，都需要有啥说啥，坚定不移。"

"你当评论家当得越好，越公正直率，将来在殡仪馆给你送花圈的朋友就越少。……在评论家中，谁在艺术界有一大群知心好友，谁就是个口是心非的人，专门撒谎的人。"

内森的话可能说得偏激一点儿，但他的意思很满楚、很透彻，而且不易做到：评论家要公正，要具备独立意识，要潜心于事业本身。

批评日渐困窘，而当种种隔膜与非议来自批评对象，尤令迂腐的评者伤怀。事实上，从创作者到接受者，多数人的兴奋点早已转移到传播媒介方面，电视台和报纸记者的独家报道比几万字论文更能让艺术家展颜。面对声色文化大行其道、金钱交易全方位渗透、生吞活剥西方生活方式精神方式的浪潮汹涌而至，传统批评已难觅社会支撑点，现代批评同样罕见心灵知音，摇笔杆的文人能否甘于寂寞？当自己有价值的追求被冷落遭贬低之时如何坚持公正、独立和事业精神？陷入哈姆雷特式困境——生存下去还是走向“毁灭”——的批评家们，确实该想想自己的生计了。

四

作为“域外俗文化译丛”之一，新近由上海人民出版社出版的《狂欢史》，是美国学者伯格•帕特里奇 20 世纪 60 年代的著作。

这本书不是严格意义上的历史学著作，其体例类似文化风俗史的札记，粗重于钩沉录实并作伦理的评价。“狂欢是一股勃发直泻的洪流，是因为节欲和克制而造成的疯狂冲动，它具有一种歇斯底里和无法抑制的特点。”作者开宗明义，表白“狂欢”所指，强调论及的是“与性相关联的狂欢”。

帕特里奇选材的角度，描述的笔法，以及揭丑探秘的坦率，相当别致。

人类几千年文明史所建立的物质或精神业绩是宏伟而辉煌的。在这个漫长的历程中，人不但大大改变了他们赖以生存的这个星球的自然环境，而且人的自身——从肉体到灵魂也发生了深刻的变异，其中有进化、成长与升华，也有堕落、异化与疯狂。

人的丑恶与病态，任何时代都会存在，除了有史以来不可避免的自私、贪婪、凶残、怯懦、盘剥、压迫、欺骗、背叛等，“与性相关联的”强奸、通奸、卖淫、同性恋、性变态（自虐、施虐、受虐）、乱伦、群奸、兽奸、裸舞……同样不胜枚举。昔日一件件畸态艳事，零星罗列，也许只能做今人茶余饭后的谈资或野史之花边秽闻，然而按国度和年代纵向联结起来，就可能构成一幅独特的历史图像，依据这一角度，可以察悉人类社会非理性的荒诞侧面，揭开非正规历史那重重黑幕。

性，肯定是全方位观照历史一个必要的文化与伦理的视角，由此入笔便于对弗洛伊德心理学做更广泛的发挥。帕氏分析古罗马纵欲向中世纪禁欲转折的契机，提出所谓“欲望疲劳”的见解，触及了当时社会心理的普遍弱点，作者对奴隶、封建社会荒淫无耻的揭露称得上毫不留情。但是，性心理并非社会风俗嬗变的终极原因，其深层起决定性作用的往往有更重要更复杂的政治或经济的根由。帕特里奇涉笔 20 世纪尤其显得匆促而粗率，有意无意忽略了资产阶级颓废派其卑劣与腐朽丝毫不逊于前辈的“狂欢史”，忽略了在亚洲在非洲西方殖民者的“狂欢”，带给东方民族的灾难。

尽管如此，《狂欢史》还是有它的警策价值。帕特里奇的深刻之处，不但在于看到了“在人的身上，既有文明倾向，又有动物本性”。看到了“任何节制都会带来某种紧张，这种紧张状态持续到一定程度，又必然地导致一种释放”，而且在于他意识到了走向科学世纪的当代人仍然要探究如何“保持天性与知识之间的平衡”——如果人类不注意对此进行一定社会心理的调节与宣泄，“在一般道德规范之外”

设置“一孔安全阀”，那么，“抛弃科学时代的种种智慧的狂欢活动，也就有了继续下去的可能与必要”。

五

像伟人、名人那样能够影响历史进程的个人经历，一般人不会有。但并非说，不存在左右着普通人人生方向和命运变迁的关键时刻。

当然，作为现实的人，我们很难预知自己生活的“关键时刻”何时到来。也许我们已经错过了不少时光，也许机会还在未来等待。

美国人华·布劳克威主编的《关键时刻》（生活·读书·新知三联书店，1987 年），饶有趣味地评述了十五位外国历史名人一生中的重要时刻，其中有民族英雄、哲人文豪、政治家、军事家、艺术大师……也有历史上最凶恶的战争狂人。

除了希特勒，他们如何造福人类、彪炳千秋的事迹，显示了每个伟大人物一生中“维系其成败得失的时刻，在此紧要关头做出的行为抉择，代表了他所能采取的最高水平的行为”。这一定会给后代人以许多激励与鼓舞。我同样深受启示。不但由于他们高贵的品质、当机立断的能力，而且由于他们性格的弱点，危难时刻的幽默以及各自的人生遗憾。

面对奴隶主法庭的审判，苏格拉底本有机会逃亡，但他放弃了。在服下敌人的毒药之后，他劝阻门徒不必泪眼相看，留下嘱托：代他给医神阿斯克利皮厄斯送上一只鸡，以谢毒药给予他的永久解脱。

法国民族英雄贞德，当时和后世都被尊崇为“圣女”。在她被教徒出卖而走向刑场的时候，布尔的妇女恳请这位十七岁的少女摸一摸念珠为她们祝福，贞德的回答是：“您自己摸一摸吧，你摸跟我摸一样好。”

米开朗琪罗那些辉煌的雕塑和壁画，无人不晓。可谁又知道他生性嫉妒和吝啬呢？后代传记家不吝笔墨地去描写他的“可怕”，他与拉斐尔的争吵，甚至还有人考证他“搞同性恋”。可是，该文作者泰勒说得好：“世界和教会都负于他甚多。……因为没有米开朗琪罗，艺术家要阐明现代世界是永远不可能的。”

18世纪，英国历史家吉本用二十多年时间写出了传世之作《罗马帝国衰亡史》。他为此牺牲了自己最为痛惜的初恋。未婚妻苏珊娜后来成了著名文学家斯达尔夫人的母亲，而他自己却在寂寞而忧伤的独居中备受世人嘲笑。

珍重人生的每一次选择吧，朋友，以诚实的劳动和坚忍的韧性迎接自己生活的“关键时刻”。

六

古茨塔夫·勒内·豪克所著《绝望与信心》（中国社会科学出版社，

1992年）吸引我注意的，与其说是“信心”，还不如说是“绝望”。

我想知道他说出了哪些“绝望”，我想知道他如何树立起“信心”。

书的副题为“论二十世纪末的文学和艺术”，作者关注的却不单单是文艺，而是在“一方面焦虑转化为绝望，另一方面希望扩展为信心”两极对立中思索人类的生存与前景。

豪克清晰地看到了人类生态与精神的危机：

饥荒、环境污染、能源消耗和热核使人类面临自杀的危险；

2000年，有400多种哺乳动物绝迹；

土星5式火箭的不断发射将造成地球免遭紫外线辐射的臭氧层的消失；

核武器的能量已达到地球上每个人可分摊15吨以上TNT的骇人程度；

色情泛滥、恣意纵欲导致爱的冷漠乏味和性的枯萎无能，在法国、奥地利和瑞士，有40%的青年人感到了“生存的真空”，而在美国竟有80%的青年人谈到自己时说：“我是什么？我根本就没有意义。”……

作者借用德国哲学家弗兰克尔的话，指出了产生绝望的原因：“我们早已失去动物的自信本能，而且社会的传统和过去几代人的确定价值也土崩瓦解、支离破碎。今天，对于许多人来说，无论是本能还是传统都不能告诉他们必须做什么和应当做什么。他们甚至不再知道，他们究竟需要什么，于是乎就只好随波逐流了。”

数字统计于二十多年前，弗兰克尔的话也讲在二十多年前，危机并没有过去，类似心态者仍大有人在。非常难得的是，作为一位西方学者，豪克竟能够对于人类摆脱困境怀着真诚而充沛的信心。

第一，豪克称，他的历史乐观主义不同于“假理想主义的固定不变的希望倾向”。他强烈反对把“希望的原则”“降低为意识形态的婢女和简单的蛊惑、煽动”。尽管理论上他对马克思主义不完全拒斥，但其基本的思想武器是种种神学希望论和人道主义未来学。豪克认为“绝望”与“信心”是辩证的“两极”，借分析卡夫卡创作表达了“希望”脱胎于“危机”的现实主义观点：“他之所以要走完这忧郁、荒谬、无意义、无聊、孤独和没有友情的道路，乃是因为他意识到，当他义无反顾、勇往直前地走下去，走进那阴森恐怖的深渊时，光明就会渐渐显露出来，虽然这光明非常微弱，但毕竟带来了美妙的希望。”

第二，豪克强调“危机与文学艺术有特殊的关系”，他同意这样的说法：“伟大的思想家，诗人和艺术家之所以喜欢险象环生的氛围和置身于生机勃勃的激流之中，是因为他们本身就是富于力量的人。……没有西罗马帝国的入侵，奥古斯丁的《上帝之城》就不会成为无与伦比之作。但丁则是在放逐之中创作了他的《神曲》。”他进而指出，“在今天的文学艺术中，如果我们只表现焦虑之梦和绝望的歇斯底里，而不是表现希望和信心，乃至确信的情绪，那么毫无疑问，这只是表现了‘自然’生命的一半。”

第三，为克服当代文化的病态与片面性，豪克提倡并寄希望于综合的思维与方法。他说：“综合的方法反对对世界文化愈来愈具有灾难性的分裂。人应当在他的‘总体性’中，而不是在他的个别性中获得拯救。”他期待生活与艺术中“第三种风格”出现，“在人类（如果这是指具有向前思维的人类的话）的生活范围内，始终应当从一对对立物中产生出‘第三个’无可争议的真理来。”

豪克的这些主张，或许带有若干空想性质，或许触摸到了现实世界问题的某个症结，他对此的解释是：“从‘分裂’的存在走向‘调和’的存在，这条道路并不排斥对立，而是试图像观念艺术那样进入不和谐的和谐状态。”我想，习惯于占据“两极”立场，缺乏足够耐性的人们不妨按豪克的主意试作一番，以观其效。

当代中国正在发生的文化激变，与豪克论述的对象毕竟有很大的不同。然而，豪克和他的同道陷于绝望的泥沼而敢于自拔，我们岂能无所作为？！

改革开放进程中的中国文艺家总会有人坚持或重建社会主义的精神支柱，总会有人不忘良心与使命，人们有理由期待着那种不避柔情、痛苦与血污，同时又具备相当历史强度的新文艺的涌现，它必将如豪克所瞩望的，“以勇气代替忧伤、用确信代替疑虑、用希望代替绝望、用善代替恶、用责任代替哀叹、用信仰代替怀疑、用冷静的思考代替似是而非、用谦虚代替傲慢”。

◇ 作者简介 ◇

朱晶，1966年毕业于吉林大学中文系，曾任吉林省作家协会副主席。

以艺术的想象升华平庸的现实

李从军

我曾在网络上看到过这样一条短视频。

那是2013年12月29日的北京，CBD最繁华地段的国贸大厦，中午时分，喧哗嘈杂的美食街上人们在行走交谈、匆忙用餐。突然，一个空谷幽兰般的女声不知从画面的何处传来："你问我爱你有多深，我爱你有几分……"时间仿佛就此定格，视频中的人们和电脑前的观众，仿佛都被这动听的声音震撼，驻足注目的同时，纷纷寻找歌声的来源。这时，一个短发黑衫的女子边唱边走向画面中央，紧接着一名男子也缓缓走近并一同歌唱。起初，人们都只聚集在离他们俩几米的位置驻足聆听，但随着越来越多的人加入歌唱的队伍，随着《弯弯的月亮》《让我们荡起双桨》等熟悉的乐声响起，大量的路人都情不自禁地加入了歌唱者的队伍中间。从视频上可以看到，当这熟悉又动听的旋律响起，歌声渐亮时，城市暂停了喧嚣，人们止住了匆匆。那一个一个脸庞，从一开始的迟疑迷惑，到被歌声感染，最终是挂上嘴角的笑靥。

这就是后来被人们津津乐道的北京国贸快闪行动。就是这样一段十多分钟的网络视频，那段时间一直在网上热传，据说一周内总点击量就突破了 300 万人次，被微博转发近千万，全世界各地的无数网友都为之点赞叫好。

“快闪”对当今的都市人来说已不陌生，它是近年来国际流行的一种短暂的行为艺术。这种艺术活动，通常都以乐队奏乐、合唱、街头舞蹈等形式出现，往往能给庸常的街头生活带去一丝光彩，镜头里的那些原来淡漠、疲惫的脸上，也都瞬间熠熠生辉。每一个或亲历或观看过快闪的人，也都会在音乐、节奏、舞姿、歌喉里，感受到艺术的神奇、唤醒生活的憧憬，体验超越平庸的美好。

不得不说，这就是艺术给人们带来的无限遐思，对平庸现实的引爆与升华。

我想，漫漫一生不缺惊喜，大千世界也不乏精彩，但为何大多数时候，人们总是在抱怨现实的骨感与平庸呢?

歌德曾说：

> 作为诗人，我的方式并不是企图体现某种抽象的东西。我把一切接收到内心，而这些印象是感性的、生动的、丰富多彩的，正如我活跃的想象力所提供给我的那样。我所要做的不过是用艺术方式把这些印象融汇起来。

歌德的这番话，放到现实普通人的生活中，也可以指导我们，面对平凡普通、司空见惯的生活场景，可以用艺术的想象去面对、融合、调动，发现其中的节奏、色彩、构图、布局，成为我们丰满现实的一抹新的色彩、一段新的旋律、一幕新的戏剧，或是一种新的角度、一种新的方式、一种新的活法。

倘若如此，歌德在诗意地创作，而我们则诗意地栖居。

文学中不乏这样的启发。

中国最早的诗歌总集《诗经》中，除周王朝乐官制作的乐歌，公卿、列士进献的乐歌外，还有许多原来流传于民间，后被采诗人收集整理的民间歌谣。歌谣写实地反映了民间的风俗与生活。虽然其中多描写的是农桑嫁娶、歌舞戏耍、草叶花木、日月潮汐等自然的、生活的平凡意向，但由于加入了丰富的艺术想象，字里行间便闪烁着生动有趣、意蕴万千的意向，别有情致。

《诗经》的陈风中有一首《月出》，写道：

月出皎兮，佼人僚兮，
舒窈纠兮，劳心悄兮！
月出皓兮，佼人懰兮，
舒忧受兮，劳心慅兮！
月出照兮，佼人燎兮，

舒夭绍兮，劳心惨兮！

这首质朴的诗歌，每段首句都在描写天上那轮圆月如何姣好，但每一次咏叹，都并不止于美好的月夜，而是重在对风姿绰约意中人的情思。郑振铎评此诗曰：“其情调幽隽可爱，大似在朦胧的黄昏光中，听凡俄令（小提琴）的独奏，又如在月光皎白的夏夜，听长笛的曼奏。”整首诗意绪朦胧，心境惆怅，情调缠绵，如梦如幻。朦胧的月色为读者营造出一个便于想象、便于体会的独特意境，好一番诗情画意啊！

我们也常常面对月光，在大多数匆忙的日子里，很难体会出夜色的美好，只觉月亮日复一日，年复一年，月色如旧。也许，心灵如同无辉的月亮，艺术的想象力在行色匆匆中，被丢失在途中。

这种意境，既需要艺术的想象，也需要艺术的品味。我这里举年幼时两个故事，以博读者一哂：

一是我小时候爱听大鼓书和评词，靠着墙坐在地上，为古人喝彩、担忧。有时听着听着就睡着了。一觉醒来，已是夜阑人静，唯有明月高悬，清风拂面。懵懵懂懂地走在杳无一人的街市上，只听见鞋子的踢踏声在夜空中单调地回响，身后拖着一个长长的影子……彼时彼刻，那醉酒般的迷茫中搅拌着一分淡淡的甜蜜，孤寂中又有一丝莫名的温馨。不由得高喊一声“欲知后事如何，且听下回分解。咱家归去睡也”——

二是上小学时，每到假期，我都要到外祖母家去。中午时分，家人都去地里忙活，我总是在西厢房大睡一场。有时醒来，不知冬夏晨昏，不知身在何处，迷迷糊糊，睡眼惺忪，只见一缕斜阳从窗棂射入，空气中许多浮尘在飘忽，如白驹过隙，如苍狗隐身。此刻，我的思绪呆滞了，仿佛一切都是空无、静止……突然，一声雄鸡的啼叫破窗而入，直穿心灵；之后，一切又沉寂下来，我的内心一片空茫，身子如同浮沉一样在飘弋，软绵绵地，不断地下沉、下沉、下沉……唉，那时分，我是多么的惆怅啊！

多年后，这些童年的场景和意境时常栩栩如生地浮现在我的眼前，让我不胜眷念，不胜感叹。我曾在浙江对文艺界友人忆及往事，言毕，三个听者一时都呆了，良久，方不约而同地发出一声长叹；其中一位女作家喊道——好一个童年的千古惆怅！

这，就是艺术的想象；这，就是艺术的品位。倘若你去想象、品味，你会发觉，你也有过类似的人生。

记得日本小说家夏目漱石做英语教师的一段趣事。当时，有一位学生把“I Love You”直译成“我爱你”；夏目漱石评点说：“不必如此直白，翻译成‘今晚月色很好’就够了。”

“今晚月色很好”，然后呢？便是展开的艺术想象，故事可以千言万语，也可以无声胜有声。

故事之外，这今晚很好的月色，也启发着人们，去更多地品味生命中多与少、曲与直、是与非的尺度拿捏。

艺术是相通的，不光诗歌如此，音乐也有异曲同工之妙。

古琴是中国古代器乐的经典，《平沙落雁》是一首具有代表性的古琴名曲。熟悉此曲的人知道，《平沙落雁》的旋律性并不很强，直接弹奏出的音符也不密集，且在曲的段落中，时而出现了右手拨弦后暂时停奏，但左手却一直在用淖、注等方式揉弦，从而产生似有似无的音乐。《古音正宗》上说，该曲是“借鸿鹄之远志，写逸士之心胸也”。在旋律起伏之间、乐音若有似无之处，恰恰给人面对浩渺江水、雁落雁飞之际，留下无限想象、思考、顿悟人生的空间。

我曾向很多人推荐过此曲。但不少人认为，因为曲子旋律性较弱，古琴声音又较平和轻柔，初听时容易昏昏欲睡，远不如节奏鲜明、旋律清晰的流行音乐，能入耳入脑；也有不少人告诉我，平心静气时，或端杯清茶，或静夜独坐，则往往更容易沉浸到这类乐曲的意境中，发散自己的思维。这样的音乐给出了大量“留白”，给思想和情感以较大的回旋余地。

“理想是丰满的，现实是骨感的。”这几乎成为现代都市人彷徨于理想和现实之间的真实写照。艺术的想象恰恰就是启发我们如何去消解“骨感”。忙碌的生活犹如满载的画面、嘈杂的乐声。艺术的想象，能让心灵闲下来、慢下来，教会我们拨开表面的浮华，让生活留下一些空白，供人驻足、回眸、呼吸、生发……这不是无聊与寂寞，正如面对画面、文字与乐章的“留白”，艺术的想象能填补它、丰满它，让人体味出生活的真意。

可以说，我的一生都受益于这种艺术想象对生命的升华，它给我带来丰沛的滋养和裨益。下面，我再与大家分享一段自己年轻时的经历。

1969年，正处“文化大革命”时期，我作为知青被下放到农村。那年冬季，我们去河堤上筑坝修水利。那两个月，我每天都头戴棉帽，身穿臃肿的土布短棉袄，腰间扎一条大毛巾，如同一个土生土长的当地人，与村民无异。或许唯一引起别人注意的，就是我干活儿特别卖力。

直到有一天，公社宣传队到河堤上去慰问民工。夜幕低垂，演出的土台子上悬挂着马灯，台下坐满了哈着白气、充满期待的民工。马灯被点亮，大幕倏然拉开，这时，所有目击台上景象的人都惊呆了——一个平日里他们熟悉的身影，此刻正在台上指手画脚地指挥着那些化了装的演员，站定，开演。这个人，就是我。大家眼中那个一身土气、只知干活儿的青年人，却忽然被发现还有另一重身份——宣传队的编导。紧接着，在台下一片惊奇的目光和窃窃私语中，我把手风琴一背，向身后的乐队一示意，序曲的乐声就这样响起来了。

我不知道当时台下人都议论了什么，更不知道他们体会到了怎样的惊讶和反差。只是，演出后，发现大家看我的眼神不一样了，打饭时，师傅会说，你就是那个宣传队的小伙子吧，来，多给你点儿菜，这些肉也都给你。在他们眼中，我会他们所不掌握的技能，我能奏出美妙的音乐，这就是值得敬重的理由。艺术为我自己，也为他们带来了愉悦、快乐与尊严，是超越了现实的另一个世界。

几十年过去了，我也会偶然忆及那天台下的一篇惊诧，油然发出会心的微笑。在音乐中，骨感的现实得到了升华。这大概就是艺术的神奇之处了。

当然，“艺术的想象”绝不是“想入非非”。想入非非是完全脱离实际的想法，而艺术的想象则是基于现实，挖掘现实“美”的成分，并让人们激发起对生活的憧憬。艺术的想象要受到诸多条件的制约，往往是有条件、有方向、有原则的心理活动，不能违背事物联系和事物发展的必然性和可能性。

拿火热一时的韩剧《来自星星的你》来说，看完这部剧后“想入非非”的表现，是凭空拥有奢华的生活，嫁给高富帅，迎娶白富美。而“艺术的想象”则是从中发觉爱情的美好，从而对美好的爱情产生期待，抑或收获一份动力更加认真地经营自己的感情。

艺术的想象与想入非非之间的尺度，本身也需要去艺术地拿捏。

◇　作者简介　◇

李从军，1983 年硕士毕业于吉林大学中文系，历任中共中央宣传部副部长、新华社社长、全国政协教科文卫体委员会副主任。

上课记

王小妮

2005年8月底，我第一次在大学里上课。

本来是在家里写作的，忽然去做老师，看来有点偶然。直接起因大约在2002年的春天，和崔卫平聊天，她说，你能做老师。当时听了感觉意外，从来没想过做老师。问她什么原因，她说看你能循循善诱。或者是心里的某种东西被无意间启动了，也许真的能做老师？

已经过去的很多年里只是做学生和学生家长。20世纪六七十年代被切断了正常的连续的教育，记忆中的老师没留下特别印象，却实在是领教了做家长的难处，十几年里和孩子同步遭受学校和老师的管束，连孩子穿错了校服，家长都会被一个电话召去，立在教研室里受责问。老师就是权威，就是正确，就是面容僵硬、色厉心硬、不可反驳。而我从来信奉“己所不欲，勿施于人”。20世纪90年代末，写过一篇关于中国教育的文字《把孩子交出去》，当时我的孩子正读高中。

2004年，有了个做老师的机会，听来似乎会有前景的诗歌研究中心，虽然学校在偏远的海岛上，既不悠久也无名气。这个教职或者成为潜在的提示和鼓舞：也许我能试着做一个好老师。

2005年年末，第一个学期的课程结束。海岛上短促的寒冷季节，看学生们穿得厚厚的，排长队买回家的车票。我和他们的关系就此终止了吗？留在我手里的只是一张快翻破了的学生名单，密密麻麻的人名后面是四个月来随手标记的各种符号。别人看那就是一片名字，而哪个姓名背后不躲藏着能随时跳出来的活生生的面孔和表情？他们身上有很多生动的细节，没能在发生的那一刻记下来，很快就淡掉了，失去了即时的鲜活和趣味，想再补记，无论怎么回想都不生动。

从2006年开始，在上课的间隙，随手记录下和他们相处时发现的有趣的部分，学期结束后，整理成了2006年“上课记”，当时它只是孤立的一篇文字，没想过这个题目可以持续写。新学期再开始，生动有趣的事情自然又冒出很多，又随手记录。这之后的一个春天，参加贵州北部的一个活动，在山区的林间走，阳光温暖，和《南方都市报》的记者田志凌一起坐下休息，遍地的树影光斑，她建议把上课的事连续写下去。是哦，那些乱七八糟、无处不在的记录，过一段时间再看，连我这个记录者都有点陌生并感到新奇有趣，也许有人愿意从中认识了解今天的大学生。

现在，我有了从2006年至2010年，连续五年的五篇“上课记”。

把它们放在一起对比，很容易发现它们的体例、讲述风格、角度、篇幅、写作者的倾向都不同，因为都是原始记录的整理，我没有统一再修改和订正每一篇之间的不同，希望读者能从它们的最初原貌，渐渐看到写作者的情感和角度的变化，看到一届届大学生不同心态和自身处境的变化，以及在这背后，社会大环境的变化。在一个过于急促的时代，这些变化很明显。

记录和写作的过程，也是审视反省自己的过程，从一节课的准备开始到一个学期的终止，不断地自我调整修正，从一个传统施教者的角色渐变成一个讲述倾听讨论观察者的角色，这变化丝毫没有被动性，我想只有这样才可能更接近一个今天意义上的好老师。比如考试作弊，有人问过我，是不是对这类事的态度越来越软化了。我不觉得有软化，在看到更多的上行下效后，身处污秽遍地的泥塘中，强求随风飘零的小荷叶们独自保持洁净是需要强劲说服力和自我约束的。我要用他们能接受的方式，去重申个人的洁净观，让他们感受到一个自由多元而无强制的小环境，我告诉他们我的底线，只是表述上有差异而已。

生活都是庸常的，而日常的才最本质，才水滴石穿。一个人跳了楼，能震动一时，人们叹息十分钟后，生活还要继续。真正可怕和被忽略的往往是所有人都在悬空下坠的状态中而不觉，我得提醒他们，这姿势不正常，不管你长久以来多适应它。

同时，作为一个过来人，我自领责任，该告诉他们曾经发生过的事情，十二年义务教育中被忽略一带而过的事件人物；还有现在正发生在我们身边的时事新闻，使他们不至于和学校大墙外面完全隔离。这些都比填空格、背课本和考证书重要得多。

在高校做了六年老师，上了六年的课，我相信做一个好老师并不难，真正的问题远比做个好老师复杂得多。而去上课更是个学习和自我梳理、自我更新的过程。如果当初不是偶然写了“上课记”，不会这么有意识地去关注这些年轻人，并得到他们单纯又热烈的友情，我也因此而更多发现和感慨这些新生命身上天然的干净和纯洁。能连续写出“上课记”必须感谢他们，更多的时候是在被这些新生命的琐细触动中，才发现自己看到和记录了这么多。

渐渐知道了，其实这远不是他们的全部，比起前辈，今天的年轻人可复杂多了。他们不是中国古人在诗词里空泛赞颂的莲花，没理由要求我们的孩子们身上不沾污秽，但是，发现了再微小的纯净，也一定要说出来，说给他自己和更多的人知道，这个在今天尤其重要。

我对他们说话，他们也对我说话，而我自己已经这么老了，这么多年始终被外来的力量摧毁着，又始终感觉自己依旧在，并没被毁掉，靠的正是纯净气息的不断补充滋润，所以，能站在他们中间真好，真是幸运。很多年来，从正被捧得火热的所谓“80 年代”起，从来没有对我以外的世界投入过热忱和主动，自愿又快乐地参与到对现实的“建设”中，有时候去上课，感觉一路奔跑着急着要同他们交谈，一个悲观的人能在今天这么做，真是自我的拯救，多亏了这些年轻人不间断的提示和陪伴。

有很多时候，我和他们很一致，我们之间的差异都被掩盖着。在共同抨击嘲讽揭穿什么的时候，我们很同步、很痛快、酣畅淋漓，我们变成了一体，对立的是某个第三者。可理想主义真正实施起来千难万难，对我对他们都有长久的难度。

我的最大优势和劣势都在于我是过来者，我的失望比他们更真切、更深厚，但我要说希望还在。可庆幸的是，很多温情的纯真的瞬间总是自然地冒出来，细细观察同一个我教过的学生，一年级时候和四年级时候，已经完全换过了不止一个人，已经变了好几个来回了。相信他们在自然长大的过程中自会生出判断力，谁也不比谁高明，现实才是最高级的教授，是讲述希望的唯一导师。

很多次离开教室，和学生们结束闲谈分手在岔路口，变成我一个人在路上的时候，超越一时一事的大悲哀扑上来，这是真实的深及精神的悲哀。他们不避讳我，当我是个倾听者，做不做某老师的线人，学生助学金分派中的奥妙和不公，学生社团中的猫腻……一般我不会直接说我的意见，满心的意见。一个人暂时保留自己的看法不一定难，但是，当一个人用了心力，滔滔宣讲两小时下来，听者想的说的做的，恰恰和刚刚宣讲者的“布道”背道而驰，甚至他们根本没想过这两者间该有什么关联和冲突。上课时候说得多了，喉咙还在发紧发燥，听了他们口无遮拦的只言片语，心里复杂，滋味很不好受，悲哀哦悲哀。我知道，我没一丝一毫的力量“顶”得住这些孩子，让他们在眼下和未来，不害怕，不趋功利，不计个人得失。

激情敏锐引领潮流——中国的大学生在中国近现代历史上，一直是人群中的翘楚，是精神的尖顶锋刃，是真希望所在。现在，他们被死死地套进了现今的大学这人生游戏的重要一环。世人看他们就是浑浑噩噩的一大团，其实仔细分辨每一个，都复杂，又幻想这样又幻想那样，都本能地渴望快速成功，而成功难上难，超出他们负担能力太多，真实地留给他们的只剩了纠结、恐惧、退却、茫然。遇到小事情或者还敢质疑和执拗，遇到大事情，就忍耐顺从，违心地接受，长久地积郁在心。能抗争的总是少数人，2010 年毕业离校，现在已经漂在北京的自由影人邓伯超在大学毕业的班级聚会上，冲上台骂了一句巨脏的脏话。我在课上提示他们人活着不只有“向前向前再向前”这一个方向，我会始终关注珍视他们中间的少数，看这样的人怎样以鸡蛋撞墙的方式走自己的人生。

谁也没能力选择后人，唯一的真理是未来的方向只能把握在他们手中。

希望这些琐碎的记录，不仅是某人某校某年度的记录，也许它能启动更多的人了解关注我们后面的又一代。至于高等教育中的其他东西，我完全没能力、没心情去涉及，应当有人写得出真实的“办学记”“保研记”“晋升记”“考核记”“评估记”“申报课题记”“论文辅导记”。写写这些被习惯的常态，不会比走近学生更难。

每一个做老师的都能写他的“上课记”，自由的书写本来就没有界限和门槛。不是我的课讲得多好，只是我对一项工作投入了情感和价值观，这样做的老师很多，无意中稍加留心就能发现他们，默默地以个人纯粹的品质和责任对待每一个学生，圣徒般的持守者是有的，只是他们自己没记录，也没被别人记录。像2010年“上课记”中徐飞同学记在我本子上的他的中学教师：四川省眉山市仁寿县元通中学吕淑英老师，她不知不觉中散发出对诗的热爱，熏陶影响着她身边的小孩子们，这和什么绩效工资、升学率、争先进完全无关，完全超越了生存的层面，外人可以不理解他们，却不能否认他们的存在。

更多的时候，人们在各种媒介和网络上听到的是批评，老师、学生间互相指责、控诉、抱怨。以人们的一般认识，教师是个终身职业，但首先它是个饭碗。很多人三十年宣讲同一本教材，重复同一类结论，专注所谓的知识传授，下课铃响转身就走，他完成了两个课时的活儿。我相信哪个人都有良知，同时，哪个人又都有苟且。现实正是我们每个人造就的，现状的令人沮丧是我们人人参与的结果。我们常常不是困惑太多，而是太过自私、太过实用和太过明晰。谁都能判断对错，但是放弃了对和错的评判和应有的坚持，疲惫懈怠容身于现状，主动地成了它的推动者。一万种悲哀，这是最悲哀。

六年来的上课，多花费了力气，有课的几个月几乎不再写别的东西，尽量推掉校外活动，腾时间看更多的作业，听任何一个愿意说心事的学生的故事，普通的大学老师一般不这么做，太耗神，而这样做下来得到的内心回应常常是，愈加感觉一个人的想法和力量太渺小太不切实际，一丝一毫的改变都是妄想，可是，再三投入其中的冲动又不可消灭，只好顺应它。比如这几天，已经准备好了两个新的本子，封面上分别写了“2011 年诗歌课”和“2011 年记录”，准备秋天一开学就推荐给学生的书，已经备齐。

在今天，一个自认的好人总不能什么也不做，总不能继续束手待亡。哪怕多数人都在侧目观望，认为我做的这些全无意义，渺小微弱，甚至是飞蛾扑火。如果它完全是徒劳，也要让这徒劳发生。

◇ 作者简介 ◇

王小妮，女，1982 年毕业于吉林大学中文系，现为诗人、海南大学人文传播学院教授。

中国的关，中国时空

张未民

午夜时分，过“关”在车上。

这日日不停歇地在北京与东北各大城市间往返的列车，经过午夜时分的山海关。此时我醒着。我想象着此时它所承载的那些心灵，那些中国的或感受中国的心灵，肯定都醒着。

毕竟是在“过”这古来中国文化地理上有着重要分界碑意义的大关，绵绵时空中那些数不清的将士、文士、流人、旅人漂过这关，闯过这关，无论是往是还，归家或还家，其内心的感慨和滋味何其不同，都微妙而复杂地沉淀在那高高的关楼上了。那些如流的漂泊，不可更改的，斑驳错陈的方向，当一夫过关之时，肠断泪涟，也不算是夸张的。

依稀记得有清一代大诗人纳兰性德写过有关山海关的诗：“山一程，水一程，身向榆关那畔行，夜深千帐灯。风一更，雪一更，聒碎乡心梦不成，故园无此声。”榆关即山海关。纳兰性德所谓故园何在，在关的哪头？暂且不去细究。如今，纵然现代的铁路会使旅人们以非徒步的方式，甚至深夜的氤氲中或坐或卧在温暖的车厢掩关而过，但那些午夜时分醒着的中国心灵、感受中国的心灵，一定会在广播员的报站声中不免惊跳一下，下意识中，仿佛穿越了历史的时空，穿越一座屹立时空之关，黑暗中似是眼见了那正盯着你的三个字：山海关。

关是物质的，也是文化的，关展开了一片中国时空。

察看中国历史文化地图，沿着伟大的长城布列着无数这样的关，著名的如居庸关、平型关、雁门关等，而其最闻名者，莫过于长城西端的嘉峪关，以及最东端的山海关了。中国的关，大抵是自然形胜险要，扼平原与山区进出要冲而形成的，如娘子关、紫荆关即为河北平原进入太行山区的要冲；也有的在一块区域或一座城池的四周，形成不同方向的扼险阻要之关，如秦汉时的“关中”即指由东边函谷关至西边陇关之间的陕西地区。关历来为兵家死守必争之地，是战争棋局中的“地利”因素之一。关的本质，在于人们对自然河山走势的认识，对地理险要的依凭和把握，是人与自然的一种融合或契合，中国大地上因此也就布满了这样的由人的认识与开发利用而形成的诸多城关与山关、水关、江关、海关等雄关，遂有“关”的文化形成悠久的历史地理文化系列。

关又是中华文化各区域文化的界标，也是文化的通道，而不仅仅具有军事意义。长城上的那些闻名于世的关口，就位于中国内陆农业文化区通往西北、正北、东北的广阔的游牧（渔猎）文化区域的交通要冲。长城的巍然横亘，赖有其间设列的关口而使其通体具有了生气，关的开合，关的交通，历来是长城的命脉所系。关是长城的气管，也是俯瞰内外的眼睛，如果没有关口，长城就是死的长城了。如果说长城在我们心中是活的，那么我想它绝不像一堵墙，所谓“屏障”云云，古来说者多多，甚至说成是建造长城的初衷，而今看来，也不觉是浮表的说法。在我们看来，长城是长江、黄河而外第三条横亘在中国北部崇山峻岭之上流动的河，中国北部赖此而贯通东西；它也如一根长长突起的脊梁，总领、扼控、耸托着其南北两大区域。我们看长城，就要看到它身体上的关口，看到长城上的关，这些中国北方的关。关者，就是关键的地方，就是产生关系的地方。如此，从关的开辟处，我们就会理解南北方文化的交通与融合，原不似人们想象中的那样封闭和隔绝，而是一种中国的固有文化形态，是一种中国的秩序和逻辑。这秩序和逻辑凝聚固化隆起归附于高高的长城。有分界才有交合，历史的结果往往出人意料，正因了长城的横亘，其南其北才融合归依为一个整体的中国。长城上的关，并不一定是山川多么险要，往往是因为人们交通和融合的秩序需要而附加上去的险要，它更多的是人创造的关，在中国文化心理上打上了无法磨灭的烙印。

险要沟通、壮怀激烈是关的要义，分界交会、挥洒感伤又何曾不是关的内涵。中国因其广阔，而有“关山”之念。南北朝时大诗人庾信所谓“别席惨无言，离悲两相顾，关山负雪行，河水乘冰渡”，恰是宋人高观国所总结的“晚云知有关山念”。这里的“关山念”一语，活脱脱显现了一个偌大的中国时空的人化、情感化的空间情状。庾信还写道：“北临玄菟郡，南戍朱城，共此无期别，俱知万里情。”唯有中国浩瀚，才使我们的关山之念，具有了“万里情”的特征。地处辽东的玄菟郡，与岭南之南的朱城，相隔万里却遥相组成一个共有的中国时空，被一个偌大人群的“关山念”所渗染和覆盖，其间有多少区域相连，河山杂错，城关布列！自然的山河与人类的城关相迭化，形成了一个汉语词汇中的特殊词汇“关山”。“关”意味着开合双赢、既阻且长、既断又连，由此我们在惊讶于“关山”一词的“一语双关”之时，不能不感受到这个词除了关键处、关节口的意味之外，更有使连绵的山河具备整体“关系”的意蕴，感受到它所渗透的中国化的普遍联系的内涵，其连绵，其时空，从一个城关走向另一个城关，从一片时空延展到另一片时空，一圈圈地扩散，山外有山，关外有关，开放铺展至遥远，关山两个字背后映衬的是大写的“中国”，纵横辽阔的“中国”。当中国人把这连绵的关山时空化、整体化地装入内心，这样的心灵也就是中国化的心灵了，无可挽回地于内心扎根了中国的“关山念”。

中国创造了“中国”。从“关”的修筑与功能中，我们看到了“中国”是中国最古老的具有原创性的特征。

“中国”作为一种国家观念本以文化为尚，它的文化性在历史地理上就表现为一种时空性，这种客观把握与东亚大陆的自然地理有着实质性的时空对应，却也许不能用现代人的地理科学观做精确的测衡；它将人的时空思维和主观经验对应于一片巨大的地域时空时，更多地在文化上从一个原点（中心）出发，一波波、一圈圈、一层层地扩散，同时也一波波、一圈圈、一层层地回向中心，去做着不无诗性和空想性痕迹的双向往复的客观把握。正如“中国”概念在古代所表明的“五服”和“四方”理念那样。古人的幼稚也许在于他们有时很凝固地、空想性地、神话性地将万里关山划分为“五服”（即甸服、侯服、绥服、要服、荒服），即五个服事层次，五个按文化开发程度而围绕中心等级排列的时空层次，古人甚至将每“服”限定在五百里的确定距离，相比之下，“四方”的观念虽然不免空旷，却更为人所理解。但我们也应看到古人的智慧之处，这不光是他们总算大体上用“五服”或者“四方”把握住了这片东方巨型的整体的时空，而在于从这之中他们非常鲜明、简洁、整体地将“中国”的自然时空加以结构性说明，表明了一种掌握偌大地理人文空间的意向和意志，由此我们才不会去斤斤计较于古人的中国想象中的僵硬数字，而把中国时空看成一个开放的、在中心的有限中向四方的无限作文化播散展延的人文/国家体系。

随着“中国”的不断开辟的视野的扩大，在黄河长江地带农业区域的自我初步整合之后，长城以北包括正北和西北、东北的游牧（渔猎）文化区域也完成了初步的自我整合，二者不可避免地相遇，幸赖此时在这片土地上早有一个“中国”概念顽强而富有弹性地预存着，于是它们之间的融合便也成为一种历史和现实的必然了。虽然这种必然的趋势中或许少不了攻守或分合，少不了战争和流血，却终归有一种主导的趋势归于整体和联合，这正是中国的关存在的理由。中国的关扼守着固本着也联络着沟通着，“中国”思想因之在功守与抗衡中有一种物质化的、时空化的观念和实践的力量左右着人们。中国时空的本质就在于围绕着“中国”这一中心性的族群扩融和国家实践，不管你是什么民族、什么语言，是农耕性的文明还是游牧性的文明，都认同一个在观念中不可动摇的时空中心，一种思维想象中同时也在实践中有着浩大声势基础的合法性的天赋中心，它所要处理的就是依照这种“中国”理念和“中国”想象来推动不同地域、不同族群集团的人类联合、融合，最低是各族群、地域在有中心前提下的和谐或和平相处。不认识到这一点，我想是无法把握数千年来中国人的理想和实践过程的。中国的物质文化史和精神文化史沿着长城的西北、正北、东北所演绎的正是这样的本质，人类联合的本质。事实上，无论是游牧或渔猎区域，还是农耕区域，抑或农牧结合的区域，在东亚，只要认同共有一片天，共有一片时空，从而共有一个代表天意的中心及其法统，就是生活在中国时空的庇佑之下了。从北匈奴对华夏祖先的认同，到五胡十六国及南北时期对中华先祖及“中国”身份的争取，再到隋唐时期对“天可罕”的顺附，乃至元明清对“天下一家”“混一天下”“中外一家”之统的理想与实践，都是基于对“中国”理念、中国时空的理性与情感的认知实践。

在现代化的列车驰过山海关之时，我深切地感受到了那存在于这片苍茫大地上的中国理念和中国时空，这中国理念和中国时空曾作为在某种意义上最高的国家 / 天下理想意识而为古人所认同。在此之下，我们才好去谈论这理念和理想本身的空想性，它所带来的保守和盲目的自我中心，以及种族群体间与区域间的尊卑等级、华夷之辩等谬误与弊端。古人的视野乃至局限是历史地形成的，今人的理解怎能苛刻地要求他们。更何况今日中国正是在古代这种中国观的左右下形成的，没有这种古老的中国观，哪有今日中国，即便在强大的西方国家观念左右世界的情势下，古老的中国观也在发挥着作用。于是，我们仍然无法嘲讽“中国”理念和中国时空，反而越发对古人的理想怀着崇敬的心情，正如我们不能去嘲讽长城一样，长城在漫长的历史中做了它该做的一切，它的横亘表达着一种“中国”的理想和象征，并将这理想与象征凝结在它身上的关口地方。长城的理想和空想，长城的雄伟和羸弱，长城的保守和开放，长城的局限与坦荡，都如中国这辽阔的巨型时空，在其所设关口之处的上方闪烁。历史的喜剧性在于，“中国”的理想，它的大一统而不是“小一统”，往往不仅靠其“主体”民族来实现，也靠着长城以外的曾经被视为非中国的、与中国相对称的“夷人”来实现。在具有宏大中国气象的汉、唐、明这样的朝代基础上，有了来自漠北东胡的元太祖成吉思罕及元世祖忽必烈，来自东北的清世祖及康乾二帝，中国和长城的空想性颓败下去，一种更为阔大宏伟的“中国化”时空得以实现，我们才在山海关之内之外都感受到同在中国时空的和谐与平静。这再明确不过地表明了这些所谓夷民族对“中国”的认同，对“只有一个中国”的认同，他们以其自觉地置身于中国时空之下的行为实践着中国理想，那种人类联合的理想；认同着一个“大中国”、某种较高意义的中国，而不是局促中原，局促于长城之内的“小中国”。在这个意义上，我们是不能用异民族统治及统治欲望来简单解释的。这终究是长城的胜利、中国理念和理想的胜利，也是长城上逶迤排列的关的胜利，因为关的使命终究不是为了关闭，而是为了敞开和流通，在秩序之下的敞开和流通。

这样在文化理念和国家理念上来理解中国的关，就不能不联想到中国的城。关作为一种交通性和关节性的要处，其生命是跃动在作为整体的城之上的，而所谓关山，则是将具有了归属感的脚下江山，也延伸当作泛化的人类之城、国家之城了。俗语中有“铁打的江山”一说，怎样“铁打”？最重要的就是让自然的江山做成“关山”。于是，“中国”一词的本意又是一座中央之城，而这座中央之城的“中国”在人文地理上的向四方延展和衍化又使“城”遍布华野，最终使“中国”成为一座与天地相应和的时空广大之“城”。以此视之，长城正是这后一种“大中国”之城或中国城池化理念的绝佳体现和实践。“关山”就是用城关的意识将山河时空化、整体化，在这里，中国化意味着城池化，进而是关山化。“装点此关山，今朝更好看。”关山一词在汉代以后被频繁使用，其显示的整体性和概括性，正因应了中国时空开拓发展的需要，它在“五服”简明而生硬的结构，以及“四方”观念的流行而外，又提供了一份更加灵活而感性的说明。关山仍然表述着中国想象，却更多物化和固化的成分，它与山河连在一起，与广阔苍茫的大地连在一起，关山对应着“中国”的空阔广大，最终形成了一种“中国”结构，其时空性，既外显物质，又内蕴精神，既有空间维度的巨大，又交叉以时间维度的绵长。

应该说，在东亚这片土地上，城是南部热带、温带农耕文明的代表性成就，人类居所的固定，人与土地关系的固定，人群关系的滚雪球似的扩大及其整合的集团性，都集中体现在城的文化里。中国时空的延展，就是城的延展，是城的时空化。而这种延展的通道和关键处则系于城下之关，一片土地只要在时空中被“中国”的关所联结，渐渐地就被中国化了，在此关之外，就会有新的城与关的延展，新的联结。就这样一层层、一圈圈、一波波地文化吸附，伸长着中国的影响触角。然而这样的延展到了长城一线，南部农耕文明遭遇了一个以游牧文明、兼有农牧结合文明、渔猎文明的完全不同的文明形态，这种文明对“城”既陌生又羡慕，在其攻城略地的毁坏背后，透着对城的喜爱心理，虽然从自然条件说草原和沙漠是那样天然地排斥着城的延展。尤其当这种冲突整体性地沿北中国长城漫长地带展开之时，那些城下之关也渐渐地培养和壮大着北方游牧区对长城以里农耕文明的依赖。“关”总是数倍地多于“城”而存在。周秦以降，朝贡道上，贡市的兴起和茶马贸易，种种边市开设在长城脚下。同时，长城的阻截也更强烈地激发了持续不断的融合的激情和力量，一种更加基于两个如此庞大的文化区域的“大中国”的融合，就不可避免地超越着以中原为根为限的“小中国”囿见，混一寰宇，从根本上解决农耕与游牧（渔猎兼农耕）文明的冲突，使其联合起来，协调起来，化中国与四夷的对立而为“大中国”的混一和联合，就成为中国理念自身新的超越和新的实践。这样新的超越和新的实践，就是长城两边都认同他们的命运和生存将共有一片中国时空。越是高度地体认一个中国时空区域，就愈加牢固化地、自觉地汇合在一起，形成了一个大的中国，正如钱穆等人早已指出过的，这中国几乎意味着“天下”。而数千年来的中国理念的存在和扎根，则是这大融合所值得庆幸的。唯长城之大，才处理了、联结了如此之大的东方人类文化的整合，一种在全球化之前的中国化，也即在“中国”意义上的“全球化”，所谓“天下一统”。长城这座大中国之城，原来禀赋着一种大中国的天下理想，这也许是人们始料未及的。

有了长城，有了关，就有关里和关外。然而面对如此在“大中国”时空流转之下的长城和关，我们今天早已不能凝固地将其关外视为中国以外了。其实就“中国”理念本意而言也从未将“中国”画地为牢，“中国”是文明的播散，长城不过是其内部文化区域的分界和联结。《后汉书•鲜卑传》中说：“天设山河，秦筑长城，汉起寨垣，所以别内外，异殊俗也。”这个“内”与“外”是传统中国时空内部的内外之别，自有其辩证含义，它不过强调“异殊俗”而已，并不是“外国”的“外”的意思。20世纪90年代有一部很有名的电视专题片《望长城》，其中有一句歌词这样写道：“万里长城万里长，长城两边是故乡。”长城两边是故乡的根源在于大中国的时空笼罩了南北，“中国”飞越长城，飞越关山，让南方的城接通融汇了大漠草原上的“库伦”（蒙古语，即蒙古包聚集的地方）。

于是，我们在午夜时分的山海关，就自然地意识到一关当道，却“山海关限隔内外”。而这“内”与“外”却更主要地表达着相连。过去在东北人中指称关内，有“关里家”的说法，可见是把关里作为家乡来看待的。但关外又何曾不是家乡？清代大诗人吴梅村送友人吴兆骞出塞：“劝君休望零支塞，木叶山头是故乡。”木叶山在辽西北，只要是被中国文化所混同的中国时空，就可以被中国人当作故乡。不管纳兰性德随康熙帝是从南或从北“身向榆关那畔行”，他中国时空下的一瓣乡心，我想应该比常人更复杂。纳兰家族乡籍在东北叶赫，而性德本人却自幼生活在京城。因此不管以山海关为坐标向哪个方向行，他的故乡之心都会留在身后。关里关外，仿佛中国时空的一体两面，因关的区位而分别，又因关的存在而相连。关里关外，表明的是中国时空自身的辩证理念，或者，是对中国时空的一种辩证把握。关里关外，晚近以来，常常特指以山海关为界的坐标，可见以山海关为时空和区位标志的观念在秦汉的东向出“关中”之后，在汉唐“西出阳关”之后，在晚近千余年中国史中是何等响亮和重要的一种观念。进与出，循或环，山海关长久地在中国时空中午夜无眠，“聒碎乡心梦不成”。

山海关屹立于中国时空下。在中国的关的变迁中，晚近千余年的中国史都因山海关的敞开或封闭，上演着一幕幕大戏。它的重要正如嘉峪关之于汉唐中国的西北角的经略，却较之中国的长城西关远为惊心动魄。

山海关，它敞开一片中国时空，它指明一个方向：关东；命名一片广阔的土地：东北。

◇ 作者简介 ◇

张未民，1982 年毕业于吉林大学中文系，现任吉林省作家协会主席。

也算学术回顾

季红真

要回忆自己的阅读和写作经历，实在是一个繁难的工作。要说清自己的学术思想的发展，更是一件无比困难的事情，而且，我至今仍然属于摸索的状态，很难说有成熟的学术思想。我很佩服那些能把自己的心路历程叙述得很清楚的朋友，他们有能力厘清自己的精神谱系，而我至今仍然像蒙童一样，对于外部世界的好奇大大超过对自己的兴趣，一生所为更像是在守护自己的心灵。我也很佩服那些对于时代的学术思潮有能力辨析，并且在区别中确立自己学术方向的朋友，他们和时代的人文思潮休戚相关，在问题中寻找“可持续发展”的学术生长点。我也生活在时代当中，然而更像游离于时代之外，许多的学术选题带有灵感迸发式的随机性，并没有长久的规划，一个时代的问题会吸引我的思索，但那是大家的问题，不为我所独有，我自有我的问题，需要用更多的气力去解决，如果一定要说出自己立场的话，就是源于本性地“永居边缘”。读书是从小养成的习惯，文字牵引着想象的翅膀；写作也是从小不断演练的技能，从作文课到书信，都是实用性的文体。走上文学研究的道路，不过是学习掌握另一类文体的写作。如是看来，从小到大，我的生活方式基本都没有什么变化。

一

记得上小学的时候，看过一部关于西藏的纪录片，走出电影院之后，所有的内容都淡薄了，只有一个扛着摄像机的记者给我留下深刻的印象，他穿行在不同的场景中健步如飞。在其他的电影中，看到了不少跳伞的镜头，都诱惑着我的向往。不仅是职业的想象，还有对自由天地的神往。然而，身为女性，我的世界无比狭小，从家到学校、小镇、乡下、进城，方圆不过百里。我想走出狭小的家，但是没有机会，我想飞翔，也没有条件。唯有读书和写作，能够弥补这个妄想，读书是精神的游历，写作带给我飞翔的感觉。自由穿行在文字构筑的不同时空中，把自己的发现记录下来，替代了童年的妄想，由此带来所有悲喜交加的结果，都是替代行为的副产品。

识字读书使我的世界一点一点地扩大，尽管语文课本没有太大的意思，但是养成了识字的习惯。而且，逐渐领悟了汉字的奥妙，觉得比算数有意思。算数的规则是死的，把各种口诀背熟、公式记牢就是了，而一个字居然有好几个意思，不同的字放在一起又会有新的意思，这实在是太好玩了，宿命由此开始。母亲的家乡文风昌盛，汤显祖在那里当过县令，在一片“学会数理化，走遍天下都不怕”的功利主义文化气氛中，居然给我们订了《少年文艺》和《小朋友》，而其他的小朋友看的是《十万个为什么》《蛇岛的秘密》。当然，交换阅读是当年的常事，我由此获得了文理间融的特殊文化环境。这使我以文学从业，却从来没有泯灭对于自然与自然科学的兴趣。

有了基本的阅读能力，我几乎是抓起一本书就读，只要稍微有点故事性，就可以吸引住我。《支部生活》里关于女青年被腐蚀的心理过程、一贯道的各种仪式，基督教的文化侵略、旧社会商家的骗术等，从那个时期开始，我的阅读好像就本能地逃避思想，不大在意观点，只关注材料，这点本能是否也是最终从业文学研究的宿命？当年特别喜欢民间故事，比如忘泉的故事，讲一个远行的人误饮了忘泉的水，遗忘了和家人约定的归期，登在一本什么小杂志上，而且是到别人家串门的时候随手拿起来看到的。就是革命领袖的传记作品，吸引我的也不是革命本身的内容，譬如，青年马克思的酗酒击剑，列宁中学时代就学了四种外语等。甚至连看电影也是如此，《列宁在一九一八》中，感动我的是高尔基被列宁批驳得哑口无言的台词——“表现了不必要的残酷”，这真是有点不可救药。这和别人寻找灵魂的原点与支撑的阅读比起来，实在是有点颟顸。

“文化大革命”中的停课，给我的阅读提供了充足的时间，翻阅父亲的藏书，《鲁迅全集》是其中最显赫的一部，一开始只是翻看里面的图片，然后是挑着平易的文字跳着看。弟弟借回来的书没头没尾，但是故事却极其精彩，其中有《安徒生童话》《一千零一夜》，显然比革命传奇更神奇，由此发展为对于神话的特殊兴趣。“文化大革命”后期，单位开放了图书馆，朋友中又有同好者，传着看书是当年的乐事。当时没有选择，近乎有字必读，外国文学是其中的主要部分，也有民间文学，还有关于中外音乐、舞蹈史的小册子，我的世界逐渐拓展，驳杂且光怪陆离。

12 岁那年，母亲为我们买了一辆自行车，是飞鸽 26 型，还有一本《新华字典》。我的世界直接体现为地理的扩展，独自骑车外出是经常的事情，此后的下乡、异地求学、出差、出访都是这种地理扩展的经年持续。《新华字典》则使认字有了工具，能够想象的世界也因此得到了拓展。当时的阅读基本是囫囵吞枣，遇到不认识的字就跳过去，更多的时候字典不是用来当工具，而是当书来读的，对于语言文字的特殊兴趣延续至今。考上大学的时候，父母送了我一套《辞海·语词分册》，使我沿袭起这个阅读的习惯。下乡的时候行囊中便有那一册《新华字典》，此外还有一套 20 世纪 50 年代出版的中学文科课本，以及洪潜、汪子嵩的《西方哲学简史》等。后来，知道洪潜是康有为推荐给梁启超的得意高足，是维也纳逻辑实证主义学派唯一的中国人。这样的哲学启蒙，决定了我的思维方式难以走出理性主义的积习，在一个浪漫主义的时代，自然免不了受人诟病。而以理性的眼光观察非理性的现象，也使我的学术获得稳固的基基石。

20 岁的时候，我通读了十卷本的《鲁迅全集》。因为每一条注释都仔细阅读，接触到大量中外古今的文化名人与事件，当时的感觉是读史。其中，印象最深的一篇文章是他在北京女师大的讲演:《魏晋风度与酒及药及文章之关系》，从物质的角度进入文人的生活与精神世界，和我以往从故事到人物的阅读方式完全不同，开启了我解读文学作品的新视野。当然，要到很多年以后，我才能知道这是文化史的角度。古人有“刚日读经，柔日读史”的说法，我大概偏于柔的时候多，古往今来所有的“经”都不甚读得进去，所有学科的概论也难有兴会，而对于历史的兴趣则从小到大都不曾减弱，特别喜欢看专著。而且，我所感兴趣的是自然、人种与文化的整体变迁，政治史则常常属于本能规避的范畴。我不仅常常在人民的苦难面前闭上眼睛，也常常把历史的残酷血腥合进书本。当时，唯一印象深刻的一部政治历史是《第三帝国的兴亡》，是所有“第二次世界大战”的叙事中，学理性最强的一部。而文学则一直是副业，是语言文字兴趣的外延。可以折中两者的是那些历史人物的游记性纪实文字，比起正史来，数码的成分减少，而场面与细节还原了历史的生动性。特别是那些最早来华的西方外交官的亲历文字，打开了另一扇看待自己民族的窗口。至于大量的传记，从甘地到杰克•伦敦，更是当年读过的书籍中最难忘记的篇目，而政治家的传记则读不出太多的兴致。十月革命的几大领袖中，我最佩服的是加里宁，晚年他几乎双目失明，每天傍晚都像一个普通的俄罗斯老人一样，独自拄着拐杖在克里姆林宫墙外安静地散步，迎面走过的行人，向他无言地摘帽致敬。

日后的传记写作，满足了我这两个方面的兴趣，我想知道传主是以什么样的方式植根于什么样的历史当中，即使是同时代的作家，每个人也都是不一样的，文化环境是其一，血缘是其二，教育是其三，情感婚姻是其四，然后才是政治派别与人生机遇的因缘，而他或她和政治党派之间的具体关系也是需要深入探究的，以及最终所有的因素如何影响到创作，一个时代的政治史、文化史、思想史与艺术史的轮廓自然也呈现出来了，像画框一样固定着传主的肖像。

二

报考大学的选择是历史与考古，语言文学是第二志愿。第一志愿被淘汰，第二志愿则成了我的正业，这是又一次的宿命。我就读的吉林大学以重视基础著称，语言课要开两年，文学史更是扎实紧凑。适逢思想解放的时代，我除了完成本系的课程之外，还听了哲学与历史两系的课。系统的专业训练与大量的泛读，使我原本零散的世界变得致密有序，思想、感觉也得到逻辑归纳的基本能力。至今，感谢我的母校，给我打下了扎实稳固的学术基础。此后，一波一波的学术热浪，都没有荡出当年的课程范围。

最重要的是，我在那里解决了文学观念的问题，自由与唯美是基本的内核。但这个自由是想象力的自由，是超越于历史逻辑的心灵自由；这个唯美是天地间的无言大美，是事物自然呈现的丰富形态。艺术的最高境界就是朴素，简约通透的形式感是单纯心灵的外化。这比较接近象征主义的观点，但是比象征主义更宽泛，是建立在语言形式中的宇宙自然生命系统。文学是语言的艺术，所有的语言都是一整套可以不断置换出新意义的象征符号系统，而所有的语言又都试图描述宇宙自然的生命系统，语言就是人想象世界最基本的方式，是象征的方式。逃避所有的主义，在意识形态论争激烈的时代，这也有些不合时宜。

第三次宿命，就是考研究生了。我报的是古典美学专业，但被录取到现当代文学专业。一个总想遁世的人，却一再被抛进潮流的旋涡，不是宿命是什么？！走进北大之后，各种学术思潮蜂拥而来，如春潮化冰一样，使原有的知识得以转化为思想，而全面的学术训练，又使我迅速掌握了学术研究的各种文体。这个时期，我恶补域外传入的各种新的学术思潮，到理科系修了《自然辩证法》，也阅读了一些科学哲学的著作，特别是《走向未来丛书》中现代物理学的小册子，人类学、精神分析学、比较文学、叙事学，都是涉猎的范围。至于海外汉学界的文艺理论与现当代研究的成果，更是大量翻阅。而且和主流文坛的来往也开阔了我的眼界，出版信息很快，新书一出就找来看，一有佳作问世，同学中就竞相传阅，编辑乐于在新手中发现新鲜意见，作为当代文学的研究生自然“尽责”，当年最多的评论对象是新时期冒头的新锐作家。

在阅读与写作的相互砥砺中，我解决了文学研究与批评的方法问题，以阐释与描述为主。对于这个学科的评价体系，则形成多元化的理念。究其原因，多半是因为童年开始的频繁迁徙，各地不同的风土人情都曾带给我持久的感动，成长过程中的随意阅读也瞻仰了中外文学家各自不同的精神风采，我的世界本身充满了差异，无法以一种绝对的标准度量事物。结构主义为我的思想提供了理论的基石，刚刚兴起的文化研究理论则是最直接的依据，是共时性的文化史研究范式，也是从横断面研究文化史的模式。这和我对世界的理解相重合，因为所有的心灵都有权利表达自己的精神情感。相对于历史理性的社会政治理念，文学更多的是一个民族乃至人类，精神、情感与广大无意识领域中的真切感受。这也有悖于价值判断的普遍共识，非此即彼的思维定式使我处于没有准确派别立场的尴尬，受到夹击是必然的。实际上，价值判断是上帝的职责，文学的上帝是读者。批评家所应该做的和可能做的，只是发现被“上帝”忽略和模糊了的意义，为此去寻找有效的方法，文学批评是需要技术的。

此外，对于价值判断的犹疑，还来自对自己的怀疑，因为你首先是一个普通读者，不可能不受自身趣味的限制。这样在从事研究工作的时候，必须掌握两个标准，其一是绝对的标准，批评家的审美品位是职业的尊严，绝不可以轻易地褒贬，以区别党派政治的杀伐与商业广告式的吹捧。而思潮的研究则要放弃自己的个人趣味，才能发现多层次的意义，这是相对的标准。中国的现当代文学面对的是现当代中国的基本问题，也是现当代中国人的基本问题，仅仅一百多年的瞬间历史，当然不足以和几千年积累的古代文学相比，足以让人“惊颤”的作品只可能是少数，但是大量的作品都是民族心灵的记录，包含着丰富的信息。它的政治学、社会学、文化学、精神分析学、地理学、历史学等方面的意义，也是文学研究中有价值的内容。鉴赏的批评、传记的研究可从第一种标准出发，而主题的研究则可以囊括上述的种种意义。文化研究带给我们的福音，就是在一个无法确立经典的时刻，文学研究的可行性。批评家必须客观，是哪个层面问题就依据哪个层面的标准评价。消解自我，是批评家发现意义的前提，这就是我和其他同行的差别所在，别人在张扬自我的时候，我却要消解自我，在一个主体论盛行的时代，自然也有些不识时务。较多地放弃自己的主体，才能发现了解其他的主体，在同中求异是作家论的基本原则，在异中求同则是思潮研究的重要法度。看世界可以有很多角度，解读文学作品也可以有许多角度。从文本出发则是基本的视角，泛文本则是文本生成的环境，相互的印证与考量，入乎其中而又出乎其外，尽可能客观地呈现材料自身的价值，才能获得丰赡广阔的意义世界。

当然，这一理念的萌芽与最后的成熟有一个过程，其中有两个人的言论给我以启发与支持。首先，最早是罗曼·罗兰，他说有两种艺术品，一种是真正的艺术品，具有绝对的艺术价值，举例是米开朗琪罗的雕塑、拉斐尔的绘画、贝多芬的音乐等；还有一种是艺术史上的艺术品，代表着一个时代的文化精神与艺术风格。这释解了我最初的困惑，艺术史上的艺术品，应该看作一个民族或者人类艺术精神的共时性切片，早年对新时期小说主题的研究，近期对“80后”的研究，都出于这样的工作假设。这并不意味着所论作家中不具备第一种品位者，而是忽略他们这方面的价值，使整体的意义形态得以呈现。其次，就是本雅明对于现代艺术的评价，他认为机械复制时代艺术没有了古典艺术让人“惊颤”的“光晕”，必须在艺术之外去发现它们所包含的意义，这就是上文所提到的现当代文学面对现当代的诸种问题时，多种意义层面所关联的艺术之外的价值。这使我的工作有了学理的宽大基石，而且多了抵抗潮流的沉静。

在具体的角度选择的时候，还需要具体的理念与分析技巧。主题的研究要明确主题的范围，在我看来主题是一个意义的系统，文学批评最基本的功能就是对意义的发现，但任何一部作品的意义都不可能是单一的，“一言以蔽之”的时代已经过去了。当然，意义不限于思想，思想更不限于体系，感性的体验、形式的革命、思潮的起源与文学史的节结点，以及文学观念革新的尝试，都负载着独特的意义。作为语言的艺术，对于意义的寻绎必须深入语词的缝隙中，就像分析镜头艺术的影视作品，必须深入镜头、楔入镜头与镜头之间的缝隙一样，作品的修辞方式因此而极其重要，所有的明喻、隐喻、暗喻、转喻、互喻、自嘲、幽默、反讽等，都是和各种艺术手法粘连在一起，必须充分调动联想与推理，才能分析出深层的语义，以及作家无意识领域中的心灵隐秘。西方的形式文论，为我们提供了各种具体的方法，而这些方法与中国古典文论并不是全不相容，形式主义的“陌生化”原则近似韩愈之“唯陈言之务去”，而“新批评”所谓每一个词都关联着一部文化史，则和宋诗“无一字无出处”的创作理念相类似。而文体的研究则是作家思维方式最直接的呈现，和古代文章学的分类颇为靠近，所以形式因此才不仅仅是形式。对于文体的发现也需要因人而异，可以借助语言学的方法，在最基本的思维结构中归纳出最基本的句式，体现作家最基本的创作冲动，同样可以达到意义的阐释。也可以深入作品的基本结构，发现作家容纳时代生活的形式特征，必有其他形式所无法替代的独特功能价值，是整体表义结构的组成部分。

三

这一次的宿命是终极的，职业与专业都使自由阅读的空隙大大减少，好在文学的范围也很广，用尽一生也难以穷尽它的所有领域，钻进去也总会有所发现，特别是当代文学，变数极大，像活的生命运动，与宇宙自然一样神秘莫测，也牢牢吸引着我的兴趣。但是，积习难改，我还是抽空阅读了不少哲学与历史学的著作。当然也还是延续了以往的兴趣，结构主义从形式主义到与人类学的融合，是我最感兴趣的部分，而汤因比的历史著作则契合了我对历史的一般印象。至于符号学、神话学、阐释学等诸种学科更是方法自我训练的必须，从中也获得求知的乐趣。

这个时代真是让人无法懈怠的年头，不仅话题多得让人眼花缭乱，而且知识也不断挑战着你的理解能力。我希望吃透每一种方法的基本原理，同时也和最古老的方法相参照与融合。比如，符号学的方法是相对于历史学的方法，前者以象征意义的分析为主，忽略历史真实的考据，而后者则是以历史考据为主，解构掉符号的象征意义；原型的批评则相对于文化史的批评，前者要忽略大量的细节，找到不断变形的基本结构，后者则是从细节进入历史。文本的批评相对于传统的作家研究，前者不以作者的言论为依据，后者则以阐释作家的主观意图为目的；前者要发现作家自己没有意识到的内容，后者则要以作家的动机为落点。对于文本批评来说，确实“作家死了”，而对于传记批评来说，作家就没有死，也不会死。此外，桐城派所谓的三个学术评价范畴：辞章、训诂与义理，就可以相对于我们今天的语言、材料与思想，也可以扩展为文、史、哲的三大基础学科。文学研究最古老的方法也是最基本的方法，仍然有它强大的生命力。文学创作要打通中外，文学研究也要打通中外。

我的宿命开始于最初的随意阅读，而当年的多学科泛读为我今天的门窗洞开拔出了锁芯，遗憾的是我的兴趣还没有完结，不能全身心地投入专业，文学研究只是写作的一类文体，对于其他文体的写作也贯穿了半生。这大概就是我早到了功成名就的年龄，还在艰苦摸索的原因。用心不专，势必学业不精。但是不同文体写作的彼此砥砺，也有难得的收获，至少锻炼了我对语言的感觉，而对于文学作品中象征意义的寻找，则提示着我回归时间之始的自觉。同样是以语言为材料的工作，我以研究的方式进入文化的象征体系，发现结构性的隐秘遗传与变异，而以对象征体系的逃离来抒写对文化之外的更广大世界的发现，试图呈现出事物自身的形态。思维方式的频繁切换，对象的不断变动，都更具体地实践着入乎其内与出乎其外的基本原则。这期间，基本的语言方式并没有太大的障碍，也是由于对于艺术本质自由、朴素的理解，唯其如此，才能够接近丰富多彩的现象世界。我在研究和批评工作中，希望以最准确、最简明的语言，描述出对象最基本也是独特的形态，追求元语言的境界。博大丰富的汉语体系为我提供了最大的可能，各种方法为我准备了可资选择的工具，我新的妄想是让自己的理论批评文体像玻璃器皿一样，透明地呈现出对象最基本的结构。读书、读人、读世界，我的世界还在一点一点地扩展。

老之将至，而好奇之心未泯，奈之如何？！

◇ 作者简介 ◇

季红真，女，1982年毕业于吉林大学中文系，曾任中国作家协会创作研究部研究员，现为沈阳师范大学特聘教授。

新解“胡同文化”

韩经太

重说“胡同文化”

如果说“胡同文化”自然而然地是北京城的地方文化叙事主题之一，那么，居于京城一隅的北语学人，因为一些特殊的文化机缘，总有一种关于“胡同文化”的难解之情。

机缘之一，与那位曾为《西南联大校歌》谱曲的张清常先生有关。作为北京语言大学的先辈学者，张先生曾先后任教南开、清华等高校，1981 年来北语，直至 1998 年逝世，有十七年的岁月在北语度过，其间撰写了两部关于“胡同”的专著——《胡同及其他——社会语言学的探索》《北京街巷名称史话——社会语言学的再探索》，迄今为止，这两部著作仍然是从社会语言学角度关注北京“胡同文化”的代表性著作。当今北语学人，在学术兴趣与专业擅长的交接面上，自应有“接着说”的内在期待，此之谓“胡同文化”情结者一。

机缘之二，与那位名叫岩本公夫的日本友人有关。据中国新闻网消息，2007 年 12 月 20 日，西安博物院举行了“岩本公夫中国古门礅雕刻文化艺术拓片捐赠仪式”，日本友人岩本公夫将一百七十五幅精选拓片交由西安博物院收藏。岩本公夫是日本大阪人，今年七十岁，十年前退休后来到中国北京语言大学学习，看到随着城市的迅速发展，门礅也在急速消失，于是决定做保护门礅的工作。仅北京一地，他就绘制了六千五百对门礅所在街巷的位置图，拍摄了一千一百套门礅照片；在西安他也拍摄了两百一十四组照片，绘制门礅位置图六百五十八处。此次岩本公夫谢绝了日本多家博物馆的邀请，决定将一百七十五幅精选门礅拓片无偿捐赠给西安博物院。其中一些门礅已经遗失难寻，具有一定的收藏和研究价值。在北京语言大学校园里的“来园”旁边，有个叫“枕石园”的小院子，里面还保存着岩本先生留在学校的一批门礅实物。岩本先生是我们北语校友，他最近出了一本《北京门礅》的书，因为这本书，我才得知此前已有于润奇的《北京的门礅》。门礅是四合院门口的饰物，四合院与胡同乃是高度一体化的北京民居元素，每次流连在小小的“枕石园”，联想到日本校友对北京“胡同文化”的热爱，总是难禁“思古之幽情”，此之谓“胡同文化”情结之二。

机缘之三，与中国现代著名作家中那位生长在小羊圈胡同里的“北京人民艺术家”老舍先生有关。他所创作的小说艺术世界的建构元素之一，就是“胡同文化”——浓缩在胡同这一社会结构中的中国民族的文化性格。非常荣幸的是，由于新时期文学研究的机缘凑巧，北京语言大学曾先后两次主办全国和国际老舍学术研讨会，明年即将举办第五届国际老舍学术研讨会。中国老舍研究会的秘书单位就是北语，北语因此聚集了一批研究老舍的学者，目前正在开展一个北京市社会科学重点规划项目《老舍与京味文学》。不仅如此，老舍先生曾在20世纪20年代任教英国伦敦大学东方学院，是一位名副其实的“对外汉语教师”——他可是当今所有北语对外汉语师资的前辈啊！此之谓“胡同文化”情结之三。

正是基于上述三项特定的文化机缘，我们才有了“接着说”关于“胡同文化”的文化热情和学术兴趣。

被忽略的“胡同文化”内涵

前几年，北京的高考作文题目是《北京的符号》，这个题目的拟定本身就已说明，生活在北京城的北京人——已经很难确认谁是“老北京人”身份的北京人，尽管其切入的角度会各式各样，但大家都有一个寻找北京文化符号的期待。正像人们已经了解到的那样，有不少高考的同学将“北京胡同”叙述为北京的文化符号。而在今天这样一个21世纪的文明发展高度上，似乎旧话重提地来说这件事，我们新的感受和体会可从以下几个方面来展开：

首先，是整体感的把握。

如同人们都赞成把胡同和四合院看作一个整体一样，我们觉得，应把北京城看作一个整体。否则，任何一个被视为文化符号的元素，不管是物质的还是非物质的，都会有“零件”感。具体来说，不仅胡同和四合院是一个整体，那俨然高耸于大片民居之上而取俯视之势的皇家宫殿和皇家林苑群，与似乎匍匐在其脚下的胡同院落，仍然是一个整体——理应在人们的文化想象中被视为一个整体。在一定程度上，这是一种需要想象力的文化阐释，当然，这里所说的想象力是受到特定文化理念的引导的。让我们想象：那汪洋大海一样的青灰色的民居院落，围绕在辉煌高大的京城中轴线两边，向四方延展开去，当你登高四望，是否会觉得，那近乎无边无际的青灰色，在雾霭之中，似与西山和远天的颜色融为一体？北京城的景致，缺少了远望中的西山风景线，那就是不完整的了。同样道理，缺少了那无边无际的胡同四合院的海洋，北京城的景致也是不完整的。“云里帝城双凤阙，雨中春树万人家”，王维真是懂得都市气象的美感特征。何况，在文化价值的阐扬空间里，极度质朴的民居的海洋，既寓含着水可载舟、亦可覆舟的历史性讽喻，也在朴素和华贵的对照中启发着美的灵感和思考。即便是在社会历史阐释的特定角度透视中，在失却了胡同四合院的建筑文化基础的前提下，传统等级社会的整体感受，也将被肢解得只剩下孤家寡人式的皇家建筑，那其实也正是一种残缺。总之，人们需要一种具有整体感的文化想象。如果具有整体感的现实景观已然不在——城墙已然不在，牌楼已然不在……那么，这样的文化想象尤其必要。

其次，是历史性的“同情之了解”。

假如说老北京人对胡同四合院的留恋多少都带有怀旧的性质，而外国人对北京胡同的喜好又多少带有猎奇的味道。那么，当我们基于中华民族文化之传承的理念而启动自己的文化想象时，关于“胡同文化”的想象空间也就是一种历史空间，人们所关注的胡同的命运，倘若抽空了生存其间的北京人的历史命运这一内涵，将因为缺少必要的人文关怀而使想象本身黯然失色。惋惜于老胡同、老四合院所编织的北京旧照片的逐渐褪色，自然是一种令人不胜吟咏的文化艺术情调，不过，世人却不应简单地认为，四合院里的生活从来都是优雅从容的。值此之际，想象一下“大杂院”是如何从四合院衰变而成的，当不失为一种出于人文关怀的提醒。在人口繁衍而住房空间无法扩展的特定历史条件下，胡同居民的“创造力”历史地改变了胡同和四合院的固有结构，而随着其物质结构的异变，非物质的文化想象空间也随之而变形。我深信，在那种逼仄拥挤的“大杂院”里长大的一代人，恐怕不会有诗意化的胡同文化的记忆。而在这样的心理世界里滋长出来的“拆迁”意识，其历史合理性是显而易见的。只要充分考虑到这一层历史的内容，关于“胡同文化”的文化想象就难免于悖论的困境，温馨与苦涩的交织，构成了特殊的复调式文化风格。关于“胡同文化”的文化想象，其实是需要充满“同情之了解”的。

最后，是雅俗与共问题。

关于“胡同文化”的文化想象，作为一种文化创造，不管是意义的阐扬还是内容的扩充，都有一个体现新世纪文明高度的课题。北京作为中华民族共有精神家园的首善之区，在立志建设现代政治、经济、文化中心的同时，显然需要立志建设能够整合中华传统文化与现代文明的精神家园。为此目的，需要探寻“首善文化”与“京味文化”的自然契合，而“胡同文化”的文化想象，恰恰可以理解为一种切实可行的机遇。从和谐社会构建的大理念出发，基于雅俗与共的社会文化观，主动消化怀旧与追新之间的矛盾，将会有许多事情可做。

譬如，朱光潜先生在《后门大街——北平杂写之二》[①]写道：“一到了上灯时候，尤其在夏天，后门大街就在它的古老躯干之上尽量地炫耀近代文明。理发馆和航空奖券经理所的门前悬着一排又一排的百支烛光的电灯，照相馆的玻璃窗里所陈设的时装少女和京戏名角的照片也越发显得光彩夺目。家家洋货铺门上都张着无线电的大口喇叭，放送京戏鼓书相声和说不尽的许多其他热闹玩意儿。这时后门大街就变成人山人海，左也是人，右也是人，各种各样的人。少奶奶牵着她的花簇的小儿女，羊肉店的老板扑着他的芭蕉叶，白

---

① 原作发表在《论语》半月刊1936年，第一〇一期，朱先生时居后门内慈慧殿三号。从慈慧殿出后门，一直向北走就是后门大街，即今地安门大街，向西转稍走几百步路就是北海后门。

衫黑裙和翻领卷袖的学生们抱着膀子或是靠着电线杆，泥瓦匠坐在阶石上敲去旱烟筒里的灰，大家都一起心领神会似的在听，在看，在发呆。在这种时候，后门大街上准有我；在这种时候，我丢开几十年教育和几千年文化在我身上所加的重压，自自在在地沉没在贤愚一体，皂白不分的人群中，尽量地满足牛要跟牛在一块儿，蚂蚁要跟蚂蚁在一块儿那一种原始的要求。我觉得自己是这一大群人中的一个人，我在自己的心腔血管中感觉到这一大群人的脉搏的跳动。"[1]朱光潜先生所说的"原始的要求"，似可理解为人和人之间"贤愚不分"的混沌一气，似可阐释为"人类"作为大自然中的一种类群的整体感。而其中的"贤愚不分"，我们是不妨翻译成雅俗与共的。

"胡同文化"的文化想象，不能忽略了像朱光潜先生他们的感受。特别是朱先生所提出的"贤愚不分"——"雅俗与共"。在具体想象这种雅俗与共的内容时，不要忘记了当年在朱光潜家里按时举行的"读诗会"，据沈从文回忆，参加的人中有我们所熟悉的冯至、周作人、叶公超、废名、卞之琳、何其芳、朱自清、林庚、曹禺、林徽因等。同样不应被忘记的，还有当时在林徽因地处东总布胡同的"太太客厅"里时常举行的文人聚会。

如此等等，都在说明着"胡同文化"生活真实的多维性：那里除了时不时地传来走街串巷的小商贩抑扬顿挫的叫卖声之外，还萦

① 《北京乎》，姜德明编，生活·读书·新知三联书店，1992年版。

绕着诗人吟咏的余韵，充溢着文士高论的神采。遗憾的是，在我们当下关于“胡同文化”的记忆性表演活动中，似乎是珍爱民俗有余——比如对胡同吆喝声，至于同为“胡同文化”内容的诗情文意，则被淡漠了。

◇ 作者简介 ◇

韩经太，1984年硕士毕业于吉林大学中文系，现为北京语言大学教授、副校长、北京市哲学社会科学首都国际文化研究基地主任。

俄罗斯文学如何切入我们的阅读

汪介之

在我们的北方近邻俄罗斯那一片广袤无垠、优美如画的土地上诞生和发展的文学，是世界文学史上的神奇现象。早在 12 世纪，古代俄罗斯的长篇史诗《伊戈尔远征记》，就在欧洲中世纪文坛熠熠生辉，但在此之后，俄罗斯文学却似乎沉寂了五百余年。18 世纪初彼得大帝厉行改革，大大推动了俄国经济文化的发展，文坛上开始出现一批有建树的诗人和作家，不过在整个这一世纪中，俄罗斯仍未能产生出足以和同时期西欧文学的突出成就相媲美的作品。直到 19 世纪初，情况才发生了根本的变化：俄罗斯文学仿佛从沉睡中一跃而起，以诗人普希金为先导，形成了一个名家辈出、群星灿烂的局面，迅速成为最具影响力的文学之一，且一发而不可收。值得注意的是，这种变化不是在西欧各国文学走向衰落的背景下，而恰恰是在整个欧洲文学的黄金时代出现的。

一、殉道者的史册放逐者的列传

俄罗斯文学的独特魅力来自它那特有的厚重感，以及渗透其中的忧患意识。俄罗斯思想家别尔嘉耶夫说过："俄罗斯文学不是产生于令人愉悦的创造力的丰盈，而是产生于个人和人民的痛苦而多灾多难的命运，产生于对拯救全人类的探索。"家国不幸诗人幸，民族的苦难与摆脱这种苦难的追求，积淀为独特的民族历史文化传统，由其所孕育的俄罗斯文学便具有了深厚的人道主义内涵、"为人生"的主导意向、强烈的使命意识和沉郁与苍凉的底色。俄罗斯作家的怀疑精神、叛逆性格和批判眼光，使他们往往难以避免被捕、监禁、流放和苦役的命运。正如赫尔岑所说："我们的全部文学史，就是一部殉道者的史册，放逐者的列传。"

回望 20 世纪中外文学交往史，人们不难发现，俄罗斯文学和中国文学的关系最为密切。这种关系的形成有其内在的必然性。中俄两国在地理上是近邻，国情彼此相近，两大民族的文化心理结构也有很多相似之处；进入 20 世纪，都有一批志士仁人在为民族的命运而思虑，都欲唤起民众意识的觉醒，推动本民族走向现代。我国"五四"运动时期新文化的开拓者们就敏锐地注意到了俄罗斯文学的特点。李大钊曾经指出："俄罗斯文学之特质有二，一为社会的色彩之浓厚，一为人道主义之发达。"现代文学史家郑振铎也曾写道："俄国文学所以有这种急骤的成功，绝不是偶然的事。她的真挚的与人道的精神，使她垦发了许多未经前人蹈过的文学园地，这便是她博人同情的最大原因。"正因为如此，中国新文学在吸取外来文学的养分、建构自身之初，便认定"俄国文学是我们的导师和朋友"（鲁迅语），特别注重摄取俄罗斯文学。于是，中国新文学中便清晰地显示出俄罗斯文学的渗透与滋养，呈现出与俄罗斯文学相似或相近的精神、基调和特色。有许多优秀的俄罗斯文学作品，和这个民族所提供的同样出色的戏剧、电影、绘画、音乐、芭蕾舞作品一样，在中国几乎成为家喻户晓的艺术经典。

二、俄罗斯文学改变了中国读者的阅读习惯与审美情趣

俄罗斯文学不仅直接影响了中国新文学的格局与进程，也极大地改变了中国读者的阅读习惯与审美情趣，培养了一代又一代的优秀读者。站立在这一最具影响力的俄罗斯作家行列之首的，是"俄罗斯诗歌的太阳"普希金。这位大诗人第一个以罕见的艺术精确性描写了俄罗斯各阶层人民的生活，表现了俄罗斯人的思想、情感和气质，其作品充分显示出俄罗斯的风格、气派和情调。作为讴歌自由的歌手，普希金的诗歌表现了一代人反专制、争自由的豪情。如诗人在《纪念碑》一诗中所写："我之所以能永远为人民敬爱，/是

因为我曾以我的诗歌，/ 唤起人民善良的感情，/ 在这残酷的世纪歌颂过自由。”普希金的抒情诗，如《致凯恩》《假如生活欺骗了你》《我爱过您》等，更是脍炙人口，令人一读不忘。批评家别林斯基说得好：“普希金的诗——特别是他的抒情诗——总色调是人的内在的美和抚慰心灵的人情味。在普希金的任何情感中，永远有某种特别高尚的、温和的、柔情的、馥郁的、优雅的东西。阅读他的作品，是培养人性的最好方法，特别有益于男女青年。”普希金的长篇诗体小说《叶甫盖尼·奥涅金》则被称为“俄罗斯生活的百科全书”。无数中国读者热爱、崇敬普希金，坐落于上海的普希金铜像是我们国内唯一一尊外国诗人的纪念像，这种现象绝非偶然。

果戈理和普希金是俄罗斯文学中的双璧。果戈理在小说方面所完成的开创性工作，恰如普希金在诗歌领域的奠基性贡献。普希金也写过《上尉的女儿》《黑桃皇后》等多篇小说，但他的主要成就无疑是在诗歌方面，而果戈理在小说艺术发展上的贡献尤其显著。由于果戈理的开拓，小说才开始在俄罗斯文学中取得支配地位。如果说普希金是俄罗斯诗歌的创始人，那么果戈理则是“俄罗斯小说之父”（车尔尼雪夫斯基语）。他的短篇小说《狂人日记》和《外套》、喜剧《钦差大臣》、长篇小说《死魂灵》等，都具有长久的艺术生命力。我国现代伟大作家鲁迅先生就是《死魂灵》的最早汉译者。别林斯基曾以“含泪的笑”概括果戈理的艺术风格，鲁迅则称其作品“以不可见之泪痕悲色，振其邦人”。鲁迅的小说《狂人日记》

也是在果戈理同名小说的影响下创作的。果戈理去世已有一百六十余年，但是他所创造的艺术形象却还活着。至今，我们还可以在身边的日常生活中看到作家以其天才的手笔描写过的一幕幕“几乎无事的悲剧”，还可以看到冒充“钦差大臣”的花花公子赫列斯达科夫、擅长投机钻营的乞乞科夫、洋场恶少式的人物罗士特莱夫们的活动身影。我们的现实还在呼唤着果戈理式的作家。

相对于普希金与果戈理，屠格涅夫、陀思妥耶夫斯基和托尔斯泰在世界各国的影响开始得更早。被并称为俄罗斯文学“三巨头”的这三位作家，创造了堪称一流的佳作，如屠格涅夫“用诗写成的对农奴制的控诉书”《猎人笔记》，以及从《罗亭》到《处女地》等六部构成19世纪40年代至70年代俄国社会生活的艺术编年史的长篇小说，陀思妥耶夫斯基的《被欺凌与被侮辱的人》《罪与罚》和《卡拉玛佐夫兄弟》等作品，托尔斯泰的三大长篇《战争与和平》《安娜·卡列尼娜》和《复活》等。这些作品从20世纪初期起就被陆续翻译到我国来，对包括叶圣陶、郭沫若、茅盾、巴金、郁达夫、沈从文等在内的中国作家产生了不同的影响。中国读者还领会到这三位作家各具特色的艺术风格：屠格涅夫以诗意的眼光看待生活，以抒情笔触表达对生活的热爱与依恋，其作品往往具有一种怅惘、柔弱的色调，一种淡淡的忧伤；托尔斯泰具有思想家的宽阔视野与胸怀，既能把一个时代的社会生活全景尽收眼底，又能捕捉人物心灵的细微颤动；而陀思妥耶夫斯基则注重人性内在本质的发掘，即鲁迅所说的运用“精神苦刑法”来“描绘人的灵魂的全部深度”。如果说，屠格涅夫的作品具有“诗意现实主义”风格，托尔斯泰坚守的是“清醒的现实主义”，那么，陀思妥耶夫斯基则因其擅长运用内心独白的手法，注重写梦境、幻觉和下意识活动而被称为“现代主义的鼻祖”。三位作家的卓越成就和鲜明个性，既使我国读者看到了俄罗斯文学的丰富多样，也分别培养了具有不同审美取向的读者群。

三、20 世纪俄罗斯文学在中国的影响同样深远

20 世纪俄罗斯文学在中国的影响同样深远。高尔基的自传三部曲《童年》《在人间》和《我的大学》，描述一个父亲早逝、母亲改嫁、只读过两年小学的儿童在深重的苦难中崛起的经历，影响了无数出身贫寒、不甘沉沦的中国青少年。在当代中国广大读者中，仍然可以感受到高尔基作品的巨大影响力。笔者的一位朋友谈到《在人间》对自己的深刻影响，说“高尔基在苦难中锻造自己的英勇与悲怆，震撼着我灵魂深处的卑微与平庸，驱散了浮躁与阴霾，使我仿佛领受了某种神谕，得到了一次灵魂的洗礼”。我的一个学生说，《我的大学》“是我生命夜空上的一颗明亮的星辰”，它“伴我度过了无数迷茫失望的日夜”。还有位大学生这样谈到自己的阅读体验：“我曾经因为高尔基的‘无产阶级文学奠基人’的头衔便武断地认为，他的作品必定是口号式的、图解政治的、充满高大全式人物的毫无

文采的一类。这种偏见差点儿使我与这位大师擦肩而过，失去了与之结识和交谈的机会（足见偏见比无知更可怕）。在我欣赏了他充满音乐感、色彩感、立体感的饱含激情的文字，领略了他的不同凡响的魅力之后，我不禁脱口而出：'久违了，现实主义！'”任何一位读者，只要不局限于某些文学史教材和评论的人为曲解，而是直接走进高尔基的作品，就必然会有和这些读者相同的阅读感受。

20 世纪俄罗斯的另一伟大作家帕斯捷尔纳克，虽然早在十月革命前就已步入文坛，但由于种种原因，直到20 世纪80 年代中期以后，他的作品才开始进入中国读者的接受视野。不过，这一迟缓的接受并未妨碍他迅速成为最受中国读者欢迎的俄罗斯作家之一。他作为一名知识分子的历尽沧桑的遭遇，他的《日瓦戈医生》等作品所触及的世纪性主题和深邃意蕴，他对自己及其所属的那一代人与时代的复杂联系、对他们的共同命运的独特言说方式，都使中国读者产生了一种特殊的亲切感。当充满苦难、奋进、困惑和沉思的 20 世纪走完自己漫长的行程，当人们开始以上一个世纪“过来人”的眼光回望历史时，他们似乎突然感到，帕斯捷尔纳克其实早已在用他那诗意盎然的笔触书写 20 世纪知识分子的命运，吟咏他们的追求与失望、幸福与苦难、迷惘与梦想，发出了对时代的叩问。人们似乎在这位诗人那些“零散的抒情日记”中读出了自己的精神传略。我国作家张抗抗在 1989 年曾写道：“因着复生的《日瓦戈医生》和《阿尔巴特街的儿女》，在我临近四十岁的时候，我重新意识到俄苏文学依然并永远是我精神的摇篮。”一语道破了俄罗斯作家作品与中国知识者的深刻精神关联。

毋庸讳言，时至今日，中国当代作家把目光投向了更广阔的世界，注意吸收各国作家的艺术经验。正如作家王蒙在20世纪90年代曾说：时至20世纪80年代，“苏联文学在中国的影响，特别是对于当代中国作家的影响，呈急剧衰落的趋势”。这并非一种令人遗憾的现象。遗憾之处在于，由于当下学界和读者对于俄罗斯文学缺乏关注和热爱，妨碍了我国当代文学以足够的耐心再度面对并重新审视自20世纪80年代后期起日益显示出完整面貌的20世纪俄罗斯文学。不知是一个接受俄罗斯文学的最佳历史机遇已然过去，还是一个更合适的接受氛围尚未到来。但是我们有理由相信，随着中俄两国的文化交流的日渐频繁，只要俄罗斯文学本身依然是一种具有价值和特色的、不可忽视的文化存在，它就必将继续得到中国广大读者的喜爱，继续以其丰富的内涵和独特的意蕴充实与滋润我国广大读者的心灵。

◇ 作者简介 ◇

汪介之，1986年硕士毕业于吉林大学中文系，现为南京师范大学文学院教授、文学研究所所长。

林园杂记

王宛平

今天想起来，那么大的一个林园，竟然曾经是那个叫林森的国民党四川省主席的私人别墅，我的童年和少年的大部分时光都是在那里度过的。那时候，林园是一所军队院校，不过那时我太小，不懂什么园林建筑，但想必，那些楼宇和花园都是有讲究的。

进入20世纪90年代，林园渐渐有一些名气了，因为在几部历史电影中出现过林园，当然只是一角，比如石桌，几个石头凳子等，“文化大革命”前，那地方一直保持原样，“文化大革命”中，几个石凳子少了，电影里的石凳子想必是后来仿造的。

那些石桌石凳所在的假山，是童年时代的我和院里孩子们最爱玩的地方。假山顶上有一个仿明清式大屋顶的房子，是学院的小会议厅，而当年是著名的宋美龄跳舞厅，我不知道宋美龄当年是不是真的曾在这里跳舞，但20世纪60年代初学院的人倒是常在这里跳舞。我对那里最深的印象是有一次某个人在那里举行婚礼，我父亲带我参加，记得那个厅很大，那天却挤满了人，那是我童年参加过的最热闹的集体活动。但在一年中的大多数时候，那里的门是锁着的，窗户上挂着白色的窗帘，那些桌啊椅啊，都静静的，一动不动，很难让人想象，曾经有过的繁华和热闹的场面。一生中，我到过许多陌生的地方，总是看见类似的锁着门的房间，心中便有一种莫名的空旷之感。童年时代，我们一遍一遍地从那些无人的房间旁走过，总想探知内中的隐秘。

那座假山上生着一种藤树，我至今不知叫什么名字，那些树高而且长出长而粗的树藤，一棵树到另一棵树，藤子非常粗，而且极有韧性，院里的孩子们喜欢坐在上面荡秋千，几个孩子一起坐上去都没有关系。在童年记忆中，那些树藤虽然粗大但长得很齐整，走进那个山，有一种枝叶繁茂的感觉。

20 世纪 60 年代前期，“文化大革命”前，是我童年最后的日子，今天回想起来，整个林园，那时可能也是最好的日子。

假山东边就是林森墓。在童年的记忆中，林森墓非常大，它不是高大，而是一种平面的宽阔和广大，人们沿着石阶拾级而上，并没有一种在坟地上的感觉，那地方一直是学院的孩子玩耍和年轻人谈情说爱的一个好去处。传说林森在许多地方都有墓，而真正的尸体并不知在何处。这个悬案在“文化大革命”中被证实。1968 年，有人用了不知多少吨的炸药，炸开了林森墓，那一年我不在重庆，据说炸飞的石头一直崩到西边山上我们住的地方。林森真正的棺木竟然就在这个林森墓中，时隔二三十年，林森的尸体依然保存完好，那些看见的孩子说，林森原来是一个瘦小的老头，尸体旁边堆满灯芯草，人们说，就是因为这些草，林森的尸体才保存完好。

1970 年夏天，我们家离开重庆，搬到北京。1971 年 1 月，重庆最冷的月份，我参军后从新兵连分配到重庆，又回到了林园，那时候，我刚满十五岁。相隔半年，在十五岁的军人眼里，林园变了。

我在林园当了四年兵，整个少女时代，我住的地方是老林园东边的新院，当然，只几步之隔，但四年中，我极少到老林园这边来，偶尔经过，我也再找不到当年那种树藤繁茂的感觉，那些假山，变得秃败，那些藤树好像稀少了，短粗了，再也没有孩子坐在上面玩，好像，孩子们也少了。

后建的纪念碑被炸掉后，那地方就成了一片废墟，那些巨大的石头乱七八糟地躺在地上。林森墓是林园的主建筑，林森墓被毁，整个林园也就败落了。直到我退伍离开林园，林森墓一片萧条。

1987 年，我重返林园，林园最大的变化是重修了林森墓。据说因为林森侄女要来扫墓。林森似乎并没有自己的一儿半女，这个侄女是比较重要的亲戚。新的林森墓就是为了这次扫墓而重建的。

重建的林森墓与我童年记忆中的林森墓比较吻合，依然是中国古典帝王式墓穴样式，平面而庞大，不像从前的造反派纪念碑笔直地高高耸立，唯一的区别是新林森墓镶了一个石雕的巨大的青天白日国民党徽章。记忆中的林森墓是没有这个徽章的，但那是后来拆除的，还是从来就没有呢，我不知道。这个徽章把我童年的记忆完全破坏了。据说林森的侄女并不知林森墓曾经被破坏的事，对这个新建的墓也没有什么不满，扫墓仪式一定非常郑重其事，各级党政要人陪同前往。而那一次扫墓后，不断有海外游子来这里观光和扫墓，那个国民党徽章就在这个共产党培养军官的军事院校留下来了，不管多么奇特，它确是“文化大革命”后中国独特的一景。1987 年的林森墓前是一个小花园，有花架子，有长椅，我去的那天是礼拜天，花园里坐着一些年轻的军人和一些穿便装的姑娘。陪我的同学告诉我，那是学院跟地方某技校组织的一种交流活动，旨在促进军民关系，据说两校经常在一起举行跳舞之类的联欢活动。20 世纪 80 年代末的中国青年喜欢跳交谊舞，许多爱情故事在跳舞的音乐和旋律中发生。

那些年轻的军人和年轻的姑娘们在交谈，边谈边笑，笑得有些忸怩，那个国民党党徽，高高地俯视下来。多少年后，我见到一个父亲是国民党军人的台湾商人，我对他说起林森墓和国民党党徽，他静静地听着，不置一词。20 世纪 90 年代，已经没有人关心这些事了，可能只有我们这些林森墓下长大的人，才会对此耿耿于怀。

从我家搬到林园，那里就已经是军事院校，在我们这个院校之前，是另一个地方的步兵院校，总之，这个地方从国民党手中接过来，就是共产党培养军官的地方。因此，一进学院大门就是一个非常大的用于未来的军官们训练用的操场，而我一直不明白，这么大的操场，林森别墅时代是做什么的?

操场旁是一条长长的笔直的林荫道，道两旁是排列整齐的法国梧桐，花工们每年都要修剪树叶，这些梧桐树不往高长，只往宽长，渐渐伸展，长长的秀气的枝条，从道的两旁挨近着，漂亮的可入画的大叶子，将那条柏油道遮得严严实实，在北方，似乎也有法国梧桐，但我再没见那么美丽的了。

那条道是有人打扫的，在我童年时代，那条道似乎包含着某种命运的象征，我们那个学院许多著名人物都打扫过那条道，那些秋天落下的树叶，斑斓的黄色，大而丰满，非常漂亮地撒满一地，那些有名的人轻轻地扫着这些美丽的叶子，躬着背，弯着腰，那些黄叶堆积成松软而庞大的一个小山，当地人会捡了去烧火。

那已经是“文化大革命”时代的事情了，更早以前，那条道上除了匆匆而行的军人，也有慢慢地走、散步的非军人。

闭上眼睛，眼前会出现一幕非常鲜明的画面：一个中年男子，面容苍老，表情麻木，穿一身旧了的中山装，背着手，用电影上演员那样做作的方步，非常缓慢地走过，那条路上撒满落叶，有时候，他身边会走着一个神情忧郁的秀气的小女孩……

这幅画面留在脑子里已经三十几年了。

他姓毕，父亲是我们那个学院的副院长。一般军事院校的领导都是军队干部，不是打仗的就是军队政工干部出身，而我们这个学院是一个技术学院，院领导中，只有毕副院长是技术专家，一位真正的专家，从国民党那里保留下来的。

因为他父亲的缘故，他在我们院里才变得引人注目，在我漫长的童年和少年时代，他的故事是我们百听不厌的精彩故事之一。

辨认他非常容易，在一个军人世界，穿便装的人是很扎眼的。他穿一身藏蓝的中山装（为什么是藏蓝的？也许是灰色的？藏蓝可能跟那些落叶的颜色比较相配），是有文化的人，曾经的清华高才生，他一定知道颜色的搭配。

从我知道他那天起，他就是疯了的，但印象中的他和常人的区别并不大，他不像有些疯了的人，怕人，喜欢躲在阴暗背人的角落，他是经常出现在众人面前的。那条林荫道，离他家很远，而且是本院的主干线，上下班的人和放学的孩子们都会从那里经过，而他则在这样密集的人群中，从从容容地走自己的路。

“文化大革命”前，人们知道他是疯子，但没有人敢当面这样说他。“文化大革命”前，他的父亲——毕副院长是非常有威信的，各级军官们教自己的孩子尊重副院长的独生子。院里的孩子见到他会感到好奇，但不害怕，他从来没有露出和正常人的差别，除了不爱说话和不理人。

他的疯据说是因为情感问题，那些爱传闲话的家庭妇女把他的故事编得有声有色。据说他爱上了一个漂亮而风流的女孩，女孩不爱他，当然是爱别人，他因为失恋就疯了。

一个简单的故事，一个过去时代的故事。只是，出现在我儿时记忆中的他显得非常老，至少有四十岁了，这样一个浪漫的悲情故事和他非常不合适，而且，当我们知道他的故事的时候，他已经有了老婆，既而有了女儿。

学院各级官员们的宿舍按照等级分布于学院不同的位置，我父亲那个级别的宿舍在学院西边的山上，山上砌了一道砖墙，墙外边就是当地农村，用我们的话说，就是老乡们住的地方。儿时，院里的孩子管老乡的孩子叫野孩子，那种叫法也不是一种鄙称，就是一种概念的划分。

“文化大革命”期间那道墙塌了一大块，老乡的孩子很方便地出出入入，和院里的孩子成了朋友。

有一个叫毛狗的小伙子和我们那排房子的男孩成了朋友。他家就住在墙那一边，他经常走过那道墙，到这边跟我们这里的男孩子玩。

毛狗是一个秀气，有些内向的孩子，不太像农民，当地农民的孩子脾气很暴，爱骂人，但我从未听见过毛狗骂人，院里的大人也都喜欢他。他们一家人都不太像农民，后来人们说，毛狗父亲曾经是国民党军官，或者是什么地主一类，总之，毛狗家的成分是很高的。

毛狗在我们院是有些名气的，因为他有一个有名气的姐姐，他的姐姐叫碧秀或碧珍，就是毕副院长的独生子——也就是疯子的老婆。她走路的姿势显得很笨，脚步很重地走路，见到人的时候显得很戒备。她是一个明白人，她知道自己的身份和地位。她的长相是很地道的四川女人模样，眼睛很大，胖，圆盘脸，个子也高，她没有她弟弟长得秀气，或许是她年纪已经大了，在我儿时的眼中，她也有三十多岁了，家庭成分高和年纪大，使她作为一个共产党高级干部疯儿子的儿媳妇，是可以理解的。疯子虽然疯，但并不打骂人，而且还有生育能力，从我知道这个女人的那天起，就看见她带着她和疯子的女儿，那个名字叫小秋的女孩。

小秋有着疯子家的特点，毛狗家的四川人特点是五官大，脸也大，小秋则是秀气的，五官中隐约可见毕家那种知识分子家庭的聪慧灵秀。这些在疯子脸上也是能看到的，只是蒙着一层厚重的晦气呆气。

小秋和她父亲另一相像之处是不爱说话，也很少笑，那么小的孩子正是笑和闹的年纪，但她显得非常老成，和父亲或母亲走在一起，沉默无语。奇异的是，她小小年纪就有些驼背，疯子也有些驼，她那些特点像极了疯子，令人看着有几分心惊。

我已记不得疯子娶媳妇是“文化大革命”前还是“文化大革命”后了，想必是“文化大革命”前，因为“文化大革命”开始，毕副院长就倒霉了。“文化大革命”初期，军事院校也无可避免地卷入其中，毕副院长作为反动学术权威和国民党遗留下的专家是当然的打倒对象。毕副院长被造反派抓走，不久就传来消息，毕副院长的老伴自杀了。那是我们院“文化大革命”中唯一自杀的人。

毕副院长夫人是一个家庭妇女，印象中是一个小脚老太太。

也许就在毕副院长被关起来的那些日子，疯子参加到扫马路的队伍中。

奇怪的是，扫马路的似乎都是些穿便衣的男人和女人。我记得有一个有着奇怪名字的老头，穿一身厚厚的蓝制服，他性格非常懦弱，怕所有的人，孩子们最爱欺负他，见他扫马路，就拿石头往他身上砸，把那些扫好了的树叶弄乱了，盖住他的脚面。他只是生气、跺脚，但不会骂人，不会发火。

他叫卢祖谋，是一位专家教授。“文化大革命”后，不知所终。

还有一位姓朱的老教授，他喜欢穿不佩戴领章帽徽的军装，也是一个性格非常温和的老好人。我当兵后，他已经恢复工作，和我们一起安装机器，我们叫他老朱，从前他是教授，而我当孩子的时候，他在扫马路。我在和他同事的过程中，一直没有很好地尊重他，那时我十五岁，骨子里还是一个顽劣的没有是非感的野孩子。

疯子似乎也扫过马路吧，那时候，疯子的地位再无可保障，孩子们见他就会追着打和骂。疯子很快就消失了，据说，住进了歌乐山精神病院。

那时，歌乐山在我们心目中是一个非常恐怖和神秘的地方，历史上残忍地杀害共产党人的中美合作所渣滓洞、白公馆就在那里，现实中的精神病院也在那里。疯子在精神病院住上一段，又会回来，然后再住进去。

疯子女人和他们的孩子频繁出现在我们周围，是在毕老太太死了之后的事。疯子的女人据说上过高中，但她身上没有知识分子味道，她显得世故和俗气，在她身上，反倒不如她那总是打赤脚的弟弟毛狗更有些大家气质。但她的女儿则是个异类，有着超凡脱俗的气质，小小年纪的她，身上就笼罩着一种悲剧感，使年长的人们看到她心里就会有些暗暗的。

20 世纪 80 年代初，我弟弟的同学在南京通信学院上学，毕副院长已经调到那个学院做了院长。在我记忆中，毕副院长一直是一个白发老人，他却一直工作到至少 20 世纪 80 年代中期，我弟弟的同学并不知道疯子的事，当然，也不知道疯子媳妇和小秋的事。

毕副院长若活着，该有九十岁了吧；小秋若活着，也应该是年近四十岁的成年女人了。

疯子呢，好像是死了，死在精神病院，他的死，最伤心的可能是他年迈的父亲，这个父亲从他变疯那天起，就白了头吧，唯一的儿子，聪明的儿子，上了清华，却为了一个女人，成了废人。他使他的父亲失去了壮年时代的豪情，使他的母亲失去活下去的动力。他还给这个世界增添了一个秀气却显然并不愉快的女孩。

这个女孩现在过得怎么样呢?

◇ 作者简介 ◇

王宛平，女，1982 年毕业于吉林大学中文系，现为编剧、中央戏剧学院戏剧文学系副教授。

晒晒我的“音乐梦”

杨　冬

按理说，梦是不能晒的，一晒就没了。这就像草叶上的露珠，再美也经不起阳光的照射。但我的“音乐梦”本来就是有一搭没一搭的业余爱好，晒没了也无所谓。再说，班博本来就是叙旧、闲聊，既非课堂，也非论坛，只要大家读着开心，我的愿望就算实现了。

说来见笑，我从未接受过正规的音乐教育，也不是什么“发烧友”。但少年时代的我，确曾做过一段“音乐梦”。大约小学三四年级的时候，我二姐曾带我去上海音乐厅听过几次交响乐。从此以后，我就对优美、神奇的古典音乐充满好奇。在我一再请求下，父亲带我去南京西路的一家琴行买了一把小提琴，花去近三十元。教我的老师是我小学同学的大哥，一个有点失意的高中生，他没有考上大学，便在家里玩音乐。

但要学小提琴，首先就应该学会五线谱。我不好意思再求教那位大哥，就开始自学。好在我二姐是幼师毕业的，在一所小学当音乐老师，家里正好有一堆音乐教材。短短一个星期，我就弄明白了钢琴的键盘是怎么回事，也就弄明白了五线谱是怎么回事。又过些日子，我就可以无师自通地读谱了。从此，我就照着《霍曼小提琴教程》按部就班地练琴，家里总是响着吱吱嘎嘎的琴声。我的两个姐姐也都喜欢听音乐，不知从哪儿弄来一台电唱机，借来一摞唱片。于是，我便知道了贝多芬、柴可夫斯基、德沃夏克、格里格、约翰·施特劳斯，也知道了马思聪、刘诗昆和俞丽娜。

上中学后，由于学业加重，练琴的时间少了许多。加上兴趣已转移到文学方面，每天疯狂地读小说，琴技也逐渐荒疏。但真正葬送我的“提琴梦”的，还是在“文化大革命”期间。记得下乡（我是 1969 年年初下乡到吉林省延边地区的）前夕，考虑到自己家庭出身问题，而拉小提琴显然又属资产阶级情调（何况我只会那本霍曼的练习曲，不会拉革命歌曲），我便拉着一个同学去了南京东路的一家旧货商店，将那把小提琴卖了十六块钱。从此，我以为自己告别了“音乐梦”和“小资情调”，可以做一个意气风发、改天换地的知青了。

谁知下乡第一年秋天，我就患了黄疸型肝炎。来年开春，村里人为了照顾我，就让我去山上放牛。其实，放牛也是一件苦差事。且不说每天天一亮就要赶着牛上山，傍晚才回到村庄，就是那种寂寞、无聊也难以忍受。于是，我就天天对着牛群唱歌，对着山野狂叫。先是唱革命歌曲，一唱就是十多首。但每天重复唱同样的歌，恐怕连牛都听烦了。后来就搜肠刮肚，把我所记得的那些外国名歌也唱一遍。但我会唱的歌毕竟有限，无非是那本《外国名歌二百首》上的曲目，什么《星星索》《鸽子》《莫斯科郊外的晚上》《桑塔露琪亚》之类的。凡是忘记歌词的地方，我就用“啦、啦、啦……”糊弄过去，反正“对牛弹琴”，牛是不会在乎的。

上大学后，我那点可怜的音乐知识再度受挫。我们班真是群英荟萃，人才济济。张丹的琵琶、张哥的手风琴和冷月娥的小提琴，从一开始就把我吓住了，而刘坚的男声和刘建的女声，也让我不敢开口。至今还依稀记得，有一次班里开联欢会，王宛平上去唱了一首《桑塔露琪亚》，顿时就让我对这位北京女生刮目相看。当时，不少东北同学从未听过这首歌，而我坐在台下却扬扬自得：要知道，这可是我知青时代的“保留曲目”，只是我当年是对着牛群吼，不是对着众人唱的。

毕业留校任教之后，我为了提高英语听力，买了一台国产的收录机，同时也买了不少古典音乐的磁带。如今那台收录机早已报废，唯有那些磁带依旧保存完好。前些日子偶然翻抽屉，发现竟然还有二十多盒。近十年来，随着居住条件的改善，我添置了两套音响，一套放在书房，一套放在客厅。那些磁带也早已被 CD 和 VCD 的古典音乐碟所取代，把我的书柜填得满满的。去年暑假闲来无事，我便开始整理这些年来陆陆续续淘来的音乐碟，编了一本目录。这一编不得了，我发现自己竟如此富有，足足有四五百张音乐碟，几乎涵盖了一部从维瓦尔蒂、巴赫到巴托克、勋伯格的较完整的西方音乐史。当然，我也收藏了不少西方音乐史方面的书籍，也有三四十本吧。于是，我私下知道，当年的“音乐梦”终于又在我晚年将至的时候找回来了。

最近读李欧梵的《音乐札记》，真羡慕他的“音乐往事”，才懂得什么是真正的“发烧友”。他当年在美国任教，可以常常去赶欧洲的音乐盛会，聆听过许多著名指挥家和顶级乐团的音乐会。我一个中国的穷教师，无非是淘点儿音乐碟而已，而且多半还是盗版的。长春的音乐会倒是赶上过几次，包括殷承宗的钢琴独奏和盛中国的小提琴演奏。前几年去北京，还看过余隆指挥的爱乐乐团，看过俄罗斯国家芭蕾舞团的演出。但长春的听众素质太差，有一次某个奥地利乐团来长春献艺，满场都是叽叽喳喳的小孩和家长，几个记者台上台下地拍照，真是败兴。幕间休息时，不知何故，有个电视台记者拿着话筒找我采访，我当时正在气头上，只扔下一句话：“请那些没教养的记者滚蛋！”然后就退场回家了。

走笔至此，我似乎已偏离了本文的主题，变得有点“愤青”了。“愤青”就“愤青”吧，反正是同学之间的交流。说真的，让我感到悲哀的是：如果说欣赏古典音乐是一种教养，那么，不知从何时起，我们的国民素质已变得如此之低，已无法欣赏人类最优秀的艺术。而一个缺乏教养的民族是可悲的，也是可怕的……

◇ 作者简介 ◇

杨冬，1982年毕业于吉林大学中文系，现为吉林大学文学院教授。

门外谈兰

王学谦

一

老实说，我对君子兰丝毫没有好感，觉得它就像中国股市一样神秘莫测，难弄啊！难伺候，不太地道。

我曾经养过一棵。那是20世纪80年代初吧，君子兰正疯狂，近乎价值连城。朋友送给爸爸一棵，据说是好的，值多少多少钱，如何如何……他讲得滔滔不绝，眉飞色舞，眼看就要变成了百万富翁了。那就养吧。印象里君子兰讲究宽，看看那兰是挺宽的，全家都觉得是好花，就使劲养。瞪大眼睛整天盯着，恨不得第二天早晨就鲜花怒放。

我那时正放寒假，闲暇的时候，也总是去端详它，睡觉前也瞅上几眼，第二天早上再看，希望能看到开花的迹象。眼看春节了，我干脆把它抱到了炕头上，温暖它，用小耙子给它挠痒痒——松土，给它加强营养，除了生猛海鲜没给喂，植物喜欢的好吃的差不多都供奉给它了，给它喝水都试试温度。我就像伺候皇帝的太监似的，伺候它，还是白搭，一点儿动静都没有。一直到我开学，每一天它给我的，除了失望，还是失望。我想，这君子兰也太能装了吧！是不是总把自己当成皇宫里的贵族！

现在，我回想那棵兰，竟然想不起它的下落，是给人了还是死了，或者是放在窗外丢了？怎么也想不起来。也许我当时就给它判了死刑：不是我养的花。

去年，去青怡坊买花，大的小的买了一面包。临走的时候，从君子兰柜台走过，看了几眼君子兰，老板好一顿推销。我说，咱弱智，不懂哦，咱是农民，不想养那种皇宫里流浪出来的残花败柳。不过，还是买了两棵最便宜的：老板给我挑一棵，我自己假装明白，挑了一棵。这回我对它是毫不客气：别给我装贵族，到我这儿人人平等，你只能和其他花一个待遇，要死要活由你选。就把它放在了一个角落里：北门台上，把大门吧。

转过年来，这俩家伙表现不错，没死，还有些长劲。长得小盆都觉得小了。春天的时候，在市场买菜的时候，又买了点儿君子兰土，胡乱换了盆。浇了豆浆渣沤的水，给它加强营养，作为一种奖励。不过，味道太霸道了。结果，遭到妻子、女儿的严厉批判，她们一致认为：我不仅把自己变成了锅炉工人（我抽烟多了点儿）——把自己书房变成烟囱，还要把客厅变成厕所。我自知理亏，只好作罢。不能只讲花权，不讲人权，更不能不讲女权啊，况且，女儿正准备高考，惹不得。但我还是给它们提高了待遇，把它们调到我的客厅的南阳台窗下，给它们大放光明。

一天傍晚，我在我的楼台上放风，给我的牵牛花浇水。我突然看见窗里的一棵兰有些异样，原来芯里冒出一个箭。这不是要开花吗？我欢呼雀跃，把老婆也惊动了，她的兴奋不亚于我。第二天，立刻弄来两灌啤酒，说，我问别人了，浇啤酒，不夹箭。我就浇了啤酒。没过两天，就开花了。一共六朵，陆续开的，现在，最后一朵还在开着。

我又给它调到大厅的阳台上，让它格外耀眼。于是，我就像现在这样，忽然来了养兰的热情和强烈的冲动，整天神魂颠倒地研究君子兰。

我仔细看看，开花那棵，正是我挑的那棵：缘分啊。高考前的那天，我对女儿说，你看看这花，保你好运，金榜题名。

二

君子兰这东西，怎么说呢，和钓鱼、打猎、打麻将、玩鸟、玩车、小孩打游戏……没啥区别，都是一种奇妙的心性所致，它就是一种植物，却把那么多人弄得五迷三道、疯疯癫癫的，真是人心莫测啊！

我从来都是远看君子兰，敬而远之的。可是，最近，一棵蔫了吧唧的小破兰（贼破贼破的）竟然开花了。我也心花怒放，忽然像着了魔似的，天天摆弄它。而且，又买了几棵破兰，青怡坊门前老大妈卖的，叶子像笊篱似的，抽抽搭搭的。

缘分啊缘分，啥是缘分，这就是啊！

我昏天黑地地苦学兰技，结果还是一头雾水，心里没底儿。那些胡乱杂交的品种，什么圆头、和尚老道、立板平板、叶脉崩凸之类的……乱七八糟，云三雾四，横看成岭侧成峰，怎么看怎么蒙。

今天忽然茅塞顿开，悟出兰道。君子兰的品质就在于顽强坚韧，无论怎样都活着，活着就是幸福，就是美丽。我的标准是：不死的花，就是最好的花。把君子兰养死，可能比离婚更难。

还有，养君子兰比养狗更好玩，它肯定不会挠你脚心，只能使你赏心悦目。

三

众所周知，君子兰本不是国货，乃是舶来品。但是，它一旦在东北生根开花，就打上了东北人的心灵烙印。正所谓“橘生淮南则为橘，生于淮北则为枳”。这自然就有了“国兰”这个名称，正如乒乓球虽然起源欧洲，但我们却不知不觉间就把它称作“国球”一样。

东北心灵即东北文化，文化就是心灵。“文化”是个大词，我们缩小一点儿——从美学的角度来看即从东北美学角度来看，东北美学可以用两个字来概括就是“很野”，用三个字来概括就是“野得狠”[①]。

要想在东北找到精致、成熟的文化遗迹，几乎没有。红山文化是原始性的，满族文化是游牧、渔猎，进关以后才转化为农耕文化。沈阳的故宫、陵寝和北京是不同的。如果你进关以后，就会发现，无论是中原，还是北京；无论是江南，还是西南，都留下了众多的精致的文明古迹。随意就可以看到源远流长的庙宇，假如你在野外方便，也可能浇到一块唐朝的石碑：斑斑驳驳，古气森森。一不小心就踩进了汉朝人的坟墓里。农民打井都能打出秦砖汉瓦。差不多每棵树下都留下某个著名古人的脚印……东北几乎没有这些。

南方文化是镂金错彩、绚丽婉约的玲珑奢华，东北文化却是狂风骤雨、素朴野蛮的剽悍豪侠。东北作家端木蕻良说，东北人崇尚“大”，大的就比小的好，粗的就比细的好，长的就比短的好。东北人喜欢吃炖菜，用 1.2 米直径的大锅猪肉炖粉条子、小鸡炖蘑菇、土豆炖豆角、茄子炖土豆、炖猪爪、猪头、炖狗肉、白肉血肠、煮大苞米棒子。就是现在，一些饭店还在那里支起几个大锅，顾客可以点锅里的炖菜。然后，用大盆把炖菜端上来。喜欢吃生猛蔬菜，大黄瓜、大葱蘸大酱。东北人喜欢穿大皮袄，戴大狗皮帽子，夏天则光着大膀子。东北的工厂也大，大企业、大厂房、大技工，城市

---

① 应该用山东话说。

里是大马路，长长的列车从城市穿过。东北的景色是野景，走进长白山，几乎没什么庙，却到处古树参天，冬天覆盖一层大雪，过去是土匪出没的地方，打家劫舍，大块吃肉，大碗喝酒，好事做尽，坏事做绝，既是英雄，又是王八蛋。长白山其实没什么，就是一座大山，山上有个盆——天池。水很清，瓦蓝瓦蓝的，据说里面有大鱼——天池怪兽。

一方水土养一方花。要想了解南方，就要看兰花。云南大理的兰花是另一种味道，而江浙一带的兰花却更具有兰花的韵味。当然不是有兰花的地方就是南方，而是说兰花恰好能代表南方文化的特点。那种精致、灵秀的绿色，鲜艳的花瓣，连兰花的盆也显出一种古色古香的雅致的意味。好像小桥流水、微风细柳、回廊曲折的园林缩在这小小的花草上，又仿佛古镇悠远的歌声一样，美妙、幽丽。兰花多少有些林黛玉的气质。君子兰浸透着东北的野性之美。君子兰生命力坚韧、顽强，质朴。无论你放在哪里，它都会开花结果。它在中国的历史很短，最多只能追溯到 20 世纪 30 年代的伪满洲皇宫，而兰花却在《易经》中就有记载。从花来看，它是很不完整的。花盆也素朴简洁，就是素烧盆，没有任何精雕细刻的装饰，不着一字，尽得风流。现在还没有专门养君子兰的精致花盆，这是一种遗憾，也是东北文化的显现，东北人似乎还没有完全学会如何更精致一些。土是腐叶土，来自东北的大森林，腐化以后黝黑黝黑的，散发着黑土地的原始气味。再看那盆里的花，宽大、厚实的叶片，像东北猛男的胸膛。兰花是林黛玉，君子兰是薛宝钗，更丰满一些。这是君子兰第一个浪潮自然涌现的美学标准。怒放的花朵却如同东北村姑一样浪漫、泼辣。现在，又流行刚劲挺拔、威风凛凛的剑叶，像东北的大红松树一样，直冲云霄。我有时想，如果君子兰在杭州的话，它可能完全是另一种样子，或许早已被塑造成一个精致的盆景了。不过，现在东北君子兰也渐渐出现了巧妙玲珑的因素，一些微型君子兰也出现了。

四

刚刚接触一点儿君子兰，不懂什么，但是，看了那么多的图片和行家里手的鉴赏，有一个感觉，就是君子兰的美学标准是建立在男权文化基础上的男权美学。

君子兰从皇宫流落民间以后，像一粒尘土一样神秘地漂游。那棵进入胜利公园的君子兰取名为“胜利”，君子兰首先牵扯到战争，从性别文化或女性主义的角度看，战争是刚性的阳性的，是属于男人的世界。在大庙中的那棵君子兰却被俗称“和尚”，而不是尼姑，佛教的世界也同样是男人的天下。虽然尼姑也是和尚，但尼姑在佛教中并没有更高的地位，只有武侠小说把尼姑虚构成武功高强的女人，但这是文人的浪漫想象而已。

看看被认为经典品系的君子兰，如技师、染厂、油匠、圆头等，追溯它们的起源，往往都和一个或若干个男人的名字有关，和女性毫不相干。这些男人在精心养育君子兰的过程中，无形中将自己 / 男人的美学标准灌输进去，是男人以自己的标准打造了君子兰。在 20 世纪 80 年代初期，君子兰在长春突然崛起的时候，其审美标准是非常单一的，大体上是宽、厚、亮、硬之类的。君子兰被塑造得肥头大耳，油光铮亮，一脸横肉，这令人想起当时的“大款”：手里拎着砖头一样的电话，在马路上横着走，高声打电话。多少给人以穷极暴富后的鲁莽、愚蠢、寒酸和苍白。

比起 20 世纪 80 年代，现在的君子兰审美尺度显然是趋向于多元化了。这是一个自然的变化，也是一个必然的发展。审美也是人的欲望之一，对美感的需要不可能是单一的。但是，当下君子兰对美的追求却仍然和人的需要有相当大的距离，其中表现之一，就是仍然局限在男权文化的范围之内，人们往往以立度、硬度、厚度为最高境界，尤其是立度，一棵君子兰如果不是直立或斜立，简直被视为等外品。有人往往喜欢用武士、利剑之类的词汇形容它的美。我在网络上看到两棵君子兰，我感觉它们婀娜多姿，似古典淑女一样含蓄、腼腆，别有风姿，但是，行家们却认为它是飘逸，还是男人性的美学。更有意思的是，大概是在沈阳君子兰展上，我看到一幅广告：男人一样，刚劲挺拔。再看那些兰，真是挺得狠，就如同一排男人的阳具一样。这也太单调了吧。

我无意否定立或挺，但是，我觉得君子兰应该是一个大世界，应该是刚柔并济，阴阳平衡。

五

在中国，大凡穿过鞋子的人，没有不知道温州皮鞋的。那时候，“文化大革命”结束不久，也是广州、上海羊毛衫畅销东北的时候，正如上海、广州的羊毛衫一样，温州皮鞋也遍布我所在那个小城的各种皮鞋经销店。从大商场到小卖店，经常可以看到各类名目的温州皮鞋，五花八门，什么样式的都有，多少钱的都有，可谓皮鞋的千层底，什么都全。既有质量好的，也有一般化的，还有造假的。八仙过海各显神通，令人眼花缭乱。坑害了一批消费者，也包括下岗者、农民工以及农民。穿几天就开裂，或者是打褶了，就如同染厂、日兰一样。整个中国，声讨温州皮鞋的怒骂不绝于耳，尤其是在“3•15”的时候。然而，温州皮鞋硬是走过来了。温州城市升级了，温州皮鞋也打出国门，走向了世界。在欧洲，温州皮鞋，也有它不可动摇的市场。

这就划出了南方的温州，与北方的长春之间的界限。

温州不论如何，没有放弃自己的皮鞋，浙江省没有将温州皮鞋置于死地，甚至采取了一定的保护措施。其实，之所以如此，也是有南方文化的根源的。何谓南方，标准的南方就是以长江三角洲为中心的地带。林语堂说，吃稻米的南方人不善于玩政治，只有吃面条的北方人才能当皇帝。但是，南方人善于经商，善于赚钱。为何善于经商，主要是因为地少人多，不经商就无以为生，不能活命。在中华人民共和国成立以来，南方——温州，就从来没有中断过商业实践，即使是“文化大革命”时期也仍然在秘密地进行商业和手工业活动。温州人，一个普通的农民，可以为几毛钱、几分钱翻山越岭，挑着小货担子去经营，把那几分钱赚来。温州的干部，很多人是早上天亮起床就去自己的店铺，上班就关了店铺去办公室，中午又回到店铺。就是这样勤劳的努力。在“文化大革命”时期，也有很多的乡镇企业，而且非常善于经营。所以，20 世纪 80 年代的波折也无法打断温州人的意志。

相比之下，长春就差多了。本来长春具有一定的独特的资源。比如，长春文化相当发达，这是一个很奇怪的现象。游牧、原始的东北文化传统，却在长春形成了大学聚集一处的现象。长春大学数量之多，可以说是位居全国各城市前列。大学生的数量绝对不亚于温州的经理。还有，新中国第一个电影制片厂——长影，现在也完蛋了，老太太过年，一年不如一年了，但当初无论如何是中国首屈一指的，开电影之先河的。今天好像是电影节闭幕式。一汽是个第一，中国第一汽车制造厂。现在的捷达车也还是可以的。

再有，就是我要说的重点了，即长春的君子兰，君子兰的正宗起源在长春，绝对毫无疑问。山东青岛的君子兰是经由德国人出现在青岛的。目前流行的君子兰的品牌，几乎全部起源于长春。诸如和尚、大胜利、技师、小胜利、染厂、大桥、短叶、老短和新短、小铺……都起源于长春。正因为有这样深厚的传统和基础，才有20世纪80年代前期的火爆。一棵好兰，能换回几套楼房。一棵好兰，可以换一台皇冠轿车，至于一棵小苗换彩电、冰箱就不在话下了。当然，这也是有时代背景的，就是国家机关有大量购买（存在着大量非法、非道德的现象）的行为，才火爆起来的。在君子兰如火如荼的顶峰，长春市将君子兰定为市花（1984年后半年）。然而，在这顶峰的关键时刻，吉林省政府没有抵住国家的压力，疲软了，阳痿了，完全放弃了。把君子兰狠狠地压制下去了。长春市胳膊拧不过大腿，也只能含冤忍辱。从而，造成长春君子兰一蹶不振，多达三四年之久，错过了一个发展自己的大好时光。有个作家叫张辛辛，女的，自以为有文化，写了一篇报告文学：《疯狂的君子兰》，它反映了社会的一种深层心态，其实是完全不懂得过渡时期的中国和过渡时期的市场经济，也不懂得何谓消费。

这就是东北文化，官本位大于商业实践，大于市场经济。这就是东北人，这就是东北文化。这种历史状况，也只能造成君子兰产业的巨大损失。东北人会当官，不会经商，东北人懒惰——一点儿都不勤劳。《暴风骤雨》中的赵光腚是典型的一个例证。东北农民都会说官话，多大的中央领导视察东北农村，东北农民也说不漏。东北工人都以厂为家，把厂子里的东西当作自己家的东西。这一切都造成了君子兰令人遗憾的巨大的波折。

几年过去了，近二十年过去了，长春市又兴师动众，试图打造君子兰产业，也算是亡羊补牢吧。作为长春市公民，我希望这次补牢行为不会落空。

六

在 20 世纪 80 年代初期疾风暴雨般的狂潮之前，君子兰是寂寞的。它静静地伫立在同样寂寞的窗台、庭院之中，只在少数的爱好者那里辗转、流传，私下里昂贵的原始的秘密买卖，在那个时代也只能使它蒙上罪恶的黑纱，无法使它登上大雅之堂。从某些当事人提供的材料推断，20 世纪 60 年代，君子兰就已经在进行私下交易了。没有 20 世纪六七十年代的秘密交易，也不可能有 80 年代的轰轰烈烈。正人君子也许耻于谈利，然而，这却是历史的一面。

君子兰的生命从来就不仅仅是生物学意义上的，而是浸透着社会文化的诸多因素。君子兰的美也不是纯色的，而是杂色的，因为人作为生命体从来就不是单一的，而是丰富的，即使是审美领域，也是功利与唯美之间的混杂。面对一棵兰，我有时不免陷入一种恍恍惚惚的沉思，甚至独自微笑。觉得那些养兰的先驱者们，将自己有限的收入偷偷地变成一棵兰，又梦想着换回更多的钱，倒是非常可爱。生命的意义就在于自由，自由就是按照自己的意志去生活。他们不是诚实地按照自己的意志、欲求去生活吗？比起那些遵循着别人的意志生活的纯洁的“革命者”，他们不是更美吗？

“自己生活”，这种莫名的生命冲动和渴求，当然不仅仅是金钱所能完全涵盖的。我常常想，那些最初养君子兰的人，不论是“和尚”，还是黄技师、染厂经理、油匠师傅、白金龙……一定都是爱花的人，都是养花上瘾，养花入迷，养花发痴的人。就如同陈景润痴迷数学一样，要说他们肩负着什么使命，那是胡扯；他们也不会有意和那个时代对抗，但是，他们却被一种无法控制的激情和心性所驱动，把目光从喧嚣的世界移开，凝聚在君子兰那美丽的身姿之上，在美妙的陶醉之中，建构起自己坚实的心灵花园，其乐融融。这种对自我嗜好、兴趣的固执坚守，恰恰是生命最为可贵的。

生命是盲目的，也是令人敬畏的。过于理性的生命是脆弱的，只有根植于生命本身倾向，才是最坚实的。中国有一句假道学的教训话：玩物丧志。这是典型的禁欲主义理论。其实，一些构筑我们文明基础的伟大人物，他们那些今天被看作伟大壮举的发明、发现，最初也不过是满足了他们自己的“玩心”而已。希腊哲学家苏格拉底说，求知本身就是快乐。看看，知识/科学首先是快乐，快乐就是好玩。中国人还有一个毛病，就是喜欢把时代作为人生的最高标准，以为跟着时代跑就是就达到了人生的最高境界，以至于把个人的东西全部否定掉，个人仅仅是实现时代目标的工具了，现在这个毛病还像瘟疫一样广泛流传。其实，最好的活法，就是按照自己的嗜好去活。任何人都是属于自己的。在那个时代，那些养兰的先驱，做到了这点。

七

有两棵小破兰，四五片叶，是妻子在办公室捡来的。同事打扫卫生，要把一盆枯死的花扔出去，妻子发现，盆里有两棵君子兰，就拔了出来，又在校园弄了点儿黑土，用一个小盆景盆栽了起来。我看它们很可怜，灰头土脸，半死不活的，就给它们换上了腐叶土，又浇了水，放在阳台的角落里。

前些天，我的那棵君子兰忽然开花了，一下点燃了我的君子兰热情。我这才想起那两棵兰，还好，还活着呢。就连浇带喷，把它们好一顿梳洗打扮，天天傻呵呵地看它们，想象着它们将来开花的情景。勤浇勤喷，猛加营养，恨不得立刻就让它们长出几片新叶来。

那时候，我已经开始钻研兰技了，每天都在网上狂搜君子兰的养护技术。再看那两棵兰，心里就有些犯嘀咕，就觉得好像有问题，越看越有问题，怎么长得这样慢啊，不对吧？是不是烂根了？不像啊，对照烂根的若干条迹象，怎么也看不出来。可是，心里又总是放心不下，坐卧不安，在厅里来回乱走。终于忍不住了，干脆换土，亡羊补牢吧。顺便学学换土。

我拿出一个大塑料盆，把那棵重点怀疑对象放在里面，郑重其事地端到了茶几上。先是往外拔，拔了拔，害怕拔断了，没敢使劲儿。

我想，不可造次，不能着急，慢慢来，用手抠吧。抠几下，觉得也不妥，万一把根抠坏，就完蛋了。就拿来一把养花专用的微型小锹，青怡坊买的，楼上楼下一番乱翻乱找，找来一把小镊子。我想，应该研究研究土，就一层一层地慢慢地清理，用放大镜看，发现有很小很小的虫子，不用放大镜几乎无法看到，不多，这些小虫对土壤有什么作用？肯定烂根了，否则，怎么会有虫子。随着挖掘的加深，我更加小心翼翼，忽而镊子，忽而小锹，轮番进行。感到下边一硬，真的见到根了。我又生出一个想法，看看这根到底是什么状态。决定不往外拔根，而是让它纹丝不动。这时，在我的眼里，根已经不是根了，是古墓里的珍贵文物。用镊子轻轻地一点一点地剔，生怕有半点闪失，干脆又找来一支水彩笔，倒一小杯水，用笔一点一点刷。很快让根像浮雕一样呈现在眼前，三只根，一只是淡黄色的，最长，已经弯曲起来；一只短点的，是白色的；最短的也是白色的。没有发现烂的。我放心了，烂根也不是轻易就烂的，只要通风好，浇水透。就找来腐叶土，掺和一些旧土，加了一点儿麻子，温柔地装上土，不紧不松的，它应该很舒服，很幸福。

再连浇带喷，整两遍透水。把兰放在茶几上，觉得这兰特别水灵，比美女都漂亮。觉得自己实在太心急了，差点错怪了兰。

这君子兰是好玩啊，连换土都能训练考古技术。

这时，妻子上来了，“哎呀，你可真能祸害人，看看这造的。”

我说：“我有重大收获，学会了考古发掘，明天就进山给你从坟里挖出一个首饰，立功赎罪。”

过几天发现，这种考古学换土法不影响兰的生长，即没有缓苗的时间，它一直在长。

◇ 作者简介 ◇

王学谦，1989 年硕士毕业于吉林大学中文系，现为吉林大学文学院教授、中国现当代文学教研室主任。

守望精神麦田 执着意义创新

于文秀

屈指算来，我进行学术研究已有二十个春秋，但自觉依然处于“独上高楼，望尽天涯路”和“为伊消得人憔悴”二者兼而有之的阶段，始终觉得自己还处于学术的门外，依然远远地仰望着学术殿堂高耸的塔尖而遥不可及。在治学路上，我从逃离而转向深爱，在文学与哲学、女性与学术的变奏中体味一份人生的苦乐与丰富。

在我看来，学术研究这一职业是崇高而伟大的，它既要探索“头顶的星空”，又要诉求“心中的道德律”；既要探究自然的奥秘，又要关注思想的真谛，因此我更愿用诗意与凝重来描述这一职业的特征。说它具有诗意，是因为它在所有职业中最注重深度的追问、价值的坚守和意义的探寻。说它凝重，是因为一个人一旦把它作为事业，其人生从此就不再轻松。对于真知与意义的追求，对于学术与创新永无止境的探索，需要的是全身心的投入乃至终生的执着，文学研究者更因为是人类心灵家园与精神麦田的守望者而格外有一份心灵的沉重。因为“文学试图为人类回答的大问题是：人活着究竟为了什么？人凭借什么活下去？”（利维斯语）在关乎人类存在的意义探索方面没有任何方式能与文学相比。

说起我的治学之路不能不谈到哲学，我研究的真正起步应该说是从读了哲学博士开始的（当然这只是我个体的特殊性，我没有将之做普适化推广的意图）。1999 年考取哲学博士生后，即在导师引领下，开始阅读文化哲学、西方马克思主义批判理论、后现代文化思潮等方面的书籍，阅读过程的困惑和煎熬自不待言，却有意外惊喜，因为每部著作读后，都令我产生意想不到的思想火花，点燃并升华了已有的文学积累，同时也使我的研究视野不再拘囿于二级学科内，在一定程度上突破了原有的研究范式，促使我有能力关注和参与有关文学与文化方面的热点和前沿问题的探讨，走着所谓的文学的文化研究之路。从对文学新人类的批评，到当下文坛的问题俭省，从对文学评论界对现代性研究所存在的误置误读，到对文化研究思潮的关注研究，都显现了哲学对我或隐或现的影响，也印证了“他山之石可以攻玉”的朴实之理。虽然自己对浩瀚的哲学史的了解只是一知半解，但依然感谢哲学的启蒙和洗礼。

在女性与学术这个话题上，我不想引用某位学者那段著名的女人与哲学相互伤害的经典论说。对于性别与学术是否构成冲突？究竟是否应放在一起来论说？我在此暂且悬置。但男女之间的性别差异是不能否认的，女性在展开自己学术研究的路途上所体味的艰辛与痛苦的确与男性不同，正如艾云所说："理论与批评之于女性，并不总是轻松愉悦、养憩怡神的……女性进入语言，她实际已用鲜活圆润的生命做了抵押与代价，她从此不会再有普通女性那样的闲散适意，她将丧失许多实际生活的日常化内容和常态幸福感，她将遗忘掉窗外明媚的风景而把自己囚禁于斗室，她将以横陈自己的生命为体验方式，在上下翻卷中，她得承受像男人那样在精神领域所必然经历的炙烤与锻打，从此，这女性的灵魂将格外受苦，备受熬煎。"

尽管从《圣经》开始，女性就被定性为主阴的生灵，并被认为不善理性思考和理论研究，但这个世界并未单独给女性按其性别而配置工作与职业，这个社会也从未对女性降低要求，在学术研究中更是如此。从某种程度看，女性身上有着更为执着和进取的特质，对自己的事业更加投入和看重，有时这可能是男性也不能媲美的。同时，女性也为学术研究带来自己的视角和声音，因此，有人说得好："如果这个批评的世界没有了女性的声音，这世界将会显得如此沉闷萧条呆滞了无生机，女性以其慧智兰心之于这世界的另一种努力，使历史更加充满了生动与灵性。"

◇ 作者简介 ◇

于文秀，女，1990 年硕士毕业于吉林大学中文系，现为黑龙江大学文学院院长、教授。

鲁迅，为什么我们总会想起你

郭　娟

鲁迅，死于1936年10月19日，距今已快八十年了。一个人，死了那么久，为什么我们总会想起他？

一

许多时候他是那样一个令人尴尬的存在——

一群人围着刚满月的男孩，向他的父母说着讨喜的话：这孩子将来是要发财的，是要做官的……一个傻帽儿却说，这孩子将来是要死的。说要死的是必然，说富贵的或许是说谎。但说谎的得好报，说必然的遭人打。你既不想说谎也不想挨打，怎么办呢？你只得这样说：“啊呀！这孩子啊！您瞧！多么——啊唷！哈哈！呵呵！呵，呵呵！”

这篇短文题目叫作“立论”，收在他的一本薄薄的小册子——《野草》里。这本捏在手中薄薄的小册子，令人往往读着读着就沉重起来，有时令人起坐不安，有时令人颓唐到极点、绝望到极点，有时令人兴起一种拔剑四顾、心绪难平的激越。

很多时候他就是那个说真话而遭打的人。不是吗？想想看，当孩子们开始大背《论语》《三字经》《弟子规》，当大人们熨帖地喝着于丹女士煲制的“心灵鸡汤”时，突然听到他在一旁呼喊：

在中国写满“仁义道德”的古经卷册中，字里行间闪着“吃人”二字！

中国历史是排着吃人的华宴的历史。

中国的路上，挤满了爬和撞的人们。

中国人的生存状况自古有两种：一、做稳了奴隶的时代；二、想做奴隶而不得的时代。而前一种就是百姓要念阿弥陀佛的盛世了——

这是多么煞风景啊！简直是捣乱！可恶至极！

他的书被禁于中华民国时期，文章有时被删得仿佛作者得了错乱病，传他得了大脑炎、被流弹炮火击中之类谣言此起彼伏……他曾激愤地说，败坏普罗米修斯不必让老鹰啄食他的心，只让些蚊子、苍蝇、跳蚤去吸他的血，在他头上拉屎，臭他、埋汰他，就足以让英雄死得不明不白地难堪了。然而他说，有缺点的战士也是战士，再完美的苍蝇也仍是苍蝇。他执着，变换种种笔名，写他的《伪自由书》《准风月谈》，将密不透风的铁罐子捅个窟窿，让压抑的中国人透一口气。

他生前就有数不清的论敌，其中不乏有名有姓、有头有脸的人物，他们有各色好名称：慈善家、学者、文士、长者、青年、雅人、君子……他们穿着的好看的外套上，绣着各式好花样：学问、道德、国粹、民意、逻辑、公义、东方文明……他们有的本是官家鹰犬，有的却是政府的帮闲，也有官家、百姓两面讨好的"二丑"，有为虎作伥借以得一点儿利的高等华人，也有吃过洋面包、臭起司而发昏地主张"费厄泼赖"的"海龟"，也有借向他寻衅而期待被一骂成名的文坛混混……翻翻《鲁迅全集》，这样的人物还真的得计，其实他们远不是够分量的对手，若不是被鲁迅骂在他的雄文里，谁会记得他们？鲁迅骂人无数，却坦然说，其中没有一个是他的私敌。

然而关于他的刻薄、偏激、褊狭、睚眦必报、好斗、刀笔吏这些恶名，即使在他死后，即使现在，也始终如苍蝇的嘤嘤嗡嗡，败坏他的声誉。但无数哀告无门、无刀无笔的人，却从他的"呐喊"乃至他的"彷徨"中感到心意相通的温暖、勇气和力量。

鲁迅先生的人格魅力，首先在于他的真。他呼吁人们"睁了眼看"，他敢于"直面惨淡的人生"，他善于掀开各式各样光鲜的"瞒"与"骗"

让麒麟皮下露出马脚来……

他的“真”洞穿过去与现在，直向我们发问：你如何“立论”？

二

我有时会细细端详鲁迅的照片，一张一张，单人的、合影的。他沉静、严肃，与人有距离感，望人的眼神的确有怀疑的神色。和他同时代、与他近距离接触过的人形容他的面色常常是灰黄的。

他对于国与国人是有过深深的绝望的。那样深刻的洞察力，在那样黑暗的时刻，必定有深深的绝望；那样热情的呐喊呼号，遇到冷冰冰的现实，必定有深深的绝望。

“……于浩歌狂热之际中寒；于天上看见深渊。于一切眼中看见无所有；于无所希望中得救。……”（《墓碣文》）

在他的小说《药》中，革命先驱者牺牲的血，被愚昧民众蘸了馒头去医治儿子的病。这是何等的悲哀与惨烈。

最让他痛恨的国人的麻木、愚昧与怯懦，都在描写中的如鸭一般抻长脖颈、张大嘴巴的“看客”的呆傻相上曝光、显影，并且他预言，这样的国民终将被人“倒提”着，如鸡鸭般被屠戮。

事实上他对于国人的更深的绝望，源于他对中国古文明有这样的惊疑：没有吃过人的人，还有没有？同时使他伤感的，更有同一战壕的人莫名的打击。他不得不一面小心这样的冷箭而侧身迎敌，一面哑巴吃黄连，苦楚不能说。

更多的时候，他解剖自己，诊断自己是“中了庄周、韩非的毒”，有时“峻急”，有时“颓唐”。于是，他开出了看上去颇为偏激的药方，号召青年不要读中国书，要读外国书——因为中国书读了让人麻醉，是僵尸的乐观，而外国书即使是颓唐厌世的，也是活人的颓唐和厌世。

绝望的时候，他曾耽于酒，麻醉自己。他甚至想丢开一切，只管自己度日，不再苦苦工作，攒几文钱，让自己闲适起来，随便玩玩。这些颓唐的情绪、激愤的话，都写在给至亲爱人许广平的情书中，无须隐晦。

他不是没有条件过那样的生活。以他的文名与声望，他可以在政府中谋一官位。他也曾在中华民国初年做过官，任教育部佥事，主管文化工作，他勤于任事，也有所作为。因此走这条路也算得上轻车熟路。当时，他的浙籍先贤蔡元培一直做着中华民国的官；他的老友陈仪还是蒋介石器重的军界要人；他的学生李秉中参加过北伐，也在国民党中，这些人与鲁迅的关系始终亲密。

他也可以不问政治，像他的许多老友，如刘半农、马幼鱼等，进大学当名教授，潜心研究学问。讲小说史，有现成的教案，他的《中国小说史略》，其学术水准之高，是胡适也盛赞过的。

或者就只写写小说，把构思中的唐明皇与杨贵妃的事演绎一番，既远离现实，又蛮有新意，那新意是郁达夫听过他的构思而下的判断，想必也能引起文坛轰动。“诺奖”不是早就找过他吗？虽然他自谦“不配”。不写小说也可以写写幽默文字，他的老朋友林语堂不是在提倡幽默吗？其实鲁迅的幽默比林语堂高明许多，现在看他的杂文都时时为他的幽默叫绝！林语堂的幽默则带牛油气——外国洋幽默，不接地气，再说他也没有鲁迅洞察三世的“天眼”，没有入木三分的深刻，幽默也来得不痛不痒。

他也可以玩玩古董，搞搞收藏。据鲁研界专家统计，鲁迅一生收藏，数量可观、质量上乘，可分为碑帖、汉画像、古陶瓷、古钱币、版画等几大类。其中，石刻 4217 种 5900 余件，中国现代版画 6000 余件，外国版画 4000 余件。这还不包括与周作人闹翻时没有带出的大量古董。中华人民共和国成立后，根据当时国家文物局局长郑振铎建议，鲁迅这批古物被分散收藏在北京鲁迅博物馆、国家图书馆、上海鲁迅纪念馆、绍兴鲁迅纪念馆，此外广州、厦门和南京的鲁迅纪念馆以及国博等处也有少量收藏。所以当个收藏家，鲁迅绰绰有余；且他也有此好，有乐趣。他曾托史沫特莱代购德国女版画家珂勒惠支的原作，不惜金钱，且一买就是十几幅。古物保值增值，衣食可无忧；还可以到处给人鉴宝，挣点儿日常花销，又不失风雅。

他也可以像胡适之博士那样参政议政，温文又始终不懈地批评政府、建言献策以期改良中国政治。当然他脾气不如胡适好，容易起急，不耐烦与政府周旋。他可以出国，那时去苏联、去日本都是可以的，还可治病疗养。在国外生气骂政府，也总比藏在上海租界里更安全。

但他终于不曾那样做。推究其原因，一是对中国不能忘情，尽管故园“风雨如磐”、古国如沙漠荒寂，他仍然肩负、选择了“我以我血荐轩辕”的使命、道路；二是对于恶势力不服，偏要给他们安稳的好世界捣乱，鲁迅的骨头是硬的。他的学生、朋友如刘和珍、殷夫、瞿秋白们的血不能白流。他的对敌态度，是执着如冤鬼、决不宽恕的。

于是，最终他选择做中国文化的批判者（又何尝不是守夜人？）。他见微知著并毫不留情地指出国人精神上的创伤，引起疗救的注意。如果没有鲁迅，我们民族的精神高度会矮一大截。

郁达夫是同时代人中对于鲁迅的伟大与宝贵最早给予热烈颂赞的第一人，他在《鲁迅的伟大》一文中写道：“当我们见到局部时，他见到的却是全面。当我们热衷去掌握现实时，他已经把握了古今与未来。要全面了解中国的民族精神，除了读《鲁迅全集》以外，别无捷径。”又说，“如问中国自有新文学运动以来，谁最伟大？谁最能代表这个时代？我将毫不踌躇地回答：是鲁迅。”

但工作损蚀他的身体。他的灰黄面容有疲惫神色。他生于 1882

年，死于 1936 年，年仅五十四岁。

鲁迅将他生命的光与热，“烧”在他的文章里面，至今我们仍能感受那热量与血性！同样，我们也仍能感受到他的绝望与反抗绝望，因为——“绝望之为虚妄，正与希望相同！”鲁迅的人格魅力正来自他的大爱大勇。

三

也是郁达夫，在参加了鲁迅丧仪后，于 10 月 24 日写作《怀鲁迅》一文，其中有这样严正沉痛的句子：“没有伟大的人物出现的民族，是世界上最可怜的生物之群；有了伟大的人物，而不知拥护，爱戴，崇仰的国家，是没有希望的奴隶之邦。”

今天，当有人拜金、拜物、拜基督、拜观音、信风水，当“表叔”在灾难现场傻笑，当雷政富与情妇恶心全国网民，当海南小学校长带女学生开房，当恶“城管”对卖菜老人拳脚相加……一定有人“出离愤怒”并想起鲁迅。

有人说，今天不再需要鲁迅了，因为孔乙己以论文《茴香豆的“茴”字有四种写法儿》当博导了，不再“窃书”，改网上“窃文”了；资本家的乏走狗，变身精英，论证物价与美国接轨、工资与非洲接轨的合理性；红眼阿义、王胡、小 D 们混入“城管”“联防”，穿上制服，兴奋得脸上“横肉块块饱绽”；假洋鬼子都入外籍，变真洋鬼子，回来大唱爱国高调；华老栓、阿Q、祥林嫂、闰土辛苦辗转，情绪稳定，仍是看客……

听说鲁迅的文章从语文教材中逐渐被剔除了。是因为内容艰深难懂吗？再艰深还会比古文更难以讲解吗？几十年前有个小学生马珏曾这样写道：“在所看的这些小说里，最爱看的，就是鲁迅先生所做的了。我看到他的作品里面，有许多都是跟小孩说话一样，很痛快，一点儿也不客气；不像别人，说一句话，还要想半天，看说得好不好，对得起人或者对不起人。鲁迅先生就不是，你不好，他就用笔墨来痛骂你一场，所以看了很舒服，虽然他的作品里面有许多意思，我看不懂，但是在字的浮面看来，已是很知足的了。”

应该给孩子读一点儿鲁迅。鲁迅曾将渺茫的希望寄托于孩子。他愿肩住黑暗的闸门，放孩子到光明的地方去。他曾大声呼吁：救救孩子！

应该读一点儿鲁迅的岂止孩子？

然而——

读或不读，鲁迅都在那里。

最后谨录郁达夫书赠鲁迅的诗一首：

醉眼蒙眬上酒楼，

彷徨呐喊两悠悠。

群盲竭尽蚍蜉力，

不废江河万古流。

◇ 作者简介 ◇

郭娟，女，1991 年硕士毕业于吉林大学中文系，现为《新文学史料》主编。

山海之间的云烟

韩春燕

又是一个春天。

站在春光无限的辽西，放眼望去，4 月的风中有多少生命正在酝酿着一场精彩的亮相：

种子发芽，草木返青，花儿绽放……

而人，那些活在这个 4 月里的人们，他们也正用这一季的生命，编织着自己或柳绿或桃红的故事。

可有谁知道在这块土地之上，草木曾青了多少次，花儿曾落了多少回？

又有多少或惊心动魄，或慷慨悲凉，或缠绵悱恻的人间故事轰轰烈烈地上演过？

当那一场场繁华的演出在夕阳下谢幕，当岁月的风尘掩埋了一代代风流，有谁知道他们的故事？知道他们的豪情壮志，他们的缤纷梦想，他们的爱，他们的恨……

我们脚下的每一寸土地都掩埋着一座繁华的废墟，那些过往的时代过往的生命层层叠叠，拥挤在尘埃中为命运叹息。拨开厚厚的历史风尘，让我们走近那些过去的岁月，走近那些人，那些往昔的故事……

这是一个翩翩公子，他来自一个文学的江湖，一个武侠的世界，他的名字叫慕容复。《天龙八部》中武功超绝、风姿潇洒的慕容公子，无情、冷酷、偏执，甚至疯狂，他一生只为一个梦，为梦而生，为梦而疯。慕容复注定不是他自己，纵是红颜多情，纵是千夫所指，纵是辜负了无数清风明月韶华时光，他依旧执着地守望心中的复国之梦。而他的全部的不幸是因为他生在一个亡国的鲜卑皇族，因他是担负复国大任的慕容子孙。一个姓氏毁掉了他的幸福，一个出身注定了他的悲剧。那个空幻的理想黯淡了慕容复的生命，凋零了他本该枝繁叶茂的人生。而慕容复魂牵梦萦的故国，那是远在塞外北国的辽西，是刻下他先辈无限荣耀的东北大地。

公元 294 年，鲜卑酋长慕容廆跃马扬鞭，率众从西拉木伦河畔迁居到今辽宁义县西北的大棘城，从游牧到农耕，慕容鲜卑在这里开始了这个民族最辉煌的历史。就是在这里，慕容廆的儿子慕容皝于公元 337 年称燕王，建燕国，开启了慕容家族金步摇般浪漫风情的岁月。这是一个豪杰辈出的家族，也是一个充满神秘气息的家族，从前燕到后燕，再到北燕，作为东北的霸主，辽西的山山水水记录了这个家族威风八面的身影，世世代代传颂着这个马上民族的文韬武略和旷世豪情。

他们相貌俊美，据说有波斯血统；他们发明了马镫，打造了天下无敌的骑兵；他们最后还发明了棺材，把自己的王朝送进了坟墓……

“慕二仪（天地）之道，继三光（日、月、星）之容”，这个叫“步摇”的家族，在将这种西域的花饰带到辽西的同时，也把一个又一个秘密带进了幽暗的历史深处，而这些秘密，或许，只有义县大棘城黑石谷的黑石知道。

历史总是你方唱罢我登场，慕容鲜卑烟消云散，马背上的枭雄契丹人在辽水之滨发祥，源于东胡鲜卑的契丹人在中国的北方创下了二百年的繁华，也书写了一个个不朽的传奇。

在医巫闾山绝顶的大望海山曾经隐居过一个叫耶律倍的契丹男人，纵马迎四季，诗画送春秋，这个文武兼备博学多才的大契丹国皇太子、东丹国国王，畅游于汉文化的海洋，可无论是书香萦怀，还是佳人相伴，都无法驱散他眼神里的阴郁，那一声声松落，一窗窗明月，总是让他想起无法登基的皇位和一个母亲的偏心。

一个优秀的孩子为什么就得不到母亲的爱？望海堂那万卷藏书里一定隐藏着一个契丹太子无法言说的疼痛，以及他那不得施展的文韬武略和逐渐枯萎的万丈雄心。

同样是契丹民族的精英，如果说耶律倍是一个悲情不幸的契丹皇太子，那么萧燕燕则是一个幸福美满的契丹皇太后，可以说，萧燕燕的一生事业成功，爱情甜蜜，要雨得雨，要风得风。

出身名门的萧燕燕，治国有摄政之才，领兵有统帅之能，作为一个女人，只能说上天对她格外垂顾，不仅让她才貌双全、异性倾慕，还给了她在大辽国“女主临朝”的无上权力和荣光。也许，景宗早逝是萧燕燕人生最大的不幸，但也正是这不幸成就了萧燕燕与韩德让一段让史书铭记的爱情。

历史总是男人的，有多少优秀的女子被埋没在历史深处，但也总有一些优异的女人无法不被历史记住，她们摇曳于雄性的历史之中，格外引人注目。比如萧燕燕，这个名闻天下的契丹萧太后，她一生铁马金戈，同时也浪漫多情，以一弱质女流之身，将野心蓬勃、血性十足的大辽控制在自己纤细的手腕下，摄政四十载，创下了有口皆碑的文治武功，圆满了一个女人令人艳羡的一生。

锦州，这片山海之间的灵性土地，孕育了多少才华横溢的生命？

如果说那座闾山绝顶的望海堂里留下了一位东丹王读书的身影，那么二百年后望海堂旁的两间小屋，则印下了另一位契丹才子苦读的身姿。

这个人便是东丹王耶律倍的八世孙，辅佐过元太祖、太宗、世祖的三朝元老，被誉为“社稷之臣”的耶律楚材。

“遥想故园今好在，梨花深院鹧鸪声。”多少年后，耶律楚材在征战之中，每每忆起年少时医巫闾山漫天白雪一样的梨花，仍满怀感慨，十四个春秋里，梨花开了谢，鹧鸪飞去来，可寡母望子成龙的期盼却从未停止过，正是十四年的苦读，成就了又一个载入史册的契丹男儿。

“自怜西域十年客，谁识东丹八叶孙。”耶律楚材始终牢记自己是东丹王的子孙，牢记父母对他的殷殷期盼，作为一个影响了中国历史的人，是他建议成吉思汗西征，是他推行各种改革和善政，是他第一个在我国提出经度概念，并编写了《西征庚午元历》，主持修订了《大明历》。作为蒙古帝国的宰相，耶律楚材的雄才大略为大元朝统一帝国的建立奠定了坚实的基础。

他知天文，晓地理，而他的诗词书法，更为人称道，一代草原帝国的贤相，也是多才多艺的一代文宗。谁能说这片土地平凡？谁又能说这里的历史贫瘠？这里的一座山、一座寺，甚至是一块碑、一棵松、一片瓦都能演绎出一段惊世传奇。

如果说慕容廆和他的子孙们是鲜卑族的英豪，耶律倍、萧燕燕和耶律楚材是契丹人的骄傲，那么明朝镇边大将李成梁的人生则是一个难以解开的历史之谜。

这个潦倒半生，大器晚成的辽东总兵、太子太保，他有着怎样不为人知的心灵历程？这些，史书无法告诉我们，而我们在北镇那座明神宗表彰他的石牌坊上也找不到答案。

四十岁后始有功名，六十六岁被罢免，七十六岁复出山，八十三岁又被免，活到九十岁高龄才离世，这是多么起伏跌宕的传奇一生！他经历过早年潦倒的灰色岁月，也铸就过成功的金色时光，更书写过骄奢淫逸胡作非为的黑色春秋。

他到底源出哪个民族？他与努尔哈赤到底有着怎样纠缠不清的关系？李成梁驰骋北方边塞四十载，他到底是大明的功臣，还是千古罪人？也许，历史已无法给出唯一的答案。

努尔哈赤是否得到了李成梁有心的援手，我们不得而知，但李成梁客观上成就了努尔哈赤这是铁的事实。

可以说，努尔哈赤也很给李成梁面子，他在李成梁死后马上便以“七大恨”起兵讨明。

当年努尔哈赤大败辽东经略熊廷弼和辽东巡抚王化贞，夺取明辽西重镇广宁，势如破竹，却没料到一场劫难已在不远，不管努尔哈赤是否死于袁崇焕的红衣大炮，但他宁远兵败众所周知，当然，不久后，其子皇太极的松锦大捷足以告慰这抱恨而终的一代枭雄。惨烈的松锦大战，松山、锦州、杏山三城尽没，宁死不屈的蹈海者数万众，明朝山海关外，仅剩宁远一座孤城。

历史总是以血腥来完成它的每次转弯，改朝换代必以无数的生灵献祭。

归根结底，芸芸众生在历史中无法逃离炮灰的宿命。

但浩荡的时间大河中，总是有一些满怀梦想的人渴望挣脱既定的生命路线，他们的异想天开往往为人生辟出一条布满荆棘，同时也开满鲜花的蹊径。

李善祥就是这样一个人。

这个辛亥革命后的首任镇海县县长，来自浙江宁波的豪门公子，怀抱着理想主义的激情，在千里冰封的北国，在试种苹果的同时，也进行着他的政治理想的实验。他用行动践行实业救国的理念，也用行动实现他的新村主义梦想。李善祥与陶行知南北呼应，翻版晓庄师范，创建耕余学院，让贫寒的农家子弟半耕半读，将漫山的苹果园，作为社会改造的试验田。

让我们把目光投向一百年前，在这个李善祥创建的乌托邦性质的“太阳城”里，李善祥和百名员工一样闻钟即起，出操、唱歌、上课、从事园艺劳动。人们统一穿着善祥装，同吃同住同劳动，免费聆听来自国内名师的教诲，这种场景，不正是我们中国人苦苦追寻一百年的梦想吗？

可以说，李善祥在关东大地不仅培植出了亚洲最大的生生果园，同时也将一种生生不息的精神播种在了这里。这种精神宛如冬日的阳光，照亮了人们对岁月的期盼。

历史记住的总是一些不同凡响的名字，就在李善祥在锦州南山进行新村实验的同时，随着皇姑屯站日本人的一声爆炸，奉系军阀的大帅谢幕，少帅登场。

作为一代枭雄，大家都知道张作霖这个东北王出身绿林，势力强大，却很少人知道他曾留在黑山赵家庙村的那个辛酸的童年。当年，父亲去世，他们孤儿寡母寄住在赵家庙的外祖父家，小长工张作霖后来娶了赵家庙赵家的女儿，也就是张学良的生母。张作霖在这里由一个孩子长大成人，并娶妻成家，他将赵家庙视为第二故乡，而他的两处家庙，一处设在海城，另一处就建在赵家庙。黑山一带的百姓，因了这个缘由，蒙受了不少大帅和少帅的庇护，黑山的三所新民学校皆因张学良亲自安排建成。

张氏父子一个死于日本人的谋杀，一个因逼蒋抗战的西安事变而被幽禁半生，而在锦州这块土地上，还有一个不得不提的抗日英雄，他就是东北第一支民众抗日义勇军领袖——东北国民救国军司令高鹏振。这个报号“老梯子”的高司令，出身富裕，受过良好的学校教育，并善骑射，能诗文。

高鹏振不仅是文武双全的绿林好汉，同时也是有责任有担当的知识分子，他的那首《誓词》，激荡着中华儿女的热血豪情：“起来！起来！/不愿做亡国奴的人们/民族已危亡/山河已破碎/留着我们的头颅何用？/拿起刀枪，携手并肩/冒着敌人的枪林弹雨往前冲！/用我们的身躯筑起长城/拿起刀枪，携手并肩/冒着敌人的枪林弹雨往前冲！/用我们的身躯筑起长城/前进啊！前进！前进！”

是啊！民族已危亡，山河已破碎，留着头颅何用？高鹏振，这个让敌人噩梦连连的英雄好汉，真正地将自己的血肉筑进了民族抗战的长城。可以告慰这位英烈的是，他的这首义勇军抗日《誓词》最后成了国歌的蓝本，田汉和聂耳的共同努力，使高鹏振和他的义勇军在民族危亡时发出的那一声声呐喊，成了铸就中华民族精神的最强音。

我们这片土地，上演过多少惨烈的断杀，又埋葬着多少英雄的忠魂。每一次参观辽沈战役纪念馆你都无法不心情沉重，有多少年轻的生命为了新中国的梦想，倒在了新中国的黎明之前，又有多少年轻的生命稀里糊涂地成了一个旧的时代的殉葬品。无论是黑山阻击战的白刃搏斗，还是解放锦州的炮声隆隆，刀光剑影里，都有鲜血梅花般盛开。

在辽沈战役的英烈簿上，朱瑞这个名字格外引人注目，因为他是解放战争期间牺牲于战场的我军最高级别的指挥员。这个东北军区的炮兵司令，中国炮兵之父，1948 年 10 月 1 日，倒在了解放军攻克义县的战斗中。他也没有看到一年后天安门广场升起的五星红旗。

锦绣之州，地杰人灵，除了英雄豪杰，它还孕育了无数卓越的艺术精英。从耶律倍、耶律楚材，到萧军、张仃和康殷，漫长的历史时空里，众多的艺术家为这片土地增添了无法言说的神韵。

作家萧军带着他《八月的乡村》和曾经的爱人萧红一起活在中国现代文学史里。这个鲁迅的弟子，毛泽东同志的朋友，以他侠肝义胆铁骨铮铮的男儿形象站在研究者们的视野中。“但得能为天下雨，白云原自一身轻。”作家萧军也是好汉三郎。

如果说锦州人高鹏振的义勇军《誓词》为国歌打下了底子，那么同为锦州人的国画大师张仃则在国徽的设计中发挥了重要作用。

国徽采用庄严的天安门城楼就是他的建议，而不仅仅是国徽，国画大师张仃还有着漫画家、壁画家、书法家、工艺美术家、美术教育家、美术理论家等诸种身份，著名的动画片《哪吒闹海》就是他负责设计的，而他的《房山十渡焦墨写生》等一系列作品，开创了中国山水画的崭新风格。

这个萧军延安时期的搭档，被称为 20 世纪中国的“大美术家”和 20 世纪中国美术的“立交桥”的张仃先生，中华人民共和国成立后，曾担纲新中国的形象设计的重任，主持和参与了国徽、建国瓷、人民英雄纪念碑、开国大典、中南海、仁堂、全国政协会徽、全国政协会议邮票、中华人民共和国开国纪念票等重大设计，为新中国的形象传播发挥了极其重要的作用。

而古文字学专家康殷还是古玺印专家、篆刻家、书法家、画家、考古学家、漆器专家，并熟悉经史、诸子、诗词、戏曲、杂技百工。康殷涉足多个领域，而在每个领域都取得了卓越的成就，他的印石艺术，不但独步印坛，而且被评为国内首家“金石第一人”。

如果说张仃和康殷从是锦州走出去的庙堂艺术家，那么王纶生和庞奉、张相臣等人则代表着锦州这块土地上盛开着的民间艺术之花。

锦州镇远堡（今黑山县）人王纶生就是东北二人转已知最早的艺人老叉婆，三百年前他就在锦州东关老爷庙土台上为来往的商旅官兵演唱这种流动的民间歌舞。一旦一丑转出大千世界，唱念做打酿就万种风情，山海关外、辽西走廊，这融汇了本地大秧歌和外地莲花落、相声、梆子、影调、十不闲等多种民间艺术的艺术形式，在关东大地生根发芽，开枝散叶，生长茁壮。

黑山作为东北二人转的发祥地，历史上出现过许多优秀的二人转艺人和班社，他们在东北大地上行走献艺、传徒授课，使这种充满野情野趣的民间艺术在东北三省遍地开花。

清末，黑山艺人庞奉（庞傻子）艺盖群芳，行艺远及黑龙江、吉林及内蒙古地区，门徒不下百人，遍及各地，成为一代宗师；刘福贵（刘大头）远闯吉林江东，被誉为“江东第一名丑”；张相臣（大玻璃棒子）在吉林教出了吉林二人转代表人物李青山（大金镶玉）等众多传人。

2008 年，黑山县著名二人转老艺人李秀媛（筱月霞）被确定为国家级非物质文化遗产项目代表性传承人。从“高粱红”到“四季常青”，如今，这种从锦州田间地头走来的艺术已名闻天下。

锦州人的艺术才能不仅仅体现在能写能画能歌能舞上，他们的一双双巧手还能剪出一个神奇的世界。北镇的满族民间剪纸在中国剪纸艺术中可谓一枝独秀。

剪刀下的魔术来自民间，医巫闾山脚下的北镇有着深厚的历史文化遗存，那些随努尔哈赤大军迁徙而来的人们用剪刀记忆着自己的民族，这些牵牵连连的图画，不仅仅是一幅幅窗花，一排排挂笺，它们是一个民族的活化石，记录着这个民族的文化，这个民族的生活，以及这个民族的历史。剪纸也是一个地域民俗文化的蓝本，那些千姿百态的满族习俗、色彩斑斓的满族风情、婚丧嫁娶、衣食住行构成了满族剪纸独具特色的内容。一幅剪纸作品可以是一个热烈欢快的劳动场景，也可以是一幕美妙悠闲的生活画面，又可以是一段美丽动人的传说故事，也可以是一个宗教人物、一场宗教活动、一种对人生吉祥如意的祈盼……

在北镇，萨满文化以它的原始、古老和神秘，为满族剪纸增添了无穷的艺术魅力。

医巫闾山的北镇满族剪纸，因它的独特，因它的文化和艺术价值，成功入选联合国教科文组织非物质文化遗产名录，2006 年。医巫闾山满族剪纸入选首批国家级非物质文化遗产保护名录，锦州市民间剪纸艺术家汪秀霞、赵志国被确定为这一项目的代表性传承人。

愿有三百七十多年历史的满族剪纸之花在时间长河里永开不败。

◇ 作者简介 ◇

韩春燕，女，2006年博士毕业于吉林大学文学院，现为《当代作家评论》主编。

伪名儒不如真名妓

——袁枚与杨潮观的一场“诽谤”官司

马大勇

乾隆文坛的重量级人物不少，以言翘楚，则诗文领域，应数袁枚；戏剧领域，要数杨潮观。杨潮观（1712—1791），字宏度，号笠湖，无锡人。雍正初江苏布政使鄂尔泰设春风亭，招揽文学之士，座上贵宾如沈德潜、华希闵等，都是江南老名士，杨潮观以十四岁一童子厕身其间，挥毫作赋，声名鹊起。但正所谓“高才无高第”，他在此后的科举场上一直不得意，乾隆元年（1736）中恩科举人后即再也没能更上一层楼，在实录馆做了一段时间的文字工作后，期满外放，周折于山西、河南、云南各地知县任上，以泸州知州致仕时已年逾古稀，其宦途多舛，亦可见矣。值得一说者，潮观在邛州知州任上买卓文君妆楼旧址筑吟风阁，觞咏其中，即享誉后世的《吟风阁杂剧》命名之由来。

袁枚比杨潮观小四岁，与其相识甚早。《邛州知州杨君笠湖传》

中说二人是“总角交”，似乎有点夸张。乾隆元年（1736），年方二十一岁的袁枚受广西巡抚金𫓩荐举，进京应博学鸿词科考试，杨潮观则以新科举人游京师，这是最早可以考见的交游。此后两人各自浮沉宦海，地域悬绝，似无多联络，但情谊始终笃厚。乾隆三十五年（1770），杨潮观因运输木材之公差，不远万里自邛州来南京随园探望老友。袁枚大喜，有《喜杨九宏度从邛州来即事有作》五古四首记其心境，第一首末四句云：“蔗味老弥甘，交情久更挚。不信扪胸中，三十六年事。”（《小仓山房诗集》卷22）这一次，袁枚还将小女阿能寄养在杨潮观膝下，足见两人交谊之非常。

但也正是这一次，杨潮观为袁枚讲述了自己乾隆十七年（1752）任河南乡试同考官时的一场怪梦，从而埋下了两人晚年一场笔墨官司的种子。

此梦原委，见于《子不语》卷三的《李香君荐卷》一则。全文不长，具引如下：

吾友杨潮观，字宏度，无锡人，以孝廉授河南固始县知县。乾隆壬申乡试，杨为同考官。阅卷毕，将发榜矣，搜落卷为加批焉。倦而假寐，梦有女子年三十许，淡妆，面目疏秀，短身，青绀裙，乌巾束额，如江南人仪态，揭帐低语曰：“拜托使君，‘桂花香’一卷，千万留心相助。”杨惊醒，告同考官，皆笑曰：“此噩梦也。焉有榜将发而可以荐卷者乎？”

> 杨亦以为然。偶阅一落卷，表联有“杏花时节桂花香”之句，盖壬申二月表题，即谢开科事也。杨大惊，加意翻阅。表颇华赡，五策尤详明，真饱学者，以时艺不甚佳，故置之孙山外。杨既感梦兆，又难直告主司，欲荐未荐，方徘徊间，适正主试钱少司农东麓先生嫌进呈策通场未得佳者，命各房搜索。杨喜，即以“桂花香”卷荐上。钱公如得至宝，取中八十三名。拆卷填榜，乃商丘老贡生侯元标，其祖侯朝宗也。方疑女子来托者，即李香君。杨自以得见香君，夸于人前，以为奇事。

杨潮观一时兴起，为袁枚讲了此事。此时袁枚正“广采游心骇目之事，妄言妄听，记而存之”（《子不语序》），遂留心将此事写入了《子不语》中。乾隆五十三年（1788），《子不语》刻成，袁枚很高兴地寄给了杨潮观一册。想不到时间未久，即接到了杨潮观一通措辞严厉的亲笔书信，对此文大张挞伐。

杨氏此信讲了这样几层意思。首先，他对《李香君荐卷》中的几个技术性细节进行了订正。其一，此事发生的壬申年乡试时，杨氏并不在固始知县任上。其二，这一科主试已记不得是谁。其三，河南乡试中额只有七十一名，并无八十三名举人。第四，所取中的侯生只是侯方域的族孙，并非嫡传。其次，他对另外两个细节表示了强烈的不满。其一，李香君“揭帐低语”这四个字。杨氏以为此语“污蔑贞魂矣”；其二，文末写他“自以得见香君，夸于人前，以为奇事”这一段。杨氏对此特别愤慨，不仅称袁枚“污蔑旧交”，且洋洋洒洒地辩解道：

> 所称李香君者，乃当时侯朝宗之婊子也。就见活香君，有何荣？有何幸？有何可夸？弟生平非不好色，独不好婊子之色。“名妓”二字，尤所厌闻。如所云云，与弟素性正相反，不知有何开罪阁下之处，乃于笔尖侮弄如此！似此乃佻达下流，弟虽不肖，尚不至此。

如此义正词严，剑拔弩张，并加以“佻达下流”的定谳，已足见杨氏心中愤怒之不可遏止了。可他仍以为不足，最后部分竟要求袁枚“务即为劈板削去”，以收斩草除根之效。总之，杨潮观认定袁枚是在严重地“诽谤”自己名誉！如果在法制健全的今天，他可能会不惜对簿公堂，并索取精神损害赔偿若干的。

面对这样激烈的谴责，我相信袁枚一定是出乎意料，并受到了剧烈的触动。他大概没有料到这位情意深笃的故人会为此事动这样大的肝火，也想不到才华艳发、见地颇高的杨潮观会表达出如此不堪的意见来，更何况，袁枚一生致力于开掘性灵，解放纯真，杨氏主动来撞自己的枪口，来信中字字句句皆与自己的思路背道而驰，他又岂能不一展妙绝天下之辩才，回应杨氏的“炮轰”乎？于是，在杨潮观的“挑衅”之下，两位古稀老人、文坛泰斗的笔墨官司正式上演。

袁枚《小仓山房尺牍》卷七有《答杨笠湖》书信三通，以数倍篇幅逐条甚至逐字逐句地驳斥了杨氏来信的谬论。子才一生快论不少，此又为其中之尤，特能展现袁氏思想之菁华，故特别值得关注。

其一开篇即明大旨，在指出杨氏将“游戏谰言”“莫须有之事”的《子不语》当作“正经”“正史”“一字一句而订正之”的迂钝之后，先破除杨氏自居为“至人”“正人”之错觉：

> 夫至人无梦，足下在闱中，不但有梦，而且使女子入梦，其非至人也明矣！然而求者自求，拒者自拒，如《画墁录》载范文正公修史一事，则虽非至人，犹不失为正人。乃足下公然如其请而见之，为正人者，当如是乎？

袁子才最擅长“以子之矛，攻子之盾”的战术，你板着一副圣人脸孔“炮轰”我，我就拿出比你还庄严的圣人脸孔告诉你你错在哪儿。这两重逻辑推断完成之后，下面的文字便如抽丝剥茧，一发而不可收拾：

> 其事已毕，则亦浮云过太虚，忘之可矣。何以庚寅年运川木过随园，犹欣欣然称说不已？凡仆所载，皆足下告我之语；不然，仆不与足下同梦，何从知此一重公案耶？主试是

东麓侍郎，亦君所说，非我臆造。今并此不认，师丹老而善忘，何以一至于此？想当日足下壮年，心地光明，率真便说，无所顾忌。目下日暮途穷，时时为身后之行述墓铭起见，故想讳隐其前说耶？

这是揭破杨氏发难的潜意识：你当年“欣欣然称说”，是因“心地光明”的“率真”，现在大张旗鼓地“炮轰”于我，大概是念及存世之日无多，怕玷污了身后的“行述墓铭”吧？这话已经很“阴损”了，其中“日暮途穷”四字用得尤其“阴损”，足见其外表的平和中蕴蓄的澎湃的气愤之情。

以下再辩其梦见香君事：

不知竟见香君，何伤人品？黄石斋先生为友所嬲，与顾横波夫人同卧一夜，夷然不以为忤。足下梦中见一香君，而愕然若有所浼，何其局量广狭之不同也？

黄石斋，即黄道周，明末著名的忠义之臣，人品节操为世景慕。顾横波夫人，即“秦淮八艳”之一的名妓，后来嫁给龚鼎孳，受一品夫人诰命的顾媚。据说黄道周号称“心中无妓”，其友开玩笑，重金买通美艳无双的顾媚诱惑他。黄氏与顾媚同衾一夜，毫无侵狎，且夷然不以为意。袁枚这是拿黄道周的“局量”和杨潮观对比，令其有“珠玉在前”之愧，明白地告诉杨：你太“小家子气”了！接下来放开人品的较量，再说另一层有趣的意思：

> 古人如古物也。古之物已往矣，不可得而见矣，忽然得见古鼎、古彝而喜，即得见古砖、古瓦而亦喜。古之人已往矣，不可得而见矣，忽然见岳武穆、杨椒山固可喜，即得见秦桧、严嵩亦可喜。何也？以其难见故也。香君到今将及二百年，可谓难得见矣。使其尚存，则一白发老妪，必非少艾；而况当日早有“小扇坠”之称，其不美可知。不特严气正性之笠湖见之，虽喜无妨，即“佻达下流”之随园见之，亦虽喜无害也。

古人古物难得一见，所以见了皆可喜。虽是寻常道理，袁枚说来却自然通达。“佻达下流”四字引对方之语自我调侃，所谓嬉笑怒骂，脸上挂着笑容，内里却是非常肃穆的。比如下面说：

> 然而香君虽妓，岂可厚非哉？当马阮势张时，独能守公子之节，却佥人之聘。此种风概，求之士大夫，尚属难得，不得以出身之贱而薄之。昔汪锜嬖童也，能执干戈以卫社稷，孔子许其勿殇；毛惜惜妓女也，能骂贼而死，史登列传。足下得见香君以为荣幸，未必非好善慕古之心，乃必以好色狎邪自揣，何其居心不净、自待之薄也！

这里头不能完全排除冷嘲热骂的成分，比如末数句。但若深究，这段话可是袁枚一生的真知所在。看他在第二通回信里说：

> 谚云："行行出君子。"妓中有侠者、义者、能文者，工伎艺者，忠国家者，史册所传，不一而足。女不幸坠落，蝉蜕污泥，犹能自立，较之口孔孟而行盗跖者胜，即较之曹涂、李志淹淹如泉下人者亦胜……伪名儒，不如真名妓。

这不是自矜口舌之利，也不是卖弄小聪明；不是诡辩纵横之术，也绝非一般的风流习气或"怜花"意识。我一直觉得袁枚是一个很地道的人文主义者，起码比之今天某些满口"人文关怀"内里却与若干"低贱"者"划清界限"的学者教授要地道得多。袁枚是把妓女等"贱民"当作与自己一样平等的"人"来看待的。"伪名儒，不如真名妓"的意思尽管不是由他首创，这般明快透彻地说出来仍然振聋发聩，轰响在那个时代的上空。这般认知如此根深蒂固，以至于他不仅对杨潮观这样一个业已无权势可言的前市长大放厥词，刻薄地说："就目前而论，自然笠湖尊，香君贱矣。恐再隔三五十年，天下但知有李香君，不复知有杨笠湖。"即便面对某些可能给自身惹来不测之祸的权贵，他也自信十足，毫无瑟缩之态。《随园诗话》卷一条三十三就有类似的记述：

余戏刻一私印，用唐人“钱塘苏小是乡亲”之句。某尚书过金陵，索余诗册，余一时率意用之，尚书大加诃责。余初犹逊谢，既而责之不休，余正色曰：“公以为此印不伦耶？在今日观，自然公官一品，苏小贱矣。诚恐百年以后，人但知有苏小，不复知有公也。”

与此相比，“好色”似乎是个小问题，然而对袁枚来说则又不然。他不仅一生好谈“色”（包括男色），甚至论诗也常引此为话头，而且因为“好色”，他在当时身后遭到不少严厉恶毒得吓人的毁骂。可这只是个人名节的问题吗？在袁枚眼中，“好色”乃是自己高揭的“性灵”大旗上最鲜明的色彩之一，所以他扬扬自得地声称“今我素非端士，先存好色之心”（《辞妓席札》），并为此找出强劲的证据：

且夫诗者由情生者也。有必不可解之情，而后有必不可朽之诗。情之所先，莫如男女。古之人，屈平以美人比君，苏李以夫妻喻友，由来尚矣……宋儒责白傅杭州诗忆妓者多，忆民者少。然则文王“寤寐求之”，至于“展转反侧”，何以不忆王季、太王而忆淑女耶？

（《答蕺园论诗书》）

这等文字即便如咒骂随园最有力的章学诚等，后来也都回避了。为什么？够古老，够权威，够正宗，逻辑力量强大到让人哑口无言的地步。书信中回答杨笠湖尤其斩截痛快：

好色不必讳，不好色尤不必讳。人品之高下，岂在好色与不好色哉？文王好色，而孔子是之；卫灵公好色，而孔子非之。卢杞家无妾媵，卒为小人；谢安挟妓东山，卒为君子。

既然如此，杨笠湖“此地无银三百两”式的声明“仆非不好色，特不好妓女之色耳”哪里还有容身之地？袁枚嬉皮笑脸地说，此语太悖！不好妓女之色，难道好良家妇女之色吗？须知好妓女之色是小事，好良家之色罪过可就大了！你“天性端严，不解好色，仆所素知”，现在居然声称自己好色起来，其实你“抱着自己家中黄脸婆儿”，哪有好色的资格？冒充名士，这又何必呢？徒见出内心的慌张和器量的局促罢了！他揪住杨的“小家子气”不放，接着前面的话题步步进逼，言语间锋芒毕见：“黄叔度汪汪千顷之波，澄之不清，摇之不浊。足下修道多年，一摇便浊，眼光如豆，毋乃沟浍之水，虽清易涸乎？愿足下勿自矜满，受我箴规，作速挑惠山泉十斛，洗灵府中一团霉腐龌龊之气，则养生功效，比服黑芝麻、诵《金刚经》更妙也。”

数千言一封长信，洋洋洒洒至此才要煞尾，解释自己回信的原因。虽也自责一两句，其真意却在于为最后的刻薄留出地步：“仆老矣，为无甚关系事与故人争闲气，似亦太过。然恐足下硁硁爱名，受此诬污，一旦学窥观贞女，羞愤自尽，则《子不语》一书不但显悖圣人，兼且阴杀贤者，于心不安。故遵论劈板从缓，而驰书先辩为佳。”话是越说越损了，可一派肃穆，如对大宾，还真让你无可奈何，子才诚妙人也。我没去查考杨氏别集中再有无继续的答辩，接到这封信，他是满脸苦笑？是气得双手抖颤？还是后悔不该挑起这场舌战，让袁枚当靶子把自己射成个刺猬？两个老人看似闲事的一场笔墨官司，个中奥妙却很不少，谁能真正知道呢？

这桩公案到此按说应该尘埃落定了，可还有一点后文需要交代。乾隆五十六年（1791），杨潮观去世之后，袁枚应邀为作《邛州知州杨君笠湖传》，其中还隐隐说到了这件事情，只是语气沉痛恳挚，已经绝不尖酸了：

君与余为总角交，性情绝不相似。余狂，君狷；余疏俊，君笃诚；余厌闻二氏之说，而君酷嗜禅学，晚年戒律益严，故持论每多牴牾。然君居家闻余至必喜。在邛州特寄金三百，属置宅金陵，将傍余以终老。殁后，其子抡以状乞传。庄子曰：“仁义之人贵际。”际者，大德不逾之谓也。古之人游夏交相议，管晏乃合传，虽异犹同，其即君与余之谓耶？

读到这样光风霁月的悼念文字，我们不仅会为袁枚失去这位既“狷”且“笃诚”、持论又“每多抵牾”的老友而伤感，也为杨氏不念“旧恶”、遗命其子“以状乞传”的胸怀而感动（此为古人通常的规矩，为人子者不可自作主张为父亲乞传）。古人泱泱高风，真不可及，今世尚有之乎？

◇ 作者简介 ◇

马大勇，1998年硕士毕业于吉林大学中文系，现为吉林大学文学院教授。

江南记·江南女子

张德强

一

1955年，古龙发表过一篇小说《从北国到南国》，金庸笔下的青年郭靖恰是从塞北一直走到江南，他师父便是江南七怪；郭靖在江南遇到毕生所爱，并与江南死生与共。梁羽生的《萍踪侠影录》里的大侠张丹枫也是自幼羁旅塞北的江南人士。身为北国之人，我少年时闲览此书，读到下面这段，对江南便甚是神往：

只见那书生走近摩挲，看了又看，忽而高歌道："谁把苏杭曲子讴？荷花十里桂三秋。哪知卉木无情物，牵动长江万古愁！呀，牵——动——长——江——万——古——愁！"唱到最后一句，反复吟咏，摇曳生姿，真如不胜那万古之愁。云蕾心道："古人云狂歌当哭，听他这歌声，真比哭还难受！"

想不到那书生一歌既终，当真哭了起来，哭声震林，哭得树叶摇落，林鸟惊飞。

十年前，我真的到了长江的南边，古城南京，便以为这就是正宗江南。也曾经细雨中走过玄武湖，却总是人山人海，稍微走得慢些，便被身后的人埋怨。那时，我还辨不清这里其实并非正宗江南，于是总有点失望。荷花十里呢？三秋桂子呢？云蕾女侠呢……这些都在哪里？虽然春雨也有北方见不到的淋漓妙趣，初春想见点儿嫩枝绿草也无须等到清明了。仍觉得市集间冬日满眼的丝质棉睡衣女性，深巷里不问春秋的岁月静好。眼前的江南，与梦里的，分明串了戏。有点令人啼笑皆非。

那时觉得南京俗气，但日子久了，也渐渐懂得，恰如张爱玲说过——那俗，是小户人家过日子的俗。安静宁帖，无关岁月，透着富足安详，不那么在意大世界变迁。北京的出租车司机胸怀四海，南京人则常说今天吃什么。面馆儿里，常听得老板娘一口慵懒的下江官话：“阿要辣油啊？”南京人，本就不是地道江南人。此地人口变迁，明洪武时是一次，大量淮泗富人迁入。晚清洪杨乱后又一次，因苏南残破得厉害，人口也很空虚，涌入南京的自然又是安徽人。中华人民共和国成立时是另一次，大量山东苏北军人及家属迁居。但是，任什么人，进了这城，隔两代，便化为张爱玲笔下过小日子的南京人。

在夕阳的斜光里疏懒地过着日子。寒露后，周末早上醒来，我常发会儿呆，趴在窗口看看栾枝挂了累累的红灯笼（样子仿佛我家乡熟透的菇娘果），乌桕树梢红黄绿三色点染着低垂。有风吹过，晚桂便飘满总湿漉漉的土地，已然无香了。这时披衣起身，啃个面包，喝几杯咖啡，出门走走。单元门前不知谁种了一丛藿香，晨风里发着淡淡的药香。北国并无这味道温和略辛的植物。说起来，那毛蓬蓬的样子也不算美。此物又名“兜娄婆香”，《本草》曰：“味辛、微温、无毒。主治霍乱吐泻。”

二

藿香是她的论坛ID。活泼泼的江南女子，善于吐槽，在论坛留言总让人绝倒。仿写山药蛋小说，粗夯得像出自山西大汉手笔。偶尔贴几篇《娄东乡贤传》，又美妙得叫人一看再看，再看仍想看。复制粘贴，借助度娘金针，顺藤摸瓜到一个论坛。于是，看到她写的旧诗，数量之多，以致目不暇接。有一首乐府，至今背得下。乐府好像没有门槛，任谁都可以写，但只有她写得像，是汉代女子的直谅天真。发站内信，很快就回了，便熟悉起来。她有空时讲太仓小镇的生活，讲门前小河；讲自己写《乡贤传》去查地方志访问遗老；八月桂花盛开时，回镇上探亲，会抱着弟弟的儿子到街上玩耍。这样聊多了，自然对本尊如何产生好奇。藿香是中医，总是很忙，那天在“四海游龙”小吃店见面时已是晚上八点多，她却毫无疲惫之态。

藿香讲了写故事时采访当地人收集的素材。她讲完大笑，我也不紧张了。

后来仍关注藿香。她依旧在坛子上谈笑风生。我们的盟主，Nicole，2008年夏来南京玩，还有几个女子，我则忝为“主人”。某下午在熙园里，大家在假山下坐着休憩。Nicole突然开始说，藿香总去她苏州家里，父母有时觉得困扰。之前在藿香嘴里则并非如此的，她老是说Nicole父母待她好，喜欢她。那时为藿香难过，同时也理解Nicole的立场。大家并非一路人，Nicole迟早是美国的精英，藿香只是个“江湖游医”，还无证，被抓住会关号子。她说，抓住我，我就投苏州河，义不受辱，一脸凛然。和藿香单独见面的唯一一次，说到写玄幻的沈嘤嘤，我喜欢沈，多半是她相貌美，作品则并未读过几个。藿香认识沈，我问同行间交往可深？她很坦然道，怎么会！她是协和的医科博士，我只是游方医生。

三

由藿香知道了春水斋。从未谋面，惦念很多年。某天聚会时，听有人说旧诗已然落后，现在人是写不好了。我心里便哂笑。春水这姑娘是福建平潭人，似乎算江南更南，或者不算江南了。其七律清澈明练，少年才情，仿佛俯拾即是，“如月之曙”也。春水十五岁（辛巳）所作《滩行》，谨录于此：

狎鸥不识与人闲，快走平沙短草间。云气晚余青带海，石堤濯后紫成山。行看大水摩舟远，渐有微声打岸还。便觉年来几相送，一般无定似清颜。

春水的诗我送人，总愿有人赏识她。有一忠厚老师，收了我赠的《春水斋诗词》，热心顿发，想介绍她入某旧体诗刊做编辑。我自然欣喜，先告诉藿香，却隔着听筒都听得到冷笑："那种地方，配得上小水嘛！"此事遂作罢。这自然辜负了那老师一片好心。藿香自视很高，却爱春水如珍宝，日日想为她谋划出路。"知君俊骨千钧重，怅我微躯一言轻。"藿香的七律，这句我记得很熟，自然不是她用心写的，却是她赤子的一面。

藿香有个私密博客，只是不对人说，我"不小心"发现的。里面的文字只是女孩儿家声口，不似她论坛上的嬉笑怒骂。细腻真率，适怨清和，平日从不流露出。其实读《乡贤传》便知此人火热心肠，于世间可见不可见之美好，多半是痴情的。印象最深是《昆腔》《秋帆》《十洲》等，每篇万字上下。最爱一个写琴师的，里面印象较深的形象却是北京来请他的忠厚宦官。此前狭隘地觉得太监皆贱类，读她的文，才感到一种对历史的谅解忠厚，体贴亲切。那些文里没有坏人，却那么真实；处处写人活泛，又是风俗改易前的古人。作风态度，都不同今人，却丝毫无矫揉。我常觉得，摹写历史的故事，第一喜欢是鲁迅；第二喜欢是藿香，这自然因为我见识少，也是有偏爱。以上文字，八年前全在论坛上一夜间消失，诗大多也没了。她也不再和我联系。藿香，和藿香带给我的一切，如飓风里的马孔多般无影无踪。唯一可见的，是发表过一次的《专诸巷》，讲明代玉匠子冈的，却是我以为笔力较弱的一个。

藿香和我关系亲切时，会边炒菜边聊电话。听筒里偶尔传出铁铲触到锅底的铿声。她讲自己一次失业，极穷，又饿，便在路边打太极分散饿感。有人看她架势好，跟着学，慢慢聚集一群人，于是她收费，解决了几顿饭。她的太极我没见过，但藿香见我那次，就是吃"四海游龙"那次，酸辣汤和汤包没上来前，她端详我一会儿，起身走到我面前，扶起我左臂，重敲几下，疼痛难忍。藿香道，可常敲，于我有益。

总觉得是藿香让我乍觉江南之好——蕴藏于古镇山水中的千百年文气，从未消失于市井红尘间。她没有学历，无固定职业，她不打扮，生计总是堪忧。她写东西纯粹是因为爱好，而且写得很少；但决心写，便苦心搜集，笔笔用心。她精力充沛。她会突然在你的世界消失。她看似豪爽其实深情。她对于生养她的娄东古城深怀眷恋，却始自好奇与纯朴的喜爱。其人真若藿香花般朴淡，但她让我爱上江南，并总觉得吴越间哪个小镇上还藏着如许女子。日后每遇到来自太仓的学生，总唤起我初读《萍踪侠影录》一样的陌生亲切。

四

我的朋友 Dreamoon 说我笔下未免多情，总生生把个友人写成半拉情人。诚然如此，的确有情，明明是故意的草蛇灰线。男女有无纯粹友情？自然有。比如，我和同（办公）室三女，便是纯粹朋友。因皆是人妻，天然的伦理隔离，反倒聊天无禁忌。但能入心者，总是由敬生爱的。对男子会敬，则少会入心，自然难生爱意。男子生在世间，自视总有几分责任和权利，得不到的要攫取，得到的便易自雄。谦厚自守的君子也遇到许多，但往往无机会深交。这样的人地位一般较我为高，我说一两句好听的，便有攀附嫌疑。宁可敬远，以示清白。

溯是浙江人，明代产官锭那地方，闹过倭，有千年香火不断的大庙。今日却是浙东极富庶城市。溯念书的学费，回去可以报大半。这地方紧靠鄞县（今鄞州区），鄞县是我爱的苍水先生故里。鄞县又近宁海，有我倾慕的另一位江南女子。那地方在我眼里，便是古中国。

溯的爹是老师，后来稀里糊涂地被分流去管体育器材。溯的母亲极美。溯不算美，但气息纯净庄重羞涩，存在感能降到很低。不与人争，亦无力争，只是自己要强。嗯，刘看山是知乎评出的第一，其实她也参赛了，是第三。她的文字，少有的干净，像是在和人说着什么，细细碎碎的声口，又不像在意你是否倾听。真的没什么人关注她。女子的磨难，她经历了一些；尚有一些别人一生未必会遇到。那些苦，别人或许安之若素，可她的要强，她的才情，和那些无法改变的事实碰撞，总是会有疼。真的是疼，是苦，是悄悄挣扎。她说自己在乎钱，参加知乎比赛也是为那两万元头奖，打算挣了还给父母，因父母付出未免太多。其实她父母是淡泊人，她也未必那么穷蹙。只是要强，于世界左冲右突，不得要领。

她深爱着旧日同学，一个旧诗也写得极好的才子。大概是注定无果的单恋。她某个暑假把这人所编诗刊一张张扫描，除了发给我看看，谁还可以分享呢？她写过一个梦：林中遇虎，茫然，这时你出现，拉着我手，走出那丛林。那句子太美，我一点儿记不住了，倒是因此感慨出几句“诗”：月光藏起自己 / 莲花开在沸腾的雨里 / 云驱走喧嚣的风声 / 而老虎从梦中溜走 / 看不见的星芒 照着你的影子。

一次聊天，谈及她所学专业。我说那些古旧物事，修好了有何大用呢？若世界要前进，风化的便任它剥落好了。她沉默，则是不同意。我后来也渐渐明白，她于旧物是怀着深情去修补守护的。这样的人，世界冷落她许久，她的呼喊无人应答。于是，她决心投身于这专业。不理世人怎么看，她安心做自己的。看展览时，我揣测她在古寺里，深夜中，怎样一块块揭起，一点点补上。做事不认真的人太多，认真却想太多的人也太多，她想得很少很少。做出人生选择时，只是靠自己，父母没有太多干预；因此那路也要自己一步步走下去。

若心真如百合，剥开一层尚有一层。她第一层是友善的静谧；第二层是热烈的渴求；第三层是冷漠的残酷；第四层是深藏的爱与苦的挣扎；第五层是个沉睡的少女，睡在花心旁。我希望有一天那少女终会起来，撕开厚厚的外层。我又希望那少女永在，沉睡。

2017 年 10 月 21 日改定

◇　作者简介　◇

张德强，2003 年毕业于吉林大学文学院，现为南京艺术学院人文学院教师。

中国现代作家笔下的“烟道”

张 涛

小酌言欢，品茶论道，这些雅行，都被看作是文人的气质与风度。相对于品茶小酌等不言自明的名士风度而言，吸烟实在难登大雅之堂，甚至也常常为人诟病。但总有一些现代吸烟或不吸烟的作家，想尽办法绞尽脑汁地为吸烟“正名”。这种正名的途径大致有二：一种是在生理层面，说吸烟无害；一种走精神路线，言吸烟与自由、性情之关联。第一种正名，从一开始就虚弱无力，科学早已证明吸烟不仅有害自身，而且还要殃及旁人，无数二手烟民对此也是怨声载道。一人吸烟，众人讨之。第二种方法最为聪明取巧：一则是将吸烟与自由、性情等文人所最为推崇的价值观念相联系，就犹如灰姑娘成了白天鹅。二则性情、风度等都是人人殊异的东西，仁者见仁，智者见智的东西。我说是自由，你说不自由，没有科学的标准裁判，所以就是公说公有理，婆说婆有理的事情。有些时候就看谁的位置高，谁的声音大，谁的耐力强，坚持到底就是胜利。哪怕就剩一个人。

三则是“与时俱进”，与反思“科学主义”思潮的观念相随，赶时髦。用时代前沿，来论述一个古老的话题。既有历史感，又有新意。

一般都以为小酌品茶的都是绅士名媛，而以为鼓动吸烟的都是莽汉土匪。这是明显的“出身论”，以“貌”取人。徐志摩、林语堂可谓是现代文学的绅士、谦谦君子吧，可就是这样的绅士却将吸烟与自由、性情联系起来。你可以说，他们只不过借烟说事，他们自己吸不吸烟很难说。这点我不考证，就是透过他的话，看他的精神主张和思想立场。

徐志摩曾先后游学美国、英国。按徐志摩的说法，在美国两年都是忙“上课，听讲，写考卷，啃橡皮糖，看电影，赌咒”了。但在英国两年却过着与在美国天壤之别的日子，整天忙的就是“散步，划船，骑自行车，抽烟，闲谈，吃五点钟茶牛油烤饼，看闲书”。以徐志摩的性格，在美国也未必就是老实读书上课了，无非就是校园氛围、文化环境比较沉闷。在牛津的时候，徐也不可能一点儿书也不读，一堂课也不上。无非就是校园气氛自由活跃，与诗人的饱满的激情和涌动的思绪相暗合，所以留下的都是自由闲适的记忆。徐志摩将在牛津的愉快记忆，归结为牛津的“吸烟主义”。牛津的秘诀就是导师“对准他的徒弟们抽烟”。按照牛津的标准只要“学会抽烟，学会沙发上古怪的坐法，学会半吞半吐的谈话”就可以毕业了。这或许是我们诗人的夸张表达，哪所学校也不能这样教育学生。徐志摩只是将牛津宽松自由的氛围作为一个浪漫主义的诗学表述，他强调的是不拘一格，任其自由发展的教育模式。徐志摩说："多少伟大的政治家、学者、诗人、艺术家、科学家，是这两个学府的产儿——烟味儿给熏出来的。"

一个"熏"字，说尽了"吸烟主义"的精髓。熏不同于烤，不能用急火，只能小火来；熏不能如烤炸等速成，只能一点点慢慢来。总之，熏不是烧烤似的"激进主义"，而是不温不火的"改良主义"。熏，不以硬性改造为长，而以感染浸淫为本。

徐志摩借"吸烟主义"谈大学的文化氛围，属于忧国忧民的"大"问题，而且徐氏的文笔轻松幽默，态度冲淡平和。这样的论说基调也容易让众人接受，不会遭到太大的反对非议。但是，我们从徐氏的四平八稳的论调中，大体可以看出他是不吸烟的，要是吸，也是装模作样，摆个"珀斯"啥的，显示一下风度啥的（具体徐志摩到底吸不吸烟我无考证，这里纯粹臆测）。

较之徐志摩谈"吸烟主义"的冲淡平和而言，另一绅士林语堂的论说就有点儿失风雅了。虽然林氏的文风幽默，但是可以明显感到言语间的锋芒和尖刻。林语堂出身农家，母亲是地道的农民，父亲是乡村牧师，威望很高。林语堂从小就受到了良好教育，后又入教会学校圣约翰大学读书。看其人生发展的轨迹，可谓是中规中矩。按道理来讲，有这样一帆风顺的人生境遇，作文论说应该是闲适平和的。但是，林语堂早期的文字却并非如此，用他自己的话说就是“浮躁凌厉”，或用我们熟悉的左翼文论语汇说就是“充满了战斗性”。在此仅举一例。大家都知道“三一八”惨案之后，鲁迅于愤怒悲痛之中，写了《纪念刘和珍君》。这成为我们各式教科书中，反抗国民党黑暗统治，彰显现代知识分子良知的范文了。殊不知，林语堂也写有《悼念刘和珍杨德群女士》一文，其间的愤怒笔伐，似乎是不在鲁迅之下的，“刘杨二女士之死，同她们一生一样，是死于与亡国官僚瘟国大夫奋斗之下，为全国女革命之先烈。所以她们的死，于我们虽然不甘心，总是死的光荣，因此觉得她们虽然死的可惜，却也死的可爱。我们伤心泪下之余，应以此自慰，并继续她们的工作。总不应该在这亡国时期过一种糊涂生活”。

吸烟是个人的“小”问题，说着说着，就说到林语堂忧国忧民的“大”文章上去了。言归正传还是说吸烟吧。世间之物，都是一反一正的。有人嗜好吸烟，自然就有人主张戒烟。自己不是烟民，不知戒烟的难与易，不知戒烟的苦和乐。但是看了林语堂的《我的戒烟》之后才知道，在他老人家眼里，吸烟与戒烟这样的生理之别，竟然也是关乎性情灵魂的“大”事情了。

在林氏那儿，烟民也是分三六九等的。凡是只把吸烟当作一种生理过程，随便就能把烟戒掉的人是“不配谈吸烟的”，因为他们“忘记了吸烟乃是灵魂上的事情”。林氏这样的论调可谓是“上纲上线”，出语也是伤人太深。好不容易戒掉了吸烟的“陋习”，却不小心连灵魂也给弄丢了。犹如倒脏水一起把孩子也给倒掉了。虽然林氏言语略有偏执，却见文人的不羁性情。柏拉图说过，诗人创作时的状态是一种“迷狂状态”。林语堂的“吸烟主义”与其有异曲同工之处。在林语堂看来，文人是万万不能戒烟的。学得文武艺，货卖帝王家。文人以文为生，靠文吃饭。李白斗酒诗百篇，那是因为李白可能不会抽烟，只能是借助酒精的刺激，到达迷狂之境，挥毫泼墨吧。估计林语堂的酒量可能是不大好，喝点儿就醉了，未经迷狂的阶段，就已经酣然入睡了。所以林语堂主张以吸烟达到“心旷神怡”的迷狂之境。用老百姓的通俗表达就是“饭后一支烟，赛过活神仙”。我们实在应该佩服老百姓的智慧与境界，这些“有灵魂的人”的体验丝毫不逊色于我们的文坛雅士。

主张“吸烟主义”的同时，林语堂还念念不忘嘲讽一下那些想戒烟的人，“为什么人生世上要戒烟呢？这问题我现在也答得出。但是我们人类的行为，总常是没有理由的，有时故意要做做不该做的事，有时处境太闲，无事可做，故意降大任于己身，苦其筋骨，饿其体肤，空乏其身，把自己的天性拂乱一下，预备做大丈夫罢？除去这个理由，我想不出当日何以想出这种下流的念头”。这下，我们可终于看出了林氏的“庐山真面目”了。虽然较之徐志摩借烟谈文化环境的“大”问题，有了一些“进步”，开始关注吸烟与个人性情、灵魂之事了。但是明眼人，早已看出，林氏还是借烟说事，不过这回说的是那些没有性情、灵魂和骨气的文人。自古都说是“文人相轻”，文人说起文人来，自然下语也要尖酸刻薄得多。这样看来，林氏就没有徐志摩那般“绅士”了，那般“平和宽容”了。

◇ 作者简介 ◇

张涛，2010年博士毕业于吉林大学文学院，现为吉林大学文学院教师。

家乡的年味

杨富波

要说家乡的年俗，我先就感到有三个困难。第一个困难是哪个家乡？因我祖籍和出生地是天台，而成长在鄞县（今鄞州区），两地都是我的家乡，二者虽同属浙东地区，但相去数百公里，前者是山区，后者是平原，物产、民风、口音等相差极大，年俗自不尽相同，各表一枝则啰唆，炖作一锅又混乱。第二个困难是记忆的有限与不确切，且我所记得的，也未必是风俗。第三个困难是表述，好多吃食和活动都有方言专名，难以"翻译"，用文字表达神采就损折了一半。因而以下所言，不过是勉为其难，略略展示一点儿故土风情和少时情趣罢了，民俗学者，不可当真也。

一、年糕与麻糍

秋收冬藏以后，年关就近了，农村里头一件热闹事是做年糕。

年糕的原料以粳米为主，先将当年收获的晚稻轧成米，用水泡发，大概要泡三四天，然后压成米粉，上木桶蒸熟。在没有机器的时候，蒸熟的粉是用石臼冲捣成团，有了机器后，直接倒入年糕机的漏斗中，经过机器的挤压，成条的年糕就从机器嘴吐出来了。

我小时候，村里有轧米厂，也有年糕作坊，好像都是村办的，只有一个技师兼看管，并不是养工人的单位。宁波的年糕是水磨年糕，做年糕各环节都需要大量用水，我村作坊就在河边。记忆中的年糕作坊，永是河水淋漓、热气腾腾、人声鼎沸。

做年糕是一件大事，虽有作坊了，但机械化程度很低，大量工序都靠一双手，必有亲戚或邻居来帮忙，否则忙不过来。男人们多做抬米、压粉等体力活，女人们多做烧火、切块、码堆等技术活，孩子们则在边上添乱。刚做好的年糕，热得烫手，用冷水拔一下，直接可以吃，它又是软乎的，有手巧的媳妇或婆婆，就顺手捏个小兔小牛给孩子们玩。

“糕”与“高”谐音，年糕寓意年年高。一般人家都要做上百斤或多至几百斤。新做出来的年糕不能叠在一处，否则会粘作一团，一条条晾在竹席上，冷却变硬差不多了，才交叠成方整的垛。不过，长时间储存的方式则是待年糕冷却变硬后泡在水缸里，这些不会干裂，吃时再捞出来切片。

宁波的年糕是出了名的。宁波人爱吃年糕，可以炒，可以放年糕汤，可以爆成爆米花当零食。记得有一种做法是在做年糕时加红糖，年糕呈棕色，把这种年糕切成片，用盐巴和沙子在大铁锅炒熟，类似于锅巴，又甜又咸，是孩子们极喜欢的零食。

其实，天台也是做年糕的，只是不叫年糕，而叫“水糕”。我们称天台年糕为“燥粉水糕”，大米不事先泡发，直接磨粉，制作过程添水较少。这样做出来的水糕，硬度大，切起来很费力。天台水糕没有宁波年糕名气大，二者外形和口感也不同。从外形说，宁波年糕是扁平长条状，只有两指宽，比较细巧，天台水糕是圆柱形，差不多有成人手腕粗，比较粗犷；从口感说，宁波年糕细腻，黏性大，天台水糕粗糙，偏粉，有嚼头。

忘了小时候玩一个什么游戏，有句口令，叫“捽块捽年糕”。捽，宁波话念作“shang”。宁波方言说的“块”，天台话叫“麻糍”，就是通常说的糍粑。这句口令，说的就是过年的时候，要同时做年糕和糍粑。二者实际做法大同小异，年糕纯用粳米，麻糍纯用糯米。年糕的米先磨粉再蒸熟，麻糍则直接把糯米蒸熟。麻糍一般在家做——当然需要有石臼。糯米蒸熟，在石臼里捣烂，揉开、冷却、切块。“捽块”是个体力活，往往需要几个壮劳力轮流上阵，我印象里只见识过一次制作活动。因为宁波人过年吃“块”比较少，我小时候已经不是每家过年必做了，即便做，量也很小。在天台，则过年必吃麻糍，家家都做，量也大，年糕反而吃得少些。二者正好相反。

在天台，正月里“串门”的代称之一就是“吃麻糍”，比如，张三请李四到家里坐坐，就会说“到我屋里吃麻糍开”。麻糍的吃法，简单一点，就是在锅里放点儿油烙熟，正式一点儿，可以把摊好的鸡蛋、炒好的青菜（即油菜）等夹起来吃，如三明治一般，这样捏着吃，菜里的油水就顺着小指头淌到手腕里去，别提多带劲了。麻糍靠手工捣成，米粒残留很多，口感也是粗糙有嚼头。对了，还有一种吃法，直接扔炭火里煨，如煨地瓜、土豆、叫花鸡一般，煨出来的麻糍，外焦内软，香糯之至，可当点心，也可当主食。小孩子总是心急，不及拍净外面的炭灰就开吃了，往往吃得满嘴黢黑，此俗称“乌嘴巴狗”是也。

二、汤圆与饺饼筒

说起过年的吃食，宁波最为知名的自然是汤团，天台最具特色的要算饺饼筒。这两样东西又和年糕、麻糍待遇不同，在两地不融通，一般说来天台人过年不吃汤团，宁波人不做饺饼筒。

饺饼筒属于面食，实际和北方常见的卷饼无异，简单说，就是在一张面饼里面卷上各种菜。它由两部分构成，一是面饼；二是各种菜料。这面饼，天台方言叫“糊拉拖”（“拖”念作“它”），这名称可能是依据它的制作动作而来，凡见过摊煎饼的都知道，煎饼的做法，就是在热的鏊上把面团又糊又拉又拖。天台人多吃面食，糊拉拖做起来简便快捷，本也是日常的吃法之一。不过平常吃，一般就在大铁锅里糊，糊得比较厚实。而过年做饺饼筒，就讲究一些，用鏊糊，糊得比较薄。和好面团，热好鏊，鏊面抹少许油，油大了不行，粘不住面，糊的时候从鏊的边沿转圈往鏊心糊，糊至鏊心，把多余面团摘出，稍熟即起，不要太硬。好的糊拉拖，是薄薄的，软软的，有劲道。

里面卷的菜料有荤有素，五花八门，一般都事先炒好了，在桌上、灶头摆开，满满当当。比较常见的有炒面干（即米粉），炒豆面干（即粉丝，有地瓜粉、藕粉、绿豆粉等）、芋头丝、海带、芥菜、青菜（即油菜）、鸡蛋丝（摊好鸡蛋饼切丝）、香干丝、煎豆腐、炒肉丝、萝卜丝、豆芽菜，等等，总之根据食材和口味，什么都可以往里裹。

饺饼筒可以现做现吃。但过年时，会一次性做很多，吃不完，余下的放在篮子里，挂起来——以前农家房梁上都垂有几个挂钩。再吃的时候，直接在鏊上抹油烙热即可，再次烙好的饺饼筒，两面金黄，外皮硬脆，内里流汁，各种菜味融为一体，真是百吃不厌。

汤团，通常叫汤圆，宁波人一般叫“猪油汤团”。团，也就是圆，汤团象征团团圆圆。汤团和北方的元宵差不多，元宵是元宵节吃的，而宁波人是初一吃汤团。

汤团也是有皮有馅，皮是用糯米粉做的，馅儿可以多种多样，但比较常见又最受喜爱的，还是猪油芝麻馅。现在，汤团粉和馅料都可以买现成的，不必像过去那么费事了。前些日，我看到一位同学在朋友圈里晒自制猪油芝麻馅，把芝麻炒熟、碾碎，和搅碎的板油揉在一起等，真不是一般的费事。

包汤团和北方人包饺子一样，对熟练的主妇来说，小菜一碟，个保个，大小匀称，圆润可人，不等下锅就勾起人的食欲了，但对生手来说，真是左右为难，怎么包都难看，还容易煮破。煮汤团，主要是把握火候，防止水大沸，破皮。汤团可以清水煮，也可以加醪糟或桂花等。煮得好，汤水清清，汤圆互不粘连，看起来珠圆玉润，用汤匙舀起一个，咬一口，香香糯糯，又甜又油，最是称心如意。不过，汤圆毕竟是甜腻的食物，一般人也吃不下三大碗。

前面说过，天台人过年不吃汤团，宁波人不做饺饼筒。我呢，是在宁波长大，但家里又保留了不少天台人的饮食习惯，所以过年时，反倒这两样东西都吃着了。当然，家母厨艺不佳，味道都算不得上乘。不过，儿时的味道，也就是一辈子最喜欢的味道，不是吗？

三、祭灶祭祖与祭神

小时候过年，印象最深的，是家里要办各种祭祀活动，主要是祭灶、祭祖、祭神，都是在腊月底下的事，一件接一件办，家里充满了天人同庆的气氛，又有些诡异。

一般最先是祭灶。祭灶日子是固定的，在腊月二十三，这一天灶王爷回天庭述职。祭灶比较方便，买一张灶王爷的画像，贴在灶头，买一包祭灶果供在画像前，点上香烛就可以了。现在住进楼里了，厨房一般收拾得干净整洁，照明也好，亮亮堂堂，把灶君老爷往墙上一贴，画像虽说精致了，但神秘气氛反倒没有了。小时候，家里还是土灶，灶台油油腻腻，一盏25瓦的白炽灯被油烟熏得发黑，厨房里昏暗极了，灶君像就贴在烟囱上，印刷当然不会太精致，只记得灶君的脸方方的，红扑扑的，再看两边是一副对子：上天言好事，下界保平安，就真觉得他有些神气！

祭灶果是现买的一袋糖果零食，包装也简陋，上面印着“祭灶果”三个字，内里是些杂七杂八的甜食，有江米条、豆酥糖、花生糖、芝麻糖这类东西。祭灶果之外，也可以再配上橘子、苹果、香蕉等做供品。以前，孩子的零嘴少，我们对祭灶果早就垂涎三尺，但必须先让灶王爷享用，孩子们要忍到次日早起才能兴高采烈地抓一把。

祭灶之后，腊月二十四是掸尘。家里里里外外打扫干净，就开始忙活祭祖和祭神了。一般说，祭祖祭神，并无固定日子，反正就在除夕前两日。祭祖饭菜多，祭神规格高。

祭祖，俗称“请老太公”，祭祀的桌子摆在正房的正中间，做好十个八个菜，满满摆一桌，再倒上酒，也照例点上蜡烛香火。祭祀时，先手持香火，在屋外仰天昭告，呼喊列祖列宗来家吃饭，祭毕要送出门外。其间，将元宝等在桌前烧掉，一边烧一边念阿弥陀佛，或跟祖宗叨咕这一年的长短，凡在家子孙，都要过来磕头。

家祭是一般家庭很重视的活动。我小时候，常常将信将疑，心里嘀咕有没有真的鬼魂来享用呢？听到过很多传言，记得有一位老太太说鬼魂回来吃饭，根本就不是坐着吃饭的，而是在桌子上跳来跃去，也不用筷子，而是直接抓着吃。她还说要是不信，可以在祭祀过程中，往桌子上泼一种什么水，就能看到空中鬼魂的影子，不过这样做，也就搅乱他们的饭局了，所以似乎也没有人试过这种法子。但老太太说得有眉有眼，在小孩子心里留下一个很骇人的印象，当家祭之时，我看着空空如也的桌子，总有种喧嚷的幻觉，心中大有敬畏。

祭祖一般在中午。那一顿丰盛的食物，每样摘一点点烧掉，余下的便成了我们的晚餐。小时候家里条件不好，这般有鱼有肉的丰盛晚餐似乎也只有这种时刻才有，要吃上好几天才能吃完。

祭祖之外，也要祭神，俗称“请菩萨”。这又分两步，一是去庙里进香；二是在家里设祭。家母因生活多艰，孤苦无告，所以迷信尤深。本村有一个小庙，唤作“西洋庙”，就两间屋子，庙里供的也不知是何方菩萨，平日里，大门紧锁，有佛事日，才有人影出没，过年前后，倒也有些香火。家母有时就到这个小庙进香。但更多的时候，则是听了某人说起某寺庙的菩萨灵验，她就专门坐长途客车去进香祈福，事后，还要去还愿。

在家里设祭菩萨，告谢天地，一般就用一个大猪头，嘴里叼着一根猪尾巴，取“有头有尾”之意。记得有时候，手头特别紧，简直揭不开锅了，但这个祭祀万万不能少，就是借钱，也是先可着祭神的东西置办。家里越是困难，点起的蜡烛越是高大，记得十斤、二十斤一对的蜡烛都买过。那时我年纪小，不懂事，又自以为念了些书，受了无神论的教育，对迷信不以为然，还为此生母亲的气，现在想来，也很后悔。迷信有好多种，并不全是愚昧，穷苦人总是需要精神安慰的，在艰难困苦中求神告佛，是他们的一条出路，为什么要反对她呢？

总之，我对过年的记忆之一，就是这些在家里缭绕的祭祀的香烟烛火，其中，弥漫着对先人的怀念，对困苦生活的忍耐，对命运的忧惧，以及对来年的期盼和祝福。

◇ 作者简介 ◇

杨富波，2010 年博士毕业于吉林大学文学院，现为吉林大学文学院教师。

中国历史上的东西南北

田应渊

在民族国家(nation/state)形成之前，中国的疆域是不断变化着的，虽然难免有些起落，但从总的趋势来看，是从黄河中游开始不断兼并扩大版图。在这个扩张的过程中，自然会出现很多冲突，最常见的，就是西与东、南与北的对抗。

西周灭商，是中国历史上有明确记载的第一次大规模灭国战争，属于典型的西部征服东部，武王伐纣、流血漂杵，可想见战况之酷烈；平王东迁则是被更西更北的野蛮民族所迫，而由此造成周天子威仪丧失，才令天下诸侯窥视九鼎、生出异心，引出了春秋五霸、战国七雄。周为封建制度，列土分茅、邦国林立，仅河南、山东地区，小国姑且不论，郑、宋、鲁、齐、陈、蔡等大国，民风各异、特色鲜明（如《诗经》风部，这些邦国的民谣都有明显差异），西部与东部，存在天然地域性的隔阂。

崛起于西方的秦继承了西周的政治遗产，依仗地利之便和数代国君的不断累积，先后吞并六国，最终打破封建制度，建立起大一统的王朝，这也是中国历史上第一次大的兼并。而在秦统一天下的过程中，最苦最烈的两仗，是灭赵和灭楚。赵国继承部分晋国遗产，占据太行山天险和黄河故道，牢牢扼住了秦国东进的咽喉；楚国则从河南南部出发，将疆域扩大到湖北、湖南、两江乃至云贵，代表了长江文化势力。秦灭赵，要在长平之役发动全国十五岁以上男子出战，坑杀了赵国几乎所有成年男性之后，还要经过数十年的蚕食、苦战和阴谋才能成功；秦对楚，尽管裹挟着多年的持续压迫建立起的绝对优势，但真正到了灭国大战之际，一开始年轻将领李信二十万大军南下还被楚将项燕打了个大败而逃，非要老将王翦动员举国之兵六十万众，才能获胜。

秦灭六国，乃是一个自西向东、由北至南的过程，这个顺序，在此后两千多年的国史之中，屡见不鲜。究其原因，不全在民风战士（两晋之前，军队而言，南方以剽悍胜、北方以节制胜；近代以降，清末湖湘子弟遍天下，民初大将以安徽、福建居多，民国名将多来自江浙两广，共和国开国将帅则以四川、江西，或湖广为先），而在于地势。

中国地理，西高东低，因此借重地势建瓴而下，霸业可期；而想要逆势而上，则无比困难。冷兵器时代，畜力在战争中极为重要，有了马，就有了很强的机动性，战前可以覆盖战场，掌握情报优势；战中可以及时调动队伍，形成局部优势；战后若败则可以远遁，若胜则可以追歼。两条腿打不赢四条腿，不在于一场两场战斗，而在于整体因素。产马之地无非北与西，正所谓步队不能当马队、南马不能当西马。南方缺马，南人无法跨江与北人争雄于平原，只能仗舟楫之力与北人谋一个不胜不败的均势，因此南方强却难以灭北，北方强则必定平南。北方要统一南方，历来也只能从长江上中游着手，守江必守淮，南北之争的关键，不在于长江，而在于徐州、荆州。

秦二世而亡，项刘并立、楚汉争雄，项羽是老牌贵族，一心想复辟封建，安心回家乡做西楚霸王。他不明白历史发展已经到了不可逆的时代，轻率将西、北交出，以致天纵之才也只能束手被困九里山。历来批评项羽，多说他不够心狠手辣、不懂政治、不擅用人，这些都有一定道理，但他最关键的致命缺点却是不明大势。

西北对东南的优势，两千年间只有朱元璋逆转过，他处长江下游而抵御住了陈友谅顺江而下的水师，又北伐逆推蒙元，那真是了不起的独此一家，别无分号。近代曾国藩平洪杨，不走向荣、和春、张国梁老路从南京周边打主意，而是无论如何艰苦都要从西边沿着湖南、湖北、江西（九江、吉安）、安徽安庆一路东进，他称之为上游制胜论，从用兵初期就在奏稿中反复强调自己的观点，哪怕连战连败、饱受非议，也始终不改，终于勘定祸乱，堪为“同光中兴”第一人。

红军困在福建、江西的山区中，虽说离敌人统治核心区域江浙比较近，但只能是小打小闹不成气候，非得两万五千里长征辗转到西部，背靠着苏联，占住地形，然后抓住时机突进东北，形成西向东、北向南的大格局，才真正有了争雄天下的资本；刘邓不惜付出重大牺牲千里跃进大别山，是要在荆州牢牢钉下一颗钉子，走的还是上游制胜的思路。而陈官庄杜聿明一败，蒋介石就只能赶紧收拾人才黄金古玩字画搬到中国台湾，他也知道就算有长江天险也无法止住颓势，只能“转进”了。从解放战争的进展来看，博古通今的毛主席真称得上是雄才大略，相比起来，侵华时候的日军水平就差远了。假如“七七事变”攻下北平之后，日军以主力沿平汉线南下直扑武汉，在长江中游拦腰一刀；以有力之一部翻越太行山进取关中，沿汉中南下取巴蜀云贵，顺江东下与第一支队会师于宜宾；再以一部沿山东南下攻徐州，陈兵淮河边，以海军优势兵力扫荡沿海港口，最后三路合军逼迫国军决战于其核心区域苏浙赣皖，那中国真的就危险了。侥天之幸，第二次世界大战之际，日本明治、大正年间的顶尖人才早已消耗殆尽，主事者皆颟顸无知之徒，妄图三月亡我，选择从东向西打，中国军队才能背靠着青藏高原节节西退，按照蒋百里的设计，以空间换时间，在洛阳—襄阳—衡阳一线与日军相持，最终熬到了胜利。

从西向东侵略易，从东向西开拓难。因为东边靠着大海，打不赢，就完了，南宋崖山十万军民投海，那是退无可退；而西边可以一直向亚欧大陆延伸，打不赢还可以跑，跑过沙漠、跑过葱岭，一直跑到欧洲，欧洲历史上的两次大危机，就是匈奴人和突厥人被中原王朝赶过去造成的。

在地理大发现之前，中原王朝没有海上的危机，除了东亚之肾朝鲜半岛的变数外，安全问题主要来自北方和西方。而北方和西方问题其实是一而二、二而一的综合性问题，简单说就是文明社会如何应付蛮族入侵。秦始皇扫平六国之后，东边没有安全问题了，第一件事就是派蒙恬率三十万大军北上，取河套、兵逼阴山，率领大秦的铁骑打下一片大大的疆土。汉太祖高皇帝刘邦，统一国内后第一件事就是亲自北上对抗匈奴，因为实力不济有了屈辱的白登之围，直到汉武帝刘彻攒够了筹码之后才派卫青和霍去病先后北击匈奴，不仅收复了陇西、北地、上郡、云中、雁门等故地，更将势力范围扩展到天山南北，疆域空前地辽阔。

秦皇汉武为什么这么热衷于开拓西疆？不是他们穷兵黩武，而是出于战略安全考虑。今天的甘肃、宁夏一代和新疆一部，历史上被称为河西故地，对于中原来说，似乎是个贫瘠荒凉之地，但对于居住在更加贫瘠的大漠西部的其他民族来说，却堪称肥美之地。秦汉时期，北方气候远比现在温暖湿润，黄河上中游植被也还没有被破坏，祁连山的雪水融化，形成多个河道和湖泊，阡陌相连，水草丰美，后世对河西有塞北江南的美誉。

河西一度为匈奴所占据，但自从西汉从匈奴手里夺取河西后，匈奴便元气大伤。著名的匈奴民歌中有“失我祁连山，使我六畜不蕃息；失我焉支山，使我嫁妇无颜色”的传唱。河西从东南向西北倾斜，其地理形势就像一条狭长的通道连接着关陇和西域，它的南面是祁连山，北面是合黎山，通道夹在两山中间，通道的北口就是著名的阳关、玉门关。在和平时期，河西是丝绸之路中最为关键的一段，各国商人和物品不断地经由敦煌东来西往；而到了战争时期，河西就成为控制西域和保卫关陇的险要之地。中原国力强盛时，河西是进兵西域的前线；中原国力衰弱时，河西是保卫关陇后方的重要门户。

秦和西汉定都于长安，保卫长安就成为国家防御的核心。其中西疆陇坻是第一道门户，也就是史书中所说的关中四塞；河西是第二道门户，是关中的外围屏障；葱岭是第三道门户，帕米尔山这道难以逾越的天险把中国和中亚隔为东西两部。中国强盛与否，和河西、西域的关系极为密切。中国强，则必须要稳定西部，所以如汉、唐定都长安，耀武西域，陈汤所谓“明犯强汉者，虽远必诛”；唐军带着两万把陌刀，杀得西域血流成河，国史上因这些功绩盛赞汉唐盛世。清代面对海上入侵的强敌，首都袒露在敌人的舰炮之下，国家已经到了生死存亡的关头，左宗棠仍要坚决出塞，就是要为国家争得战略纵深，为民族保留一口元气。

中国弱，那关陇就不安全，只能收缩防线将都城改到洛阳，甚至更往东，因此说宋代弱，不是弱在军事能力（宋军擅用各种火器和新型武器，军官士兵的个人平均勇武程度也可能是历朝之冠），宋弱是弱在了国势上，建都于开封，那是古代陈留，黄河边四战之地无险可守，国家防御毫无纵深，自然难以应对大规模国战。因此今天提出“一带一路”战略，那就是要稳住西部，把国家的防御体系往西边拓深，打通欧亚大陆线，从几千年的国史来看，这是中国复兴必须要走的一步，很关键，很重要。西疆安，中国兴！

2017年10月23日，改定于昆明

◇　作者简介　◇

田应渊，2004年毕业于吉林大学文学院，现任职致公党云南省委参政议政处。

还是来段安徒生吧！

——关于童话的只言片语

李明晖

一

我在 1989 年的秋冬之际险些死去。鼻子大出血，几个月不能起床。终于下地后不得不重新学习走路。在我生活在床上的几个月里，爸爸妈妈给我念《舒克和贝塔历险记》(1—100 集)、《牛魔王新传》。那本书大概叫《郑渊洁童话精选》吧。那个悲惨的年份因为这本书而让我怀念。

二

从《舒克和贝塔历险记》里，我第一次懂得人得坦坦荡荡地活着，对得起自己。

三

之后我自己看这本书的时候，在其中一页看到了《童话大王》的广告，得知那是一种专门刊登郑渊洁童话的杂志，于是让爸爸在单位给我订阅，从此一直订阅到郑渊洁"封笔"不写童话。这个杂志伴随我读完"九年义务教育"。我不知道它是否帮助我免于被当时的教育机制过分毒害。我想应该是。我指的是虽然我在这九年中一直是"优等生"，但我从来没因此而有过优越感。我还记得有一次因为老师们内定我参加一个很光荣的活动而感到难受。谢谢郑渊洁让我知道难受。当然，也要感谢老师们的好意。他们小时候没有读到郑渊洁。我希望我们这些读了郑渊洁的人当上老师之后，在向学生表达好意时会有所不同。

四

曾经郑渊洁童话还在另一个艰难时刻陪伴过我。初一的时候。我妈妈病了，住院，当时的情况很危险，我爸爸要一直在医院照顾，只有我和奶奶在家。我什么也做不了，很无助，很害怕。在那之前爸爸从北京给我买回来几本《郑渊洁童话全集》，光滑的白色封面上印着蓝色的书名和卷号。纸张是标准儿童读物用纸，反光度比一般的纸弱，翻起来很轻。晚上，奶奶帮我关上房间的门之后，我就躲在被窝里从这些书中找我没看过的童话来看。大部分是郑渊洁的早期作品，比如，我四五岁时在磁带里听过的《旗旗号巡洋舰》。那时的情景至今不忘。

五

除郑渊洁童话之外，其实我那时候也看过不少童话故事，包括字书和画书，应该说小孩子应该看过的经典故事，像丑小鸭啊，杰克和豌豆啊，阿拉丁的神灯啊，我上学之前都知道。

知道而已，不觉得多么可爱。可爱的是郑渊洁童话和迪士尼画册。

六

大学毕业那年，“中国邮政”隆重发行了一套纪念安徒生的邮票。那年我爸爸去世。我在他去世一个半月之后，去邮局取了他预订的最后一本全年邮票，其中有这套邮票的单张、小全张和纪念本张。这些集邮术语都是爸爸教给我的，可是我记性很差，现在也不知道记得对不对。他喜欢邮票，也喜欢童话故事。他没有看到这套邮票。

七

次年，我又在邮局买了一套这组邮品，用它给我喜欢的女生制作了生日礼物，我记得她说过她也集邮的。我把《海的女儿》改写成了一首诗，写在白纸上，第一页的左上角贴了这套邮票中“海的女儿”那张。

八

在我的诗里，故事的结局是王子和公主从此幸福地生活在一起。其实本来故事的结局就是这样，像那些古老的童话故事一样。我记得那首诗结尾的几句是：

我要把这个故事
讲给全世界每一个孩子，在
全世界每一个黎明

总觉得那时写得比这更好。可惜当时的底稿现在找不到了。

九

安徒生的童话其实不是儿童的话。童话从一开始其实就不是儿童的话，《鹅妈妈故事集》和《格林童话》收集和整理的都是古时候的男男女女围着篝火聚会时讲的故事，他们有了孩子就用这些故事哄孩子睡觉，觉得孩子反正也听不懂，一直到了收集成书的时候才由整理者删删改改，于是无伤大雅，其实说的还是大人们要说的话，复杂着呢。安徒生的童话是原创童话，着意地模仿小孩儿的语气，叙述里处处体现着可爱的童真——但是仍然是大人说的话，只不过把沧桑隐藏在童真之中。沧桑，太沧桑，所以我小时候不太爱看，一直到现在都不太爱看，只有当我也想沉浸于“大人的童真”时，才翻看阅读。

十

郑渊洁的童话是儿童的话，他的童真是“儿童的童真”。他的构思能力是成人的，但思维方式是儿童的，简简单单，干干净净地相信世间的爱——与他相比，安徒生是一身泥污地相信世间的爱。我在把他的童话改写成诗的时候，省略了好些很有童真的细节。我觉得那些是泥渍。泥渍很珍贵，可我还是爱童话。

十一

当代中国的儿童文学作家都说“找回童心”，我看了他们找回童心的作品，觉得他们找得真辛苦，这么辛苦，童心就没了，小孩儿是不喜欢辛苦的，累没关系，但别辛苦。安徒生找得驾轻就熟，他至少可以很熟练地用成人的童心和其他成人做心灵交流，交流一些非用童心不能交流的东西。郑渊洁不用找，如他所说，他的心理年龄远远小于他读者的平均年龄。

有人说武侠小说是成人的童话，其实安徒生童话就是成人的童话。郑渊洁童话是儿童的童话。就看你想看哪种了。

十二

郑渊洁在《鲁豫有约》里特得意地转述他四岁女儿的话，当时她妈妈要念段郑渊洁童话哄她睡觉，她说："郑渊洁的童话，越听越精神。还是来段安徒生吧！"

也对，还是来段安徒生吧！

◇ 作者简介 ◇

李明晖，2012 年博士毕业于吉林大学文学院，现为吉林大学文学院教师。

图书在版编目（CIP）数据

路过白山黑水 / 李振主编 . -- 南京 : 江苏凤凰文艺出版社 , 2021.9
（文学院书系）
ISBN 978-7-5594-5221-4

Ⅰ . ①路… Ⅱ . ①李… Ⅲ . ①散文集 - 中国 - 当代
Ⅳ . ① I267

中国版本图书馆 CIP 数据核字 (2020) 第 182308 号

路过白山黑水

李 振 主编

出 版 人 张在健
责任编辑 张 倩
特约编辑 王美元
装帧设计 WONDERLAND Book design 仙境 QQ:344581934
出版发行 江苏凤凰文艺出版社
南京市中央路 165 号，邮编：210009
网 址 http://www.jswenyi.com
印 刷 三河市双升印务有限公司
开 本 880 毫米 × 1230 毫米 1/32
印 张 10
字 数 192 千字
版 次 2021 年 9 月第 1 版
印 次 2021 年 9 月第 1 次印刷
书 号 ISBN 978-7-5594-5221-4
定 价 68.00 元